FOUTU COLOC !

De la même auteure dans la collection

Luv

Can You Keep a Secret ?

LOU GARANCE

FOUTU COLOC !

Luv

« I found love where it wasn't supposed to be,
right in front of me. »
« I Found », Amber Run

1

Scarlett

– Laisse-moi t'aider !

Edgar me prend le carton des mains et pousse à l'aide de son pied la porte d'entrée déjà entrouverte. Un énorme sac qui pend sur l'épaule, j'essaye de faire rouler une valise d'au moins vingt kilos sur le parquet de l'appartement. Une odeur familière m'enivre, un mélange de lilas et de sapin, assez caractéristique de cet endroit. Presque un an que je suis partie de Boston pour aller faire ma deuxième année d'université à Paris avec Paige, ma meilleure amie. Onze mois donc que je n'ai pas mis un pied dans cette colocation, que mon grand frère partage avec ses meilleurs potes que je connais depuis que je suis petite. Lors de ma première année de fac, j'étais dans une résidence étudiante qui ne propose que des chambres pour deux, de dix mètres carrés. Au niveau budget, ça commençait à faire juste, mais Edgar était déjà installé dans son appart dans le sud de la ville et je ne me voyais pas venir squatter avec lui et trois autres mecs. Jusqu'à aujourd'hui.

– T'as décidé de t'installer pour dix ans, Scar ?

La voix rauque et chaude de Nolan me fait sursauter. Mes doigts se crispent sur la lanière de mon sac et je me retourne vers la silhouette du meilleur pote d'Edgar. L'un des gars avec qui je vais devoir partager cette colocation et qui, accessoirement, est mon *crush* de toujours. Le type dont je suis amoureuse depuis que j'ai l'âge de regarder les garçons et qui ne me calcule pas plus qu'une sœur chiante et casse-couilles. Celui que j'ai fui pendant onze mois en allant m'installer de l'autre côté de l'Atlantique. Et quand je le vois debout dans ce séjour, je sais que je suis foutue. Que ma tentative pour l'oublier a lamentablement échoué. Pire, la perspective d'une cohabitation avec lui provoque une montée de panique dans ma poitrine, que j'avais volontairement mise de côté.

Il n'a pas changé. Son sourire est toujours aussi blanc. Sa prestance toujours aussi magnétique. Mes sentiments toujours autant dévastateurs. Mais vu le coup d'œil réprobateur qu'il lance à mon frère, je constate que lui est loin d'être emballé par mon installation.

– Bonjour à toi aussi, Nolan, ça fait plaisir de te revoir, ironisé-je.

Presque un an que je ne l'ai pas vu et mon cœur, mon corps, tous mes sens, réagissent de la même façon que le jour de mon départ : un tsunami d'émotions. Les papillons s'excitent dans mon estomac et une autre partie de mon anatomie est en train de s'éveiller dès que mon regard tombe sur la main qu'il passe machinalement dans ses cheveux en pagaille. Des boucles défaites coupées court mais terriblement sexy. J'ai toujours eu un faible pour les mecs aux cheveux ondulés et Nolan Jones est justement celui qui les porte le mieux.

Forcément.

– Ça me ferait encore plus plaisir si tu ne venais pas squatter cet appart. Mais que veux-tu, la vie est mal faite.

Il me fait un sourire à claquer et mon ventre se tord. Sa pique désagréable ne me surprend pas. Des années que je le connais et des années qu'il me parle comme si j'étais une gamine. Sa sœur de substitution. Celle qu'il n'a jamais eue, tandis que je me coltine non pas un, mais *trois* frères avec tous les mauvais côtés que ça implique. Pour Nolan, je suis la fille à éloigner de son groupe de potes qui, malgré seulement *un an* de différence, est considérée comme l'adolescente de service un peu relou.

– Quel dommage, au cas où tu n'aurais pas remarqué, j'emménage pour *dix ans*.

Il étouffe un rire et me lorgne de biais, croisant ses bras musclés contre son torse. Les veines de ses avant-bras se gonflent et la couleur de sa peau bronzée contraste avec le blanc de son polo. Encore un nouveau à ajouter à ma liste des « fringues dans lesquelles Nolan est méga hot ! » et je ne suis là que depuis cinq minutes.

– Bouge ton cul, Jones, soupire mon frère en sortant du couloir. Il y a encore deux cartons à monter et Léo t'attend à la voiture.

– Deux cartons ? Je pense qu'il est capable de les monter tout seul ! À moins que Scar y ait mis des briques et quelques cailloux français ?

Je grimace, ne lui donnant pas la satisfaction de le reprendre sur ce surnom ridicule dont ils m'affublent tous les trois. Son origine ? Le dessin animé *Le Roi lion*, qu'ils ont eu le malheur de regarder une fois. Ça a été un déclic. Ils ont cru reconnaître mon amabilité dans le personnage de Scar et me voilà cataloguée pour l'éternité. Au départ, ça me rendait littéralement folle, parce que ça avait le don de les faire mourir de rire à chaque fois que je m'agaçais pour qu'ils arrêtent. Sauf que plus je leur demandais de cesser, plus ils aimaient le faire. Alors j'ai appris à arrêter de lutter et eux ont quand même continué de m'appeler comme ça.

Scarlett 0 – Edgar, Nolan et Léo 1.

– Juste deux ou trois trucs qui peuvent me servir, au cas où j'aurais une envie soudaine de t'assommer !

Edgar soupire et Nolan, lui, explose de rire tout en venant m'attraper la valise des mains.

– Ça y est, vous me faites déjà regretter cette colocation, marmonne mon frère. Scar, ta chambre est au fond à gauche.

– Oui, je me souviens.

Je laisse Nolan avancer dans le couloir, faisant rouler ma valise sur le parquet ciré, et je le suis en silence jusqu'à *ma* nouvelle chambre. Les murs blancs attirent la lumière qui filtre par la grande fenêtre du fond et les quelques meubles en bois qui habillent la pièce la rendent tout à fait charmante. Milo Sullivan, qui habitait ici avant, est parti s'installer avec son petit ami, rencontré durant l'année où j'étais à l'étranger. Mon frère m'a raconté qu'ils s'étaient mis ensemble après un quiproquo lors d'une soirée. Si j'ai été surprise de savoir que Milo était gay, je le suis encore plus de voir qu'il est passé à l'étape supérieure avec Gabriel. La dernière fois que je l'ai vu, il ne s'amusait qu'avec des filles et ne sortait avec personne. Le cliché du joueur de hockey, en somme.

– Milo t'a laissé le tapis, mais si tu n'en veux pas, on peut toujours le virer.

Nolan dépose ma valise dans un coin de la pièce et je baisse les yeux vers le sol où un tapis bleu marine est coincé entre le lit et la grande armoire.

– Il ne me dérange pas !

– Tu peux accrocher des trucs au mur aussi, si tu veux.

Je lui lance une œillade rapide, constatant qu'il a toujours cet air moqueur plaqué sur le visage malgré la banalité de notre échange. Comme si ma présence suffisait à rendre notre conversation distrayante à ses yeux.

– Cool, j'ai quelques photos, ça tombe bien.

J'inspecte rapidement les lieux, marchant jusqu'à la fenêtre tout en évitant soigneusement de toucher Nolan au passage. J'ai une conscience aiguë de sa présence : le bruit haché de sa respiration, l'odeur légère de son shampoing, les effluves épicés de son parfum, la chaleur de son corps debout en plein milieu de cette pièce exiguë. Je fixe un point imaginaire dehors, essayant de faire redescendre les assauts brusques que mon cœur fait dans ma poitrine.

– N'en profite pas non plus pour y placarder tes posters de Justin Bieber !

J'esquisse un sourire.

Il ne peut pas s'en empêcher.

– Quoi, tu as peur d'être contaminé par la *Bieber fever* ?

Il se marre et j'ignore les frissons sur mes bras en voyant sa bouche parfaite se mouvoir dans un sourire dont lui seul a le secret. Une moue qui serait capable de provoquer un carambolage sur l'*Interstate 95* du Massachusetts. En tout cas, dans mon corps, ça fait un sacré bordel. Surtout en sachant quelle chambre Nolan occupe. La seule qui est mitoyenne à la mienne… *Derrière ma tête de lit.*

– Je plaisante, Scar ! Ça fait plaisir de te revoir, tu n'as pas changé. Toujours aussi exécrable ! Ça va être sympa cette année !

Ce n'est que lorsque je me retourne pour lui faire face que je me rends compte qu'il s'est avancé vers moi. À seulement quelques centimètres, je manque de buter contre son torse. Et puisque ça ne suffisait pas, l'une de ses mains vient se poser sur le dessus de ma tête et ébouriffe mes cheveux. Comme si j'étais une gamine qu'il était en train de taquiner. Ou un petit chien.

Je le repousse vivement et il se marre.

– Dégage de ma chambre, Nolan !

– Jones, t'es encore en train d'emmerder ma sœur ?

Edgar entre dans la pièce avec l'un de mes cartons, suivi de près par Léo, le quatrième et dernier membre de cette colocation. Ils déposent mes affaires restantes sur le sol, près de celles déjà entassées contre l'un des murs. Je me décale, mettant une bonne distance entre Nolan et moi, et brosse vivement mes cheveux du bout des doigts pour les aplatir.

– Normalement c'est bon, tout est monté, constate Léo.

– C'est gentil de m'avoir aidée en tout cas. Et de me laisser loger avec vous.

– Ça fait plaisir de te savoir de retour, dit Léo dans un sourire sincère.

OK, donc en fait il n'y a que Nolan que ça fait chier!

Puis, après avoir lancé un dernier coup d'œil autour d'eux, les gars sortent de ma chambre en me laissant seule. Je m'affale sur mon lit dès que ma porte claque et soupire un long moment, les yeux rivés sur le plafond et les narines toujours imprégnées d'une odeur familière.

Me voilà de retour.

2

Nolan

Scarlett sort de la chambre une bonne heure plus tard, et j'imagine qu'elle a passé son temps à défaire ses cartons de quinze kilos chacun.

Sans déconner!

D'après l'étiquette, dans l'un d'entre eux, il n'y avait pas moins d'une trentaine de livres. *Des livres!*

Je me souviens qu'elle adorait lire dans le jardin quand on était au lycée. *After* et tous les trucs archi-cucul qu'elle dévorait pendant des heures. Elle les a tous lus au moins dix fois et pourtant, elle les a pris avec elle. Utilité? Aucune. Mais je ne cherche pas trop à comprendre le fonctionnement du cerveau ultra compliqué de Scarlett Martin.

Une fille un peu casse-pieds mais que j'adore!

J'aime surtout l'emmerder, parce qu'elle s'énerve très facilement et ça me fait vraiment marrer. Elle a cette façon de m'envoyer chier, de me repousser comme si j'étais un vieux chewing-gum périmé. Dire que je suis content qu'elle soit de retour est un euphémisme. Elle m'a manqué, c'est clair. Mais la voir débarquer dans la coloc? Pas trop emballé! La raison est toute simple: ça va casser la dynamique du groupe. Pourquoi? Parce qu'ajouter une nana dans une colocation de trois mecs, c'est un mauvais bail. Même si cette fille est asexuée à nos yeux. On n'a jamais accepté de filles à la colocation. Question de principe, mais Edgar a insisté, et j'avoue que j'ai fini par craquer parce que, justement, *c'est* Scar. Notre petite sœur, la blonde chiante et geignarde qui a porté un appareil dentaire pendant la moitié de sa scolarité. La gamine qui passait son temps à faire foirer mes tentatives de drague en soirée et qui s'amusait à faire croire à toutes les meufs qui nous approchaient que nous étions gay.

Faut dire qu'on lui rendait plutôt bien. D'ailleurs, je ne crois pas qu'elle ait eu l'occasion d'inviter qui que ce soit chez elle un jour. Même si Meredith et Arthur, ses parents, ont toujours été très ouverts d'esprit, on s'amusait souvent à faire fuir les mecs avec qui elle voulait sortir. Un prêté pour un rendu.

Et quand je la vois débarquer dans le salon avec son legging rouge et un vieux pull du lycée où nous étions tous inscrits, j'esquisse un sourire aux souvenirs que ça m'évoque. Quand elle était avec nous, les mecs avaient du mal à se frayer un chemin. C'était drôle de voir à quel point ça l'emmerdait qu'on s'immisce dans sa vie privée comme ça. Elle est quand même sortie avec un type en première année de fac. Evan Teryl. On l'aimait pas beaucoup avec les gars, il se la pétait un peu trop et s'écoutait parler. J'imagine qu'elle a dû le quitter avant de partir pour Paris. En tout cas, elle n'en a plus reparlé depuis.

– Pizza ce soir, ça vous tente?

Edgar sort de la cuisine avec deux grosses pizzas surgelées, emballées dans leur carton d'origine. Je reste assis sur le canapé, tournant la tête pour jeter un œil à ce qu'il tient dans les mains.

– Il reste quoi comme garniture? demande Léo à ma place.

– Bolo et BBQ. Scar, ça te dit?

– Ça me va.

Elle s'est assise par terre, les jambes repliées contre sa poitrine, et pianote sur son téléphone. Elle marque un point ce soir. Elle aurait pu faire sa chieuse et dire que manger gras ce n'était pas l'idée qu'elle se faisait d'un premier repas de colocataires, mais elle ne dit rien. Même si je suis sûr que ça lui brûle la langue.

– OK, je les mets à chauffer et on va pouvoir faire un point sur les règles !

– Les règles ? s'étonne-t-elle en se relevant tout en tournant la tête vers son frère.

– Tu ne croyais quand même pas que tu débarquais dans un no man's land ? On a un code ici.

Je ricane en voyant la moue désabusée de Scar qui se recule légèrement pour buter contre l'un des fauteuils du salon. Visiblement, elle ne s'attendait pas à ça. Et moi non plus. Je ne sais pas d'où Ed sort cette connerie, mais ici il n'y a aucune consigne. Enfin, c'était avant que sa sœur débarque, j'imagine.

– J'ai besoin de prendre des notes ? demande-t-elle en grimaçant.

– Fais pas genre tu sais écrire, Scar.

– Ha ! Ha ! Très drôle. Je vois que ton humour est resté au même stade que celui que tu avais au collège, Nolan.

Elle s'arrête, mimant une réflexion intense, l'index posé sur son menton avant d'ajouter dans la foulée :

– Ah non, pardon, tu n'as *jamais* eu d'humour.

J'étouffe un rire en lui balançant un coussin en plein visage. Elle grogne et je me marre de plus belle avec Léo.

– C'est bon, vous avez fini de faire les gamins ? reprend Edgar en revenant avec une feuille et un stylo. On peut commencer par les règles ?

– Tu ne plaisantais pas, bougonne Léo. Super.

– Si ma sœur est ici, ne croyez pas que ça sera du même acabit que lorsqu'il y avait Sullivan.

J'avais donc raison sur une chose : Scarlett est déjà en train de casser l'ambiance.

Milo me manque.

– Donc, règle numéro un : pas de mecs à l'appartement.

– Pardon ? râle Scarlett.

Léo et moi explosons de rire.

Ça commence bien.

– Interdiction de ramener qui que ce soit du sexe masculin ici, confirme Edgar.

– Ravie de savoir que vous n'êtes pas considérés comme des hommes.

– Ce sont *tes* hommes à *toi* qui risquent d'avoir un problème s'ils passent cette porte, rétorqué-je.

Elle grimace, dépitée.

– Dans ce cas, pas de filles à l'appartement.

Léo se redresse en fronçant les sourcils.

– Alors là, même pas en rêve !

– C'est d'accord ! la défié-je, tout sourire.

– Parle pour toi, Jones ! Moi, je n'ai pas l'occasion de crécher chez ma meuf tous les soirs !

– Pour ça, faudrait déjà avoir une meuf, se marre Edgar.

– Oh, ferme-la, toi, si tu veux pas que je balance des bails devant Scar.

– C'est bon !

La principale concernée lève les mains en l'air en signe de reddition. On se tait et elle nous fusille du regard.

– Pas de mecs ici, pas de filles non plus. Passons à la règle numéro trois !

Léo soupire en s'affalant de nouveau dans le canapé et Edgar et moi étouffons nos rires gras. Lui, il s'en tape aussi, puisqu'il préfère sauter des filles dans leur propre pieu que de se les coltiner au réveil. Ce que je comprends. Moi, je n'ai pas ce problème, vu que je sors avec Harriet depuis bientôt six mois et que sa porte m'est grande ouverte.

Maintenant que Scarlett est arrivée, je sens que je vais y passer plus de temps que prévu.

Surtout avec la lubie d'Edgar pour des règles à la con.

– Règle numéro trois, continue Edgar. Pas de soirée les veilles de match mais possible les soirs de victoire.

– C'est bon pour moi !

– Moi aussi, confirmé-je.

– OK, capitule Scarlett. Du moment que tout le monde participe aux tâches ménagères et qu'aucune fringue ou autres trucs ne traînent dans les parties communes.

– Tu nous prends pour des crados ? s'étonne Léo. Ça va être sympa, cette colocation.

– Dans ce cas, interdiction de laisser dix mille produits dans la salle de bains ou la douche, rétorqué-je.

– Tu me prends pour une diva ?

– Vu que tu nous prends pour des mecs sales… Chacun son tour !

Je lui fais un clin d'œil et elle me balance le coussin que je lui avais envoyé le premier. Je rigole en le rattrapant sans encombre.

– Bon, et la sixième et dernière règle est la plus importante, ajoute Edgar en regardant Scarlett dans les yeux. Pas touche aux potes.

Je jurerais voir son visage devenir livide, mais elle retrouve vite des couleurs et fronce aussitôt les sourcils.

– Tu diras ça à tes *potes* qui essayent toujours de me draguer en soirée !

– Qui te drague ? demande Léo.

– Tous les petits nouveaux de l'équipe. Ils sont toujours en rut jusqu'à ce que je leur dise que je suis une *Martin*.

– Je faisais aussi référence aux personnes de cette pièce, reprend Edgar d'un ton calme.

On s'arrête tous les trois de parler, nous tournant vers le blond au milieu du salon. Une feuille et un stylo dans les mains, il nous observe en silence, comme s'il n'avait pas dit la chose la plus stupide de la terre.

– *Nous*? répété-je.

J'ai très bien compris ce qu'il avait dit avant, mais je préfère m'assurer qu'il a bien mentionné le fait que Léo ou moi pourrions nous taper sa sœur.

On parle de Scarlett, quand même.

Petite sœur casse-couilles.

– T'as fumé quoi, Ed? ricane Léo. Tu crois franchement que ça va arriver un jour?

Scarlett ne dit rien, restant le regard rivé sur son frère tandis que Léo et moi continuons à rigoler à la mise en garde stupide de notre pote.

– Non, mais l'avertissement tient quand même, précise-t-il.

– Mec, on ne risque pas de se taper ta sœur. C'est *Scarlett*!

Je lance un regard amusé vers Léo qui hausse les épaules.

– Pour moi, elle a encore 12 ans et un appareil dentaire, blagué-je.

– Je voulais juste mettre les choses à plat pour éviter les malaises.

– Tu l'as installé tout seul ton malaise, grogne Scarlett en se levant. Je vais chercher les pizzas.

Puis elle disparaît dans la cuisine en vitesse, nous laissant tous les trois dans le salon avec une liste de règles plus débiles les unes que les autres et le début d'une colocation qui va être à coup sûr une complication doublée d'une catastrophe.

Et ça ne fait que deux heures qu'elle est installée.

3

Scarlett

Je fulmine, jetant un autre coup d'œil à l'heure sur l'écran de mon téléphone.

Neuf heures vingt et une.

J'ai cours dans trente-neuf minutes et un quart d'heure de transports en commun.

Je frappe une nouvelle fois contre la porte de la salle de bains, faisant un bruit pas possible alors que Léo et mon frère sont toujours dans leur chambre. Ils commencent en début d'après-midi, contrairement à Nolan et moi qui devons être à l'université pour dix heures. Pourtant, monsieur semble bien décidé à monopoliser la salle de bains jusqu'à ce que je sois trop en retard pour prendre une douche.

Putain !

– Nolan ! hurlé-je en tambourinant contre le bois. Bouge ton cul, sérieux, t'es pas tout seul !

La porte s'ouvre au moment où j'allais frapper du poing encore une fois. J'arrête mon geste, le bras levé en l'air, les yeux rivés sur le corps à moitié nu devant moi. La serviette enroulée autour des hanches, les cheveux trempés qui dégoulinent sur son front, il a le torse encore un peu humide et j'ai un mal fou à détacher mon attention de ses abdos dessinés. Bronzés. Je déglutis et redresse mon regard pour plonger dans le sien. Son mètre quatre-vingt-cinq me force à lever le menton. Un sourire amusé déforme ses lèvres et la colère menace de plus belle.

– Tu fais chier !

– Bonjour à toi aussi, Scarlett.

– Et tu aurais pu enfiler un truc, grommelé-je en le contournant.

La chaleur de son corps, tout juste sorti de la douche, où je l'imagine se détendre sous le jet d'eau, me submerge. Ma peau fourmille, mes joues chauffent, et je n'arrive plus à me défaire de l'idée que je me fais de Nolan entièrement nu.

Tout doux, Scarlett.

– Estime-toi heureuse, j'aurais pu sortir la bite à l'air.

Je lui claque la porte au nez et entends son rire depuis le couloir. Je ferme les yeux, posant ma tête contre la porte avant de me rappeler l'essentiel : je suis à la bourre.

Ignorant mes cernes violacés, j'inspecte mes cheveux dans le miroir et constate avec malheur qu'ils sont sales. Pas le temps de les laver, je saute sous le jet en vitesse et en sors cinq minutes – top chrono – plus tard. J'enfile mes fringues, la peau encore mouillée, et malmène mon short en jean. La douche n'a pas été assez longue pour me réveiller de la nuit agitée que j'ai eue, mais tant pis. Lorsque je sors de la salle de bains quinze minutes plus tard, je suis maquillée et une queue-de-cheval rapide est dressée sur ma tête. Une grosse partie de mes mèches courtes a glissé de mon élastique, mais je n'ai pas d'autre choix.

Je trottine vers ma chambre et attrape mon sac avant d'aller dans la cuisine. Nolan est debout au milieu de la pièce, dans un jean brut agrémenté d'un tee-shirt bordeaux. Celui-là, je le connais, et il est dans mon top 5 de ceux que je préfère qu'il porte. La couleur, le tissu près du corps, la façon qu'il a de retrousser les manches sur ses biceps.

Merde.

La journée commence sur les chapeaux de roue.

– Je t'ai fait un Thermos de café !

Il me fourre la gourde chaude dans les mains, avale le sien en quelques gorgées seulement et attrape une banane dans le saladier de fruits sur le plan de travail.

– T'es prête ? Je te dépose !

Il n'attend pas ma réponse et se dirige vers l'entrée de l'appartement. Je cours presque derrière lui, récupère une veste légère que je passe sur mes épaules.

Si ça peut m'éviter de me coltiner les transports en commun, je prends !

Il fait déjà une chaleur étouffante quand on arrive dans la rue. Nolan déverrouille son 4x4 Chevrolet et je grimpe à ses côtés. Son odeur me prend à la gorge dès que je m'installe sur le siège et je hume un long moment les effluves de parfum qui m'enveloppent.

Mon Dieu, cette journée va avoir ma peau.

– Tiens, mange ça !

Il me pose la banane sur les cuisses, frôlant par inadvertance ma peau nue. À ce moment, je remercie le retard que nous avons, qui l'oblige à se concentrer sur sa manœuvre et l'empêche de s'attarder sur ma réaction épidermique. En quelques secondes, on est sortis de la place de parking et on roule en direction de l'université. La radio est allumée, les fenêtres grandes ouvertes et je déguste le fruit qu'il m'a pris avant de partir. Nous ne parlons pas, profitant du silence ambiant, ne jugeant pas nécessaire de le rompre.

J'aime être avec lui comme ça. J'ai l'impression à cet instant que onze mois ne nous ont jamais séparés. Je l'observe à la dérobée, contemplant les traits de son visage, sa mâchoire carrée, son nez rond, ses lèvres pleines et galbées. Il a coiffé ses cheveux de sorte que ses mèches ondulent légèrement sur le haut de sa tête sans tomber sur son visage. J'admire son profil en même temps que j'étudie la façon qu'il a de conduire. Sa concentration, le froncement de ses sourcils quand il dépasse quelques véhicules, ses légers coups d'œil vers le rétroviseur… J'inspire longuement, me délectant de son odeur et de sa présence familière.

– Ça va? demande-t-il alors que je souffle.

– Si on retire le fait que je retourne à la fac après un an? tenté-je. Tout baigne.

Et que tu dégommes tout dans ma vie comme un boulet de canon: mon cœur, mon estomac, mes hormones et tout ce qui me reste de self-control. Tout. Va. Nickel.

– Stressée?

Le son que fait son petit rire fait naître une légère excitation dans mon bas-ventre.

J'inspire.

– Hâte de retrouver les filles, surtout.

Je récupère mon téléphone dans la poche avant de mon sac et lis les quelques messages qu'elles ont envoyés dans notre conversation groupée. On arrive sur le parking en moins de quinze minutes et, de plus en plus troublée par sa proximité, je remercie Nolan en quittant la voiture en vitesse. Dès que je vois mes copines m'attendre plus loin, je me précipite vers elles de peur que leurs regards de connivence me trahissent.

– Alors?

Paige me saute dans les bras, comme si on ne s'était pas vues il y a deux jours.

– Alors quoi? feins-je en serrant ensuite Carol contre moi.

Je sais pertinemment ce qu'elles veulent savoir.

Nolan. Colocation. Moi.

– Nous fais pas attendre plus longtemps, se plaint Carol. Tu nous as rien dit de la soirée d'hier!

Je glousse en les suivant dans les couloirs de la fac. On se dirige vers l'amphithéâtre où on va passer deux heures de prérentrée. On est toutes les trois en troisième année d'études de gestion et commerce international. Seules Paige et moi avons profité d'une opportunité d'étudier à l'étranger afin d'améliorer notre niveau de français dans un programme d'échange. Même si mon but officieux était surtout de m'éloigner du meilleur pote de mon frère et des sentiments qui me submergeaient. Carol, elle, a continué le cursus classique. Du coup, on se retrouve enfin après des mois à l'écart. Et j'ai l'impression qu'une fois encore, rien n'a changé.

– Je suis bien installée! La chambre est sympa, mon frère a déjà commencé à faire une liste de règles du style « retour à la case prison » et Léo est égal à lui-même: adorable.

Je n'ajoute rien et elles glapissent de concert. J'explose de rire.

– Et Nolan est toujours le même.

– Toujours aussi beau à en crever à ce que j'ai pu voir! s'exclame Paige.

Je soupire en passant une main lasse dans ma queue-de-cheval.

– Une torture!

Mon *crush* impossible pour Nolan Jones n'a aucun secret pour mes meilleures amies et la perspective de savoir que j'allais passer une année *entière* en sa compagnie les a beaucoup amusées. Elles ont tout de suite compris que ça allait être un calvaire pour moi, surtout maintenant qu'il est officiellement inaccessible et casé.

À cette simple évocation, ma poitrine se serre et je mords l'intérieur de mes joues.

J'ai fait tout mon possible pour ignorer cette nouvelle information que mon frère m'a annoncée un soir alors que j'étais en France. Quand j'ai appris que Nolan avait mis le grappin sur une magnifique blonde aux yeux encore plus clairs que les miens, je me suis mis une cuite monumentale. Pour oublier. Résultat des courses? Je ne me souviens pas de ma soirée hormis que *Nolan avait une petite copine*. Et que ce n'était pas moi, parce qu'il ne m'a jamais considérée comme *ça*. Une fille avec qui il pourrait sortir. Je suis et je serai toujours Scarlett Martin. La sœur de son meilleur pote. Intouchable.

Ça aurait dû être mon déclic. Mais ça n'a malheureusement pas été le cas.

– Et c'est quoi, cette histoire de règles? s'étonne Paige.

– Du genre pas de mecs à la maison, qu'ils soient étrangers à la colocation ou *membres* de la colocation.

– Il t'a déconseillé de te taper ses potes?

– *Interdit* serait le terme le plus exact.

– Super gênant, ça, se marre Carol. Ed et son tact!

Et j'ai encore en travers de la gorge cette idée stupide de tout réglementer, comme si ça ne chamboulait pas déjà leur routine que je me ramène dans leur colocation. J'ai cru comprendre qu'à part mon frère – qui a insisté pour que j'emménage –, les mecs n'avaient pas *du tout* envie de cohabiter avec une meuf. Et je ne sais plus trop moi-même si cette coloc est vraiment une bonne idée! Au départ, j'étais excitée à l'idée de les retrouver, même si j'étais consciente que j'allais passer d'un extrême à l'autre. Je venais de vivre onze mois de rêve en France, croyant bêtement que mon béguin allait s'amenuiser. Connerie. Entre « ne jamais voir Nolan » et « vivre avec Nolan », j'étais foutue d'avance. Non seulement cette nouvelle coloc ne change rien à ma relation avec lui, mais je me prends en plus chaque jour en pleine face cet amour impossible. Et pour couronner le tout, j'apporte en prime tout un tas de trucs à respecter, ce qui fait que les mecs vont probablement me haïr.

C'est juste su-per!

***

Lorsque j'arrive à l'appartement ce soir, Léo est déjà là. Des sacs jonchent le sol de la cuisine et il remplit le Frigidaire de tout un tas de trucs.

– Tu as besoin d'aide?

– Je veux bien que tu vides ces deux-là dans les placards.

Il me montre du doigt les sacs de courses et je m'y mets aussitôt, déposant mes affaires de cours en chemin.

– Ça a été ta journée? m'interroge-t-il.

– Une reprise des plus classiques. Et toi? Edgar est où?

– À chier, comme d'hab, se marre-t-il. Il est sous la douche. Il a crevé de chaud.

Je rigole en rangeant un paquet de céréales.

– Ce soir, je pensais faire des pâtes. Ça vous dit?

– Moi je suis chaud. Fais-en simplement pour trois. Nolan ne rentre pas.

Je m'arrête une nanoseconde dans ma tâche, assimilant difficilement l'information que Léo vient de me fournir.

Nolan n'est pas là ce soir.

– Il est où? tenté-je d'une voix assurée.

Je sais que je vais regretter ma curiosité, mais une partie de moi a besoin de savoir. J'ai besoin de mettre au clair une bonne fois pour toutes ces sentiments ingérables. Onze mois plus tard, c'est retour à la case départ. Mêmes réactions épidermiques, mêmes émotions, mêmes soubresauts dans ma poitrine dès qu'il est là. Pourtant, ma venue dans la colocation m'a fait prendre conscience d'une chose : *ça* a changé. Nolan a une copine. Je pouvais tenter de l'ignorer quand j'étais en France. Aujourd'hui ? Il faut que je passe à autre chose, ou les dégâts risquent d'être irréversibles.

– Il dort chez Harriet. Il n'est pas souvent là le soir et maintenant qu'on a mis en place des nouvelles *règles*, il n'est pas près de dormir dans son lit.

Léo se marre en me faisant un clin d'œil et je me force à sourire alors qu'au fond de moi, mon cœur se brise un peu plus.

Au moins, à force de se briser, il ne pourra plus battre pour *lui*. Il faut voir le bon côté des choses.

Alors c'est décidé, d'ici la fin de cette colocation, mon faible pour Nolan sera passé aux oubliettes et il reprendra la place qu'il aurait toujours dû avoir : celle d'un frère.

Ni plus. Ni moins.

4

Scarlett

Je glousse comme une gamine, essuyant le miroir de la salle de bains embué. Mes cheveux sont enroulés dans ma serviette humide et j'enfile ma robe bleu ciel. Derrière la porte, la voix grave et terriblement agacée de Nolan continue à s'acharner.

– Bouge ton cul, Scar, putain ! Deux heures pour une douche, sans déconner ?

– Je sors, mens-je alors que je libère mes cheveux pour passer la brosse dessus.

Les pointes trempées dégoulinent sur mes épaules nues. Je retiens un rire lorsqu'un poing s'écrase une nouvelle fois sur le bois de la porte. À ce rythme-là, elle ne risque pas de tenir longtemps. D'abord moi en début de semaine, maintenant monsieur-faites-ce-que-je-dis-pas-ce-que-je-fais. Il a découché deux soirs de suite chez sa petite copine, deux soirées donc où on était à trois au lieu d'être quatre. Deux soirées à ne pas y penser. Essayer de ne rien ressentir. Elle était là, ma bonne résolution. Je me félicite de lui avoir caché mon béguin durant toutes ces années. J'ai bien failli lâcher l'information un nombre incalculable de fois, à mon frère d'abord, parce que je m'entends très bien avec et qu'il connaît Nolan mieux que personne. À Léo ensuite, puisque même s'il fait l'idiot de service, il a toujours été de bon conseil et vraiment adorable avec moi. Au principal concerné enfin, parce que j'arrivais de moins en moins à faire semblant que sa présence ne me troublait pas. Pourtant j'ai gardé le silence. Je n'ai éveillé aucun soupçon. Jamais. Et c'est très bien comme ça, surtout maintenant que j'ai décidé de tirer un trait sur lui. Je sais que si un jour il l'apprend, ça foutra une merde pas possible dans nos vies.

– Scarlett, je te jure que si tu ne sors pas de cette salle de bains, je défonce la porte.

– Scar, t'es pas toute seule !

La voix posée de Léo me fait soupirer. Le but, c'était d'emmerder Nolan, qui lundi m'avait fait chier avec sa douche de trois quarts d'heure. Pas de liguer toute la colocation contre moi. Je pose ma brosse, laissant mes cheveux reprendre une forme légèrement ondulée par l'humidité, puis récupère toutes mes affaires qui traînent. J'ouvre la porte et tombe nez à nez avec un visage rouge de colère.

– Tout ça pour ça ? cingle Nolan en m'épiant.

– Ferme-la ! Tu jugeras quand tu auras une meilleure tronche que celle que tu te tapes au réveil !

Même s'il est superbe au saut du lit – pas que je l'ai constaté ces derniers jours puisqu'il n'était jamais là –, ce matin il a une mine particulièrement fatiguée. Si on retire l'irritation qui déforme ses traits.

– La salle de bains est tout à toi, le nargué-je en passant près de lui.

Léo et Edgar sont juste à côté et ne peuvent s'empêcher de ricaner. Ils n'ont pas cours aujourd'hui et, tandis que Nolan a des travaux dirigés ce matin, j'ai un emploi du temps légèrement plus chargé. Et après l'insomnie que je me suis tapée, j'avais bien besoin d'une douche interminable.

– Il va vraiment falloir ajouter une nouvelle règle, grogne Nolan en entrant dans la pièce encore embuée par la chaleur. Va falloir que ça cesse, moi je vous le dis !

– On ajoutera une règle quand tu les respecteras, le contredis-je avec désinvolture. Lundi aussi, j'avais besoin de me laver.

– Super mature, Scar. Alors ça va être comme ça, la colocation ? Dès que je vais faire quelque chose qui agace la princesse, tu vas faire deux fois pire ? T'es une gamine !

Mes sourcils se froncent et je le lorgne d'un œil mauvais. S'il n'avait pas déjà saccagé mon amour-propre ces derniers jours, il vient d'en ajouter une couche bien épaisse et je m'applaudis mentalement d'avoir pris cette décision radicale de le reléguer au rang de *frère*.

T'es une gamine.

– C'est bon, mec, t'as la douche maintenant, pas besoin d'être désagréable.

Mon frère longe le couloir pour venir se placer dans mon dos et rejoindre la porte de sa chambre. Nolan n'a toujours pas pris possession de la salle de bains et est resté sur le pas de la porte, les bras croisés et le regard fier.

Il n'avait pas tant besoin de se doucher que ça.

– Il n'y a pas que ça qu'il va falloir changer, reprend-il d'une voix sèche. Des nuits comme celle que je viens de passer, ce n'est plus possible.

Il m'observe en silence et tout le monde se tourne vers moi. Mes insomnies ne sont pas nouvelles, il suffit d'une montée de stress, de mes menstruations, d'un peu de surmenage ou de quelques changements dans ma vie pour que mon sommeil se fasse la malle. J'ai beau être morte de fatigue, dès que je m'allonge sur un lit, je me tourne et me retourne dessus en vain. La période actuelle est propice : mon retour, la rentrée, cette colocation… Nolan.

– Tu ne prends plus de cachets? s'étonne mon frère.

– Non. Ça m'assomme trop le matin.

– Moi, ce qui *m'assomme*, c'est de ne pas pouvoir me reposer parce que ton fichu lit tape contre mon mur dès que tu bouges.

– Un lit qui grince? Vraiment, Jones? Je croyais que tu adorais quand ça faisait du bruit!

Nolan esquisse un rire à la vanne loin d'être délicate de Léo. Je me crispe.

– T'as qu'à mettre des boules Quies. Je ne vais pas m'excuser de ne pas réussir à dormir, m'énervé-je. Maintenant, si tu comptes passer la matinée à me prendre la tête pour quelques heures de sommeil, tu n'as qu'à aller dormir chez ta meuf.

Toutes les paires d'yeux me tombent dessus et le regard sombre de Nolan emprisonne toute mon attention. Il est à la fois étonné par mon attaque gratuite et furieux parce que je l'incite ouvertement à quitter cette colocation.

– Et puis, répliqué-je en lui coupant l'herbe sous le pied, tu m'as fait chier pour une salle de bains et tu viens de passer dix minutes à me prendre la tête. C'est moi, la gamine immature? Ce sont les enfants qui font des caprices, Nolan, et tu viens clairement d'en faire un pour une *douche* que tu n'as toujours pas prise.

Puis je quitte le couloir pour me diriger d'un pas assuré vers le salon. J'ai laissé mon sac de cours dans l'entrée hier, je l'attrape en vitesse et quitte l'appartement dans un courant d'air.

Cette colocation était une idée de merde par excellence.

***

Assise dans l'herbe du jardin public de Boston avec les filles, je profite des quelques rayons de soleil de cette fin d'après-midi, buvant plusieurs gorgées du café que nous venons de prendre à emporter. Les yeux clos, je suis attentive aux échanges autour de moi tout en tirant profit du calme ambiant. La journée a été éreintante et ma courte nuit commence à se rappeler à mes muscles.

– C'est toujours d'actualité, Scarlett?

Je me redresse en entendant mon nom et regarde Paige.

Pas si attentive, finalement.

– De?

– Aller assister au match de hockey des gars demain?

– Toujours.

– Tu n'as pas l'air emballée. C'est à cause de ce qui s'est passé ce matin?

Je soupire en me laissant tomber sur l'herbe chaude. Je passe une main lasse sur mon visage, tenant de l'autre mon gobelet en carton encore plein.

Ce matin…

– Je crois que je vais demander à prendre une chambre étudiante dans votre résidence.

– Ne sois pas dramatique! s'exclame Carol. Tu ne vas rien faire du tout, c'est le début, Scarlett. Tu débarques dans leur intimité, bien sûr qu'ils sont un peu chamboulés. Mais ils vont prendre l'habitude.

– Ce n'est pas ça qui m'inquiète.

– Nolan Jones aussi va s'habituer, ajoute ma meilleure amie. Et si ce n'est pas le cas, il peut toujours aller voir ailleurs.

– J'ai surtout peur que ce soit moi qui ne réussisse *jamais* à me faire à cette cohabitation.

Les filles rigolent et je reste allongée, les yeux rivés vers le ciel bleu clair. On venait souvent ici durant notre première année d'études, et fouler à nouveau la pelouse du jardin avec elles fait du bien.

– Tu cohabites presque avec lui depuis la *middle school.* Ça ne change rien s'il dort dans la chambre d'à côté. Il était déjà fourré chez tes parents quasiment H24.

– Techniquement, il ne dort pas vraiment à l'appart, vanne Paige.

– Merci pour cette piqûre de rappel.

Celle où Nolan a une copine, une vie sexuelle et que tout ça réuni ne m'implique ni de près, ni de loin. Je marmonne, me redresse et avale une gorgée de café.

– Si tu veux, on peut très bien ne pas aller les voir jouer demain, propose Carol. À la place, on peut se faire un ciné. J'ai vu que le nouveau *Top Gun* est sorti. Des aviateurs, Tom Cruise, de la testostérone. On gagne au change, non?

Je glousse en même temps que les filles.

– Ed va me tuer si je ne suis pas présente à leur premier match. Même amical.

– Surtout s'ils gagnent. Et demain ne risque pas d'être facile face aux Black Bears du Maine, ajoute Paige.

– Puis c'est le capitaine, donc s'ils l'emportent, il voudra faire une soirée à l'appart!

– C'est bon signe, ça!

Carol se lève pour jeter son gobelet vide dans la poubelle la plus proche, laissant sa phrase en suspens jusqu'à ce qu'elle revienne.

– Ça veut dire que vous allez faire beaucoup de soirées chez vous. Et qui dit soirée, dit?

– Nuits blanches? tenté-je.

– Mecs! s'exclame Paige. Qui dit soirée dit mecs à gogo.

– Et Harriet, marmonné-je.

Les filles lèvent les yeux au ciel et je ricane – jaune.

OK, faut que j'arrête de penser, parler, respirer Nolan.

– Nouvelle règle, lâche ma meilleure amie. Puisque vous avez décidé d'en établir à la coloc, nous aussi on va en faire.

Elle me coupe avant même que j'émette une protestation et je me renfrogne, résignée.

– Tu es obligée de parler avec un mec en soirée qui n'est ni ton frère, ni Léo, ni aucun gars de l'équipe de hockey. Deal ?

Je soupire, consciente que pour Paige, parler n'est pas simplement échanger deux ou trois mots. Non, la connaissant, elle va même modifier la règle en cours de route pour que j'aie l'obligation de repartir avec le *numéro* du mec en question.

Elle m'a fait le coup en France. Je me suis réveillée un matin avec dix messages d'inconnus. Sur le coup, ça m'avait fait rire.

Et puis si ça peut me faire penser à autre chose qu'à Nolan et sa copine, allons-y !

– Deal !

5

Scarlett

Je garde les yeux rivés sur le palet violemment renvoyé contre les crosses des Terriers de Boston, qui s'acharnent sur leurs adversaires depuis qu'ils ont foulé la patinoire. Ça aurait été un gâchis de louper ce match par orgueil. Ne pas vouloir venir assister à la première rencontre de l'année des gars, juste parce que l'un d'entre eux, tout juste sorti du banc de pénalité, malmène mon cœur sans même s'en rendre compte ? Si j'avais envie qu'il arrête, je saurais très bien quoi faire : lui avouer mes sentiments. Le connaissant, il cesserait immédiatement de me parler, prendrait ses distances juste pour être certain de ne pas me blesser. Sauf que la perspective qu'il disparaisse de ma vie est encore plus douloureuse que celle qu'il en fasse partie sans jamais être à moi.

J'adore le hockey. Ne plus venir serait ridicule. Surtout que je louperais une occasion énorme : celle de *le* voir se faire fracasser par les corps durs et musclés des autres joueurs. Le hockey est un sport violent. Edgar est rentré un nombre incalculable de fois avec des ecchymoses aussi grosses que mon poing, placardées sur sa peau blanche. L'idée de savoir que ce soir Nolan aura le corps endolori m'apporte une certaine satisfaction. Une sorte de sentiment de retour de karma, pour toutes les fois où cette semaine il m'a blessée par ses mots et ses gestes.

Je me mets à hurler de concert avec la foule en délire, dès que le palet s'écrase avec force dans les filets adverses, faisant mener Boston d'un point. Le bruit strident annonçant la fin de match résonne presque simultanément et on se met tous à scander le nom du joueur qui vient de nous offrir la victoire.

Martin.

Les mains plaquées contre le Plexiglas qui encercle la patinoire, un sourire fier sur le visage, je regarde l'équipe se ruer avec joie sur mon frère avant qu'il patine jusqu'à moi. Il cogne son poing sur le mien à travers la vitre et me fait un clin d'œil rapide avant de rejoindre les autres joueurs près des portes de sortie.

– Putain ! C'était un match de dingue !

Carol pose ses paumes sur mes épaules et me secoue comme une vulgaire poupée de chiffon, excitée comme une puce. J'explose de rire en la repoussant.

– Et ça va être une soirée de dingue, ajoute Paige en applaudissant. Cette semaine de rentrée ne pouvait pas *mieux* se terminer !

Nous commençons à suivre le mouvement de foule, nous dégageant des tribunes pleines à craquer pour rejoindre la sortie du stade couvert.

– On te dépose, Scar, ou tu attends les gars ?

– Non, je vais passer prendre les clés d'Edgar. Il va certainement vouloir que j'aille acheter quelques bouteilles pour ce soir.

– Tu veux qu'on t'accompagne ? propose ma meilleure amie.

– Ça nous permettra de prendre aussi quelques trucs à boire.

– OK, attendez-moi à la voiture. Je vous rejoins !

Je leur fais un signe de main rapide et trottine vers les vestiaires. Le vigile, assis derrière un bureau, me sourit en me voyant entrer. À force de me voir attendre mon frère devant les vestiaires l'an dernier, il ne me demande même plus ma carte étudiante et se contente de me faire un signe de tête poli. Je longe les couloirs vides, attirée par les bruits qui résonnent depuis la dernière porte sur la gauche. L'antre des Terriers de Boston qui sont en train de fêter, certainement tous à moitié nus, leur première victoire de l'année.

J'inspire un long moment avant de frapper contre le bois, espérant secrètement ne pas les déranger durant les douches. Les coups secs en font crier certains et la tête de mon frère passe l'embrasure. Ses cheveux trempés de sueur, son torse humide et quelques marques sur ses épaules, il me barre la route.

– Tu viens féliciter ton frangin préféré ?

Un sourire de vainqueur vissé sur ses lèvres fines, Edgar hausse les sourcils de haut en bas, me faisant glousser.

– Ça tombe bien, je n'ai qu'un *seul* frère !

– Tu es en train de dire qu'on a été adoptés ?

La tête fouineuse de Léo se matérialise dans le dos d'Edgar et je soupire en levant les yeux au ciel.

– Fous un calbute, Riley. Tu vas choquer Scar avec ta queue poilue !

Je grimace de dégoût, ignorant les papillons dans mon ventre en voyant la silhouette fugace de Nolan passer derrière.

– Je venais prendre les clés de ta voiture. Je vais aller faire quelques courses pour ce soir !

– T'es un amour !

Mon frère lève les bras au ciel, se reculant de la porte qu'il laisse entrouverte. Il manque de faire tomber la serviette qui tient à peine autour de ses hanches et la rattrape de justesse. Me laissant néanmoins voir le début de sa raie.

De pire en pire.

– Tu peux me prendre une bouteille de tequila ?

Le regard concentré sur le dos de mon frangin, je ne remarque que trop tard Nolan. Debout près de la porte, il n'est pas plus vêtu qu'Edgar. Pour le coup, aucun dégoût ne tiraille mes entrailles ni ne déforme les traits de mon visage.

Non.

Et il me faut toute la volonté du monde pour empêcher mes yeux de glisser sur son torse taillé dans le marbre.

Putain.

J'ai vu ses abdominaux une centaine de fois. Je les ai connus à peine formés, juvéniles, puis peu à peu, le corps de Nolan s'est dessiné. Raffermi. Pour devenir celui qui se pointe devant moi ce soir. Un corps brut, ciselé, viril à souhait.

Un corps de hockeyeur.

Légèrement marqué en prime.

Il me tend un billet de cent dollars, largement supérieur à ce qui est nécessaire et je l'attrape, fébrile.

– Tu prendras le reste pour payer les autres bouteilles.

Il disparaît dès que mon frère revient, me lançant rapidement ses clés que je bloque contre ma poitrine. Il me fait un dernier signe de main, laissant les voix rauques et amusées de l'équipe me saluer, avant que la porte ne claque.

Faut vraiment que j'arrête de prendre cette habitude : chercher les clés de mon frère, sérieusement ? Pire des traquenards pour mon cœur.

***

– Petite copine de joueur ?

Je fronce les sourcils en me tournant vers la personne qui s'est placée sur ma gauche. Les mains prises par un gobelet et une bouteille, je lorgne l'intrus d'un œil inquisiteur avant de lui répondre :

– Pardon?

– Ton copain est ici?

– Je n'ai pas de copain.

Il rigole et se penche sur la table, posant ses coudes sur celle-ci de manière nonchalante. Ses yeux perçants m'observent et un sourire éclatant illumine son visage fin.

– C'est cool à savoir, admet-il. Je m'appelle Corey Burtton!

Il me tend sa paume large et attend patiemment que je la prenne dans la mienne. Un peu déroutée par cette entrée en matière loin d'être anodine, je joue néanmoins le jeu et me présente à mon tour.

– Scarlett Martin.

Il se redresse, passant ses doigts dans ses cheveux blonds coupés court.

– OK, donc ce n'est pas un mec mais un *frère*.

– Je suis la petite sœur du capitaine des Terriers, oui.

– C'est bien ma veine.

Il se recule un peu, rigolant tout en me fuyant du regard.

– Tu vas me dire qu'après avoir abordé une fille de manière aussi peu subtile, tu vas plier dès que tu apprends qu'elle est de la famille d'un joueur?

Je me retourne, m'adossant contre le plan de travail pour faire pleinement face à mon interlocuteur. Les filles sont certainement dans le salon et même si l'appartement est bondé, aucun débordement n'est à prévoir ce soir. Les premiers arrivés sont les premiers servis chez le capitaine et dès que la limite acceptable est atteinte, plus personne n'a le droit de venir à la soirée. Les voisins sont assez laxistes et même si nous faisons clairement trop de bruit, les gars n'ont jamais eu aucun souci avec la police.

– Ça dépend si la *sœur* de ce joueur est prête à coopérer.

– Demande-lui, lâché-je d'une voix taquine.

Je l'ai promis à Paige: parler avec un mec. Et Corey Burtton est le premier à oser m'approcher, sans crainte vis-à-vis de mon frère. Enfin, pas au point de détaler comme un lapin, du moins. Au lieu de partir, il reste planté devant moi en me souriant. Il se rapproche doucement et pose presque la bouche sur mon oreille. Son souffle chaud provoque une sensation particulière dans le bas de mon ventre et je remercie l'alcool qui coule dans mes veines de me faire ressentir ça. Sobre, il ne m'aurait certainement fait aucun effet.

– Je t'ai observée toute la soirée, me murmure-t-il. Tu me plais beaucoup et je serais ravi si tu passais un moment avec moi ce soir.

Je plaque une main sur son torse en gloussant, le repoussant doucement.

– Ce n'est pas ce que nous sommes en train de faire?

Il ricane, les yeux braqués dans les miens. Une lueur de défi, mêlée à un intérêt non dissimulé, brille dans ses iris. Il y a quelque chose chez lui d'attirant. Peut-être parce qu'il est l'exact opposé de ce que je cherche chez un mec.

Il n'est pas Nolan.

– Et avec de la repartie. J'aime ça! Vous éveillez ma curiosité, mademoiselle Martin.

Je m'apprête à enchaîner, mais le corps de Corey percute le mien et un liquide froid mouille mon débardeur. Je sursaute en sentant l'alcool se répandre sur ma poitrine et mon ventre, poussant un petit cri étonné.

– Merde, Scarlett, je suis désolé!

Un mec portant le blouson des Terriers et qui vient de bousculer Corey ne prête même pas attention à nous. Je lorgne de biais cette grande tige, cheveux coupés court, carrure épaisse et nez légèrement cassé. Je ne reconnais pas le joueur. Sûrement un petit nouveau qui se croit tout permis à déambuler dans un appart comme s'il lui appartenait. Tocard.

– Tu peux faire attention, non?

Le mec ne m'entend pas, ou ignore tout bonnement ma remarque, concentré sur ce qu'il est en train de raconter à la nana en face de lui. Corey se précipite vers le meuble derrière lui pour récupérer de l'essuie-tout. Il me tend les feuilles en vitesse, se retenant de poser les mains sur moi pour limiter les dégâts qu'il a causés par inadvertance.

– Ce n'est pas ta faute, dis-je en essuyant le surplus. Je vais me changer!

– Tu habites ici?

Je hoche simplement la tête et le contourne.

– Tu m'attends?

Son sourire irradie son visage et il lève son verre vide dans ma direction.

– Je ne bouge pas de là.

Je quitte la cuisine d'un pas rapide, jetant un coup d'œil dans le salon pour voir si les filles ont bougé de la piste de danse, et ris en les voyant se déhancher avec entrain. Je me faufile parmi la foule qui s'est amassée dans l'appartement et passe la porte qui mène aux chambres. Le couloir est vide et pas une seule trace de fêtards ne jonche le sol. Encore un atout d'être chez le capitaine de l'équipe: certaines pièces sont épargnées.

J'entre dans ma chambre en allumant la lumière pour me diriger vers la commode. J'ai à peine le temps de retirer mon débardeur qui me colle à la peau qu'une voix aiguë pousse un cri de surprise. Je me crispe, plaquant le tissu humide sur ma poitrine presque nue, et me tourne vers les bruits dans mon dos.

– Scar?

– C'est une blague? éructé-je face aux deux silhouettes allongées sur mon lit. T'es sérieux, Nolan?

Je ne sais pas ce qui me brise le plus. Voir que la première fois que le mec que j'aime est dans mon lit, ce n'est pas avec moi ; ou rencontrer sa petite copine dans une situation pareille. Dans *ma* chambre, alors qu'elle est tout enchevêtrée dans la robe qui remonte au-dessus de ses hanches. Elle se redresse en vitesse pour se rhabiller, fuyant mon regard. Nolan a l'air à la fois étonné de me voir et confus quant à la pièce dans laquelle il se trouve.

– Je peux savoir ce que tu fous dans *ma* chambre ?

Je suis toujours dénudée et loin d'être en meilleure posture qu'eux. Nolan m'observe une seconde de trop et je maudis la chaleur que son regard provoque dans ma poitrine, puis il se lève et attrape son tee-shirt noir par terre pour l'enfiler rapidement. Je bloque sur son torse avant de constater la proéminence dans son pantalon.

La bile remonte dans ma gorge.

– Scar, je croyais que nous étions entrés dans ma chambre, je suis désolé.

Il a l'air réellement choqué de se trouver ici, mais à ses pupilles dilatées et à la façon qu'il a de se tenir tout en regardant tout autour de lui d'un œil hagard, je sais qu'il n'est pas tout à fait dans son état normal. Il a bu, mais je n'en suis pas moins dégoûtée.

– Dégagez, craché-je.

Harriet, qui ne s'est pas excusée, se précipite dans le couloir, ses chaussures à talons dans les mains. Je reste debout près de ma commode, face à un Nolan terriblement mal à l'aise.

– Scarlett.

Le ton de sa voix doublé de mon prénom qui glisse sur sa langue comme s'il lui avait toujours appartenu font cesser les battements de mon cœur.

– Ne t'avise plus jamais de te pointer dans *ma* chambre pour baiser ta meuf dans *mon* lit. C'est clair ?

Il hoche simplement la tête et se dirige vers la porte en silence, il pose une main sur le chambranle et s'arrête une seconde.

– Estime-toi heureuse. Si tu étais arrivée deux minutes plus tard, tu m'aurais vu dans une position bien plus délicate !

Il mime de ses mains une prise sur des hanches imaginaires et donne lascivement des coups de reins. Ses dents mordillent sa lèvre inférieure comme s'il était empreint d'un désir brut.

– Casse-toi ! hurlé-je en lui balançant le premier truc que j'ai sous la main.

Mon débardeur.

Il explose de rire et l'évite de justesse. Une main toujours posée sur la porte, son regard glisse à nouveau sur mon corps dénudé. Comme s'il me voyait vraiment pour la première fois. Une lueur indéchiffrable traverse ses iris, mais je n'ai pas le temps de m'y attarder qu'il me fait un clin d'œil espiègle et quitte la chambre. Il referme la porte, laissant son rire grave briser davantage les derniers morceaux de mon cœur, à vif. En moins d'une seconde, je me retrouve seule dans la chambre. Les draps de mon lit sont défaits et l'image de Nolan sur sa copine s'est imprégnée tellement fort dans ma rétine que je suis certaine de faire une insomnie jusqu'à la fin de ma vie. Mon cœur bat la chamade et j'ai un mal de chien à calmer ma respiration erratique. Je suis au bord de la crise de nerfs.

Je n'aurais jamais dû quitter Corey.

Je n'aurais jamais dû emménager ici.

Je n'aurais jamais dû partir de France.

6

Nolan

Je rentre à l'appartement un peu après onze heures du matin. Les gars sont déjà debout et seule Scarlett manque à l'appel. Je ne lui ai pas reparlé de la soirée d'hier, comme si elle avait fait en sorte de ne jamais se retrouver en ma présence. Je l'ai vue plusieurs fois parler avec un type, que son frère a d'ailleurs tenté d'intimider en vain. Ça faisait clairement chier Edgar de voir qu'un mec lui tenait tête aussi ouvertement et séduisait sa sœur sous son nez. Dans son appart. Techniquement, la règle numéro un n'avait pas été enfreinte. Scarlett n'avait pas fait venir ce gars, c'était la soirée que nous faisions qui l'avait attiré. Léo a tenté de calmer Ed, parce qu'il commençait à monter dans les tours et que botter le cul de ce morveux juste parce qu'il parlait avec Scarlett n'était pas la meilleure technique. Moi, je me marrais. Si j'avais été dans mon état normal, j'aurais fait une petite réflexion à Scar et quelques regards meurtriers au type pour qu'il lâche l'affaire. Juste histoire de voir s'il tenait le coup et s'il la méritait. Je l'ai fait, mais pas autant que j'aurais dû. Après ma petite mésaventure de chambre, j'ai surtout fait profil bas.

Putain.

J'étais à deux doigts de baiser ma meuf dans le pieu de Scarlett.

Je n'étais pas bourré au point de ne pas savoir marcher, j'aurais dû me douter que j'avais ouvert la mauvaise porte. Ça m'est déjà arrivé lorsque Milo habitait ici, il ne s'en est jamais plaint. Quand je suis dans le feu de l'action, je ne fais gaffe à rien. Sauf que cette année, ce n'est plus Milo qui est dans cette chambre, mais Scarlett Martin. Petite sœur de substitution qui ne devrait même pas savoir à quoi ressemble ma bite. Ni celle de personne d'autre d'ailleurs. C'est encore une gamine qui écoute du Justin Bieber.

Et qui porte des sous-vêtements en dentelle rouge beaucoup trop moulants, sur un corps beaucoup trop formé.

Je grimace malgré moi et chasse cette dernière pensée.

Et voilà que moi je me suis mis à tripoter Harriet dans *ses* draps. Je savais quand je suis entré que quelque chose clochait : la disposition du lit, l'odeur bizarre dans la pièce. Mais j'étais trop concentré sur ce qu'était en train de faire Harriet avec ses doigts pour percuter que, non, le parfum que je sentais n'était pas le nouveau de ma petite copine.

– Bien dormi, Jones ?

Edgar me file un mug de café au moment où j'arrive dans la cuisine dans laquelle il est avec Léo. Je les salue tous les deux rapidement et attrape la tasse que me tend mon pote. Je bois une gorgée rapide.

– Pas beaucoup.

La frustration du milieu de la soirée s'est déversée une bonne partie de la nuit.

– Ahouuu ! hurle Léo comme un chien en rut, en nous faisant marrer.

– Vous foutez quoi là-dedans ?

La voix légère de Scar nous fait nous retourner. Les cheveux en bataille, elle a dressé un chignon défait sur le haut de sa tête. Laissant toutes ses autres mèches tomber de manière fouillis sur le dessus de ses épaules. Elle porte un simple tee-shirt et les pointes de ses seins se devinent sous le tissu. Je détourne le regard, ne jugeant pas utile de rappeler à ma vue cette même poitrine aperçue hier soir. Je gobe un biscuit sorti sur le plan de travail.

– Ce n'est pas pour les petites filles, lâché-je, la bouche pleine.

– C'est vrai? dit-elle sur le ton du défi. Pourtant je croyais que tu voulais m'apprendre des choses hier quand tu étais allongé sur mon lit, la bite en feu!

J'avale de travers, tapant du poing contre ma poitrine pour tenter de faire passer le gâteau sec. J'évite soigneusement de regarder Edgar que j'imagine crispé au possible et ajoute rapidement:

– Je me suis trompé de chambre.

– C'est quoi, cette histoire? crache Edgar.

– La bite en feu, tiens donc! rigole Léo.

– Ça va! On voulait un petit coup rapide avec Harri et je suis allé dans la mauvaise piaule. Pas besoin d'en faire tout un plat!

– Putain, mais, mec, t'as un problème avec les portes, toi. Ce n'est pas la première fois que tu fais ça, en plus!

– Je sais, grogné-je.

Je fusille du regard Scarlett, qui glousse. Elle est fière d'elle, consciente que si je n'avais pas donné d'explications rapides et plausibles, Edgar me serait tombé dessus. C'était sa petite vengeance et j'avoue qu'elle est de bonne guerre.

– Si la prochaine fois tu pouvais t'assurer que ma sœur ne tombe pas sur ton cul, ça serait top.

– Oh, elle aurait surtout vu celui d'Harriet, si tu veux mon avis, s'esclaffe Léo.

– Merci, marmonne Scarlett en nous contournant.

Elle attrape une tasse dans un placard, se dressant sur la pointe des pieds. Je ne retiens pas mon regard fugace qui bloque une seconde de trop sur le short qu'elle porte. Je ne sais pas pourquoi je la reluque autant ce matin, mais ça excite un truc dans mon bide que je relègue volontairement dans la case « besoin de baiser avec ma copine ». Je fixe le fond de ma tasse avec attention.

– Bon, puisque vous êtes tous réveillés, reprend Edgar, j'ai pensé que nous pourrions passer l'après-midi à Revere Beach ! Il fait super beau.

– Carrément ! s'exclame Scar. Je vais aller enfiler un maillot !

– C'est moi qui pilote, propose Léo en sortant de la cuisine.

Edgar le suit en rigolant et je retiens de justesse Scarlett, enroulant ma main autour de son poignet. Elle se retourne, les sourcils froncés et le regard confus. Elle baisse les yeux vers mes doigts puis plonge de nouveau ses iris dans les miens. Un sourire taquin se dessine sur mes lèvres et je garde mon emprise sur elle. Ses joues se colorent et, pour la faire rougir davantage, je la tire un peu plus, de sorte que son corps se rapproche du mien. Je la sens se crisper tandis que ma bouche se colle à son oreille. S'il ne s'agissait pas de Scarlett, on pourrait croire que je suis en train de flirter. Mais c'est Scar et j'aime simplement la taquiner. Rien à voir avec ce malaise que j'ai l'impression de ressentir entre nous ces derniers jours. Une odeur de jasmin, la même que j'ai sentie hier dans sa chambre, titille mes sens. J'ignore l'agréable sensation de familiarité que ça provoque dans ma poitrine et chuchote d'une voix lente et mesurée :

– Crois-moi, Scar, si j'avais eu envie de t'apprendre des choses, je m'y serais pris bien différemment.

Je me recule, lui faisant un clin d'œil équivoque. Je jurerais qu'elle cesse de respirer, mais ne m'attarde pas sur son silence et me rue dans ma chambre pour me changer.

Nolan 1 – Scarlett 0.

Elle devrait se douter qu'à ce petit jeu, je suis bien meilleur qu'elle. Je suis né pour la faire chier, elle le sait depuis le temps !

***

Je sors de l'eau, les cheveux trempés, et marche d'un pas rapide sur le sable brûlant. Je m'allonge à plat ventre sur ma serviette installée à quelques mètres de celle de Scarlett qui n'a pas bougé depuis que nous sommes arrivés. Les gouttes d'eau salée glissent sur mon visage et je passe un coup de langue sur mes lèvres.

– Tu sais que si tu restes là, tu vas finir rouge comme une écrevisse, Scar ?

– Ta gueule, Nolan. Si je t'avais demandé ton avis, tu l'aurais su !

J'explose de rire au moment où les gars nous rejoignent. Edgar s'essuie rapidement avant de s'asseoir sur la place libre entre sa sœur et moi.

– T'es pas obligée d'être désagréable, Scarlett. Et puis lâche ce fichu téléphone, profite du soleil !

Elle soupire, l'air boudeur, et range son portable dans le sac derrière elle.

– Laisse-la, Ed, elle essaye de récupérer le mec qu'elle a fait fuir hier soir en ouvrant la bouche.

J'évite de justesse le short en jean qu'elle m'envoie et suis secoué par mon rire que j'étouffe sur ma serviette. Avec ses grosses lunettes de soleil qui lui mangent la moitié du visage, impossible de voir ses sourcils, mais je suis persuadé qu'ils sont froncés au possible.

Tellement facile de l'énerver.

– Qu'elle est susceptible, cette enfant !

– J'avais oublié à quel point vous étiez usants tous les deux, souffle Edgar. Des fois je me demande qui est le plus immature des deux !

– Pas besoin de te poser la question, se rebiffe Scarlett. Il porte un short de bain jaune et il a la pire tête à claques de la terre !

Je lui envoie un baiser imaginaire et elle me fait un doigt d'honneur. Je rigole comme un gosse. Edgar a raison sur ce coup, des fois je me demande si je ne suis pas encore plus puéril qu'elle. Elle fait ressortir ça chez moi et ne pas l'avoir vue durant presque un an me donne envie de rattraper le temps perdu. Même si la Scarlett qui a pris l'avion ce jour-là n'est pas celle qui est allongée sur cette plage. Le corps est le même, bien que je ne l'aie jamais réellement regardé en détail. Je fixe son ventre en vitesse puis remonte sur sa poitrine, habillée d'un maillot de bain bleu marine en forme de brassière. Malgré moi, je tente de deviner ses seins compressés sous le tissu et une chaleur incontrôlable se propage dans le bas de mon ventre. Je remonte illico mon regard sur ses cheveux coupés dans un carré négligé dont quelques mèches se sont éclaircies avec le soleil. Je finis par baisser la tête, collant mon front sur ma serviette pour m'éviter de la reluquer plus longtemps.

– Tu parles vraiment avec le mec d'hier soir? reprend Edgar d'une voix calme.

Sujet glissant, surtout quand on sait que la veille, ça le mettait plutôt hors de lui.

– Pourquoi, je n'ai pas le droit?

– Je ne sais pas. Je ne le connais pas.

– Parce que tu vas me faire croire que tu n'as pas demandé à toutes les personnes présentes à la soirée des infos sur lui, peut-être?

Je me marre en jetant un coup d'œil railleur vers Léo.

– Touché, lâche-t-il en rigolant à son tour.

– Je ne veux juste pas que ce soit un deuxième Evan Teryl.

– Tu es encore bloqué sur lui? s'agace Scarlett. Sérieux, ça fait plus d'un an! Passe à autre chose.

– Ce mec était un bouffon, le défend Léo.

– Il ne te méritait pas.

– Ce n'est pas à toi de décider ça pour moi. Si j'ai envie de sortir avec Corey, je fais ce que je veux.

Je me redresse sur mes coudes, regardant le frère et la sœur se lancer dans une joute verbale, puis me mets sur le dos. Là-dessus, je ne peux que soutenir mon pote. Scarlett a la fâcheuse manie de se dégotter des connards, et Evan Teryl était en haut de la liste. Ce n'est pas faute d'avoir toujours gardé un œil sur ses fréquentations.

– Laisse tomber, Ed, fais-je avec désinvolture. Ce mec n'est ni basketteur, ni footballeur, ni rien qui se rapproche de près ou de loin de Teryl.

Ça, j'en suis certain.

– Tu t'es renseigné ? s'énerve Scarlett.

Je la fixe une seconde, un sourire amusé sur les lèvres.

– Bien sûr que je me suis renseigné, ma petite, et plutôt deux fois qu'une.

Entre ma tentative ratée de me faire Harriet dans un lit qui n'était pas le mien et la fin de la soirée. Ce n'est pas parce que je suis en retrait et que je me marre de voir Edgar s'exciter tout seul que je ne fais pas attention. Quand Scar avait le dos tourné, j'ai tenté deux ou trois coups d'œil réprobateurs vers ce Corey Burtton, sans qu'il ne se sente menacé. Alors plutôt que d'aller le confronter, j'ai fait jouer mes connaissances. Là où Edgar pense avec ses émotions, je pense avec ma tête. Scarlett veut sortir avec un type, rien à foutre. Par contre, le mec a intérêt à être clean. Et je m'en suis assuré, point final.

– Vous faites vraiment chier !

Elle balance ses lunettes de soleil sur sa serviette et marche d'un pas rapide vers la mer. Les coudes posés sur le sol, je la fixe jusqu'à ce qu'elle entre dans l'eau. Sa peau a légèrement bruni au soleil, mais c'est le déhanchement de ses fesses qui attire toute mon attention. Je me replace sur le ventre, m'obligeant à laisser tomber mon analyse un peu trop appuyée de la Scarlett-retour-de-France pour me focaliser sur la voix d'Edgar.

– Tu ne m'avais pas dit que tu avais cherché à savoir qui était ce mec.

– Je comptais t'en parler aujourd'hui, avoué-je.

– Il a l'air bien, alors ?

– Sciences po, famille de riches, un palmarès tout à fait acceptable et une bande de potes soft. Il peut lui convenir.

Edgar soupire et se lève à son tour.

– Alors j'imagine que je vais devoir fermer ma gueule.

– Tu vas surtout arrêter de te prendre la tête pour des conneries et profiter du soleil ! ajoute Léo.

– Faut surtout qu'il baise, le vanné-je en me redressant. Parce que franchement, Ed, c'est d'une tristesse mortelle de penser à ce que ta sœur fait de son cul plutôt que de t'intéresser à ceux que tu pourrais te faire !

J'explose de rire quand il me pourchasse jusqu'à la mer et plonge la tête la première.

Un Martin par excellence : si facile à faire sortir de ses gonds !

7

Scarlett

Quand je sors de mon dernier cours de la journée, il est cinq heures passées. Je regarde rapidement mon téléphone, écoutant d'une oreille ce que les filles racontent. Je suis lessivée malgré un week-end plutôt tranquille et calme. J'ai bien dormi samedi soir, par contre hier était une autre affaire. Je suis allée me caler sur le canapé vers deux heures du matin et j'ai zappé plus d'une heure et demie avant de finalement m'endormir. Réveil brutal au lever du soleil et impossible de finir ma nuit après ça.

– Oh, oh! chantonne Paige. Je crois qu'il y a quelqu'un pour toi, Scarlett!

Je relève les yeux au moment où une silhouette se matérialise devant notre groupe. Le visage toujours aussi souriant, la démarche toujours aussi assurée, Corey se plante devant nous.

– Salut, dit-il.

Il lance un coup d'œil vers mes copines, les saluant avec gentillesse avant de plonger son regard dans le mien.

– Je passais te prendre pour aller boire un café tous les deux, ça te dit?

Les traits de son visage s'illuminent à la mention d'un moment en tête à tête en ma compagnie et je me mords l'intérieur de la joue, gênée. Depuis qu'on s'est rencontrés à la soirée de vendredi soir, on n'a pas arrêté de discuter par messages tout le week-end. C'était facile, sans prise de tête, mais maintenant qu'il est bien visible devant moi, je ne sais plus quoi faire. Je ne suis pas une experte en relations et encore moins lorsque la personne avec qui je parle est ouvertement intéressée par moi. Il me l'a dit vendredi soir, et hier, alors qu'on discutait des événements qui nous avaient amenés à nous rencontrer.

Je lui plais.

Lors de la soirée à l'appartement, c'était simple : j'avais bu, j'étais énervée contre Nolan et Harriet pour avoir failli souiller mon lit et Corey était là. Drôle, taquin, intéressant. Une brusque bouffée de chaleur se répand dans ma poitrine au souvenir de ces derniers jours en sa compagnie et je lui souris en ajoutant avec franchise :

– Avec plaisir !

Je me tourne vers mes copines, pleine d'assurance alors qu'au fond de moi je panique en sachant que je vais être seule avec un mec. Sobre. Ce ne sera pas la première fois, mais les choses depuis Evan Teryl ont changé. *J'ai* changé. Je me pose toujours autant de questions, mais j'ai surtout encore plus de mal à faire entrer les hommes dans ma vie. C'est un blocage. Il était déjà là avant mon départ en France, il était toujours là quand j'étais à Paris, mais il est encore plus oppressant depuis que je suis rentrée.

Et ce blocage porte un nom qui me donne toujours autant de frissons malgré toutes mes tentatives pour le sortir de mon esprit.

Mais Corey est cool et je serais idiote de ne pas lui donner une chance. En tout cas, c'est ce que les filles n'ont pas arrêté de me dire tout le week-end, après avoir passé une partie de la soirée de vendredi avec lui et moi. Elles l'ont trouvé charmant et ne m'en ont fait que des éloges : « Il est parfait ! »

Elles n'ont pas eu besoin de préciser, leur déduction était claire comme de l'eau de roche. Il était parfait parce qu'il n'était pas Nolan et c'est le mieux que je puisse demander à l'heure actuelle.

Et je sais qu'au fond, elles ont raison.

– On se voit demain ? lâché-je.

Elles ont déjà commencé à se diriger vers la sortie et me font des signes rapides, le regard un peu lourd et le sourire aux lèvres.

– Amusez-vous bien ! Ravie de t'avoir croisé, Corey.

Ce dernier leur rend la politesse et nous nous retrouvons finalement seuls au milieu du couloir de la fac.

– Je pensais qu'on pourrait prendre un café à emporter et se poser au parc, ça te va ?

– Très bonne idée.

Il m'invite à le suivre jusqu'au parking et je monte à l'avant de sa Volvo. L'odeur du cuir me pique légèrement le nez mais la fraîcheur intérieure me fait soupirer d'aise. Il fait énormément chaud en ce moment à Boston et après avoir passé la journée enfermée dans des amphithéâtres bondés, j'aurais bien envie d'une douche froide.

– Tu as prévu quelque chose ce week-end ? m'interroge-t-il, le regard rivé sur la route.

– Nous sortons de week-end, gloussé-je.

Je fixe son profil une seconde, le regardant sourire tout en restant concentré sur sa conduite. Je me sens étrangement mieux que tout à l'heure, comme si j'étais là où je devais être, avec lui. Il me lance un coup d'œil furtif et esquisse une moue espiègle.

– Tu me mates ?

– Je vérifie que tu sais conduire.

– Un peu tard après être montée dans la voiture d'un inconnu, mademoiselle Martin !

Je rigole et il me fait un clin d'œil. Nous nous taisons sur environ un kilomètre puis, lorsque Corey s'engage en ville, il reprend :

– Je pensais te voir ce week-end, à moins que tu aies autre chose de prévu et que tu en aies marre de ma compagnie ?

Il rigole, l'air détaché et toujours aussi sûr de lui.

Il est bien le seul.

– Je rentre chez mes parents.

– Dommage.

Il passe une main rapide dans ses cheveux et je souris, tentant de me détendre un peu.

– Ce n'est que partie remise !

Il se tourne vers moi, le regard pétillant, et mon cœur se serre. Il est vraiment beau garçon et je serais stupide de ne pas lui laisser une chance. On descend de sa voiture et on se dirige vers le premier café.

***

Il est presque huit heures du soir quand Corey me dépose devant mon immeuble. Il a laissé sa voiture un peu plus loin et nous marchons jusqu'à l'entrée en silence. On vient de passer plus de deux heures l'un avec l'autre et le temps a filé à une vitesse folle. J'appréhendais, j'avais peur et au final ça a été l'un des moments les plus sympas depuis que je suis rentrée. C'était tellement spontané, naturel, et je regrette presque de devoir le quitter tout de suite.

– Je suis vraiment content d'avoir passé du temps avec toi, confie-t-il en se tournant vers moi.

Nous nous arrêtons devant la grande bâtisse où se trouve mon appartement. Il m'observe, se rapprochant doucement tandis que je ne bouge pas d'un centimètre.

– J'ai adoré aussi, admets-je.

– J'imagine que monter avec toi jusqu'à ta porte serait contraire aux règles ?

Je grimace, il ricane.

Les règles.

Celles qui m'interdisent entre autres de ramener un garçon à l'appartement ou de sortir avec l'un des potes de mon frère. Comme s'il s'agissait même d'une éventualité *plausible.*

Je parle bien sûr de la seconde option, puisque la première aurait grandement besoin d'être supprimée, rayée, abolie ! Elle n'a aucune chance d'arriver. Jamais.

– Je suis désolée.

Je baisse le regard vers mes chaussures, ne sachant pas si je suis censée le planter ici, l'embrasser sur la joue, le prendre dans mes bras ou… Ses doigts se posent sur mon menton et Corey redresse mon visage pour ancrer ses yeux dans les miens. Il me sonde une minute, attendant certainement un rejet de ma part, quelque chose. Je ne dis rien, ne bouge pas, obnubilée par la sensation de chaleur qui se propage dans mon ventre à l'idée qu'il m'embrasse. J'en ai envie. Pourquoi ? Je n'en sais rien, avec Corey c'est différent, il *est* différent.

Ses lèvres se posent sur les miennes avec une douceur inédite. Mon estomac se serre. J'agrippe son tee-shirt, voulant le sentir plus proche de moi encore. Sa bouche reste en surface, se fait légère, délicate, sans brusquerie. Puis sa main glisse le long de ma gorge, de mes hanches, avant de venir se poser sur mes reins. Il me ramène vers lui, collant mon corps contre son torse. Je m'échauffe, me sentant émoustillée par la sensibilité de ses gestes. J'enfonce ma langue dans sa bouche, exigeante de prendre plus. Désireuse de recevoir plus. De ressentir plus. Sa seconde main se presse à son tour au-dessus de mes fesses avant de descendre un peu plus bas. Ses doigts me caressent avec une certaine pudeur, comme s'il ne voulait pas gâcher le moment en étant trop entreprenant, en se hâtant. Pourtant, j'ai vraiment envie qu'il prenne ce qu'il veut, qu'il m'embrasse comme si j'étais une chose exceptionnelle, comme s'il ne voulait même pas reprendre son souffle. J'ai besoin qu'il me fasse ressentir des trucs, qu'il retourne mon estomac, qu'il fasse déferler des papillons, qu'il me fasse vibrer. Je passe mes mains sur sa nuque, prête à intensifier notre baiser, mais des pas dans notre dos me déconcentrent et une voix s'élève. Elle est rauque, agacée… et vient tout foutre en l'air.

– Bas les pattes !

Putain.

8

Nolan
Un peu plus tôt dans la soirée

– Et ça se passe bien à la coloc?

Je décapsule la bière que Gabriel vient de nous apporter, observant d'un œil discret la main qu'il pose sur la nuque de Milo.

– Ça passe, dis-je en haussant les épaules.

– T'as l'air emballé.

Milo passe un bras autour des hanches de son petit ami et le tire un peu plus vers lui. Ils me fixent tous les deux, comme s'ils attendaient que je déballe ce que j'ai sur le cœur. J'ai toujours été proche de Milo, même si je l'ai rencontré lors de ma première année d'université. Il s'est greffé à merveille au trio inséparable que je formais avec Léo et Edgar. À tel point que lors de notre deuxième année, on s'est mis en colocation à quatre, abandonnant l'appartement qu'on louait avec les gars près de la fac.

– Disons que c'est différent de cohabiter avec une fille, soufflé-je. La salle de bains, les règles à la con qu'Edgar nous impose pour éviter que sa sœur ne se tape des mecs dans l'appart.

– Et puis c'est Scarlett, se marre Milo.

– Ça change quelque chose que ce soit elle et pas une autre? demande Gabriel, légèrement confus.

– Disons qu'avec Nolan, c'est un peu « je t'aime, moi non plus ». Je l'ai rencontrée lorsqu'elle est arrivée à la fac l'an dernier, et ils ont passé leur temps à s'envoyer chier.

– Charmant. Tu ne nous refoulerais pas un petit béguin, Jones?

Je m'étouffe avec ma bière et Gabriel explose de rire. Milo se contente de m'observer en silence et hausse un sourcil.

– Ouais, plutôt crever que de me taper Scarlett. Vraiment, ce serait comme coucher avec ma *mère*.

Bon, peut-être pas aussi extrême. Mais disons que je ne la considère même pas comme sexuellement active, même si je me doute qu'elle a déjà tenu une bite et qu'elle sait même peut-être très bien comment l'astiquer. Je mords l'intérieur de ma joue, m'empêchant d'aller un peu trop loin dans mon imagination. J'ai des tendances un peu glauques en ce moment, qui impliquent Scarlett et une queue, et ça devient limite sur les bords.

– Ça a le mérite d'être clair, pouffe Gabi. Mais dis-toi que ça aurait pu tout aussi bien être Harriet.

– Non, c'est trop tôt pour emménager ensemble! Je ne sors avec elle que depuis six mois, on se calme!

– Tout ça pour te dire que tu es plutôt bien tombé. Surtout si vous connaissez tous cette fille depuis des années et que c'est comme votre petite sœur, à Léo et toi.

– Et puis, si Ed a proposé, c'est qu'il sait que ça peut passer.

– Ouais, en attendant, ça a cassé le délire de la coloc, marmonné-je.

– Tu veux manger à la maison? propose Gabriel en se redressant, changeant la conversation en une fraction de seconde. Je vais faire des bruschetta.

Je me lève à mon tour, rangeant les quelques cahiers que j'ai éparpillés sur leur table de salon. Leur appartement est deux fois plus petit que le nôtre, mais leur pièce à vivre est immense et ultra lumineuse. Ils habitent à une dizaine de minutes de chez nous, ce qui fait que lorsque Milo m'a invité à venir bosser avec lui sur un devoir que nous avons à rendre en fin de semaine, j'ai sauté sur l'occasion. C'est toujours mieux que de se terrer à la bibliothèque. Et ça faisait quelques jours que je n'avais pas revu Gabriel.

– C'est gentil, mais les gars m'attendent !

– Comme tu voudras ! Ce serait quand même cool de se manger un morceau un de ces quatre. Vous êtes les bienvenus. Et Scarlett aussi. Comme ça, je vais enfin pouvoir rencontrer la fameuse petite sœur agaçante !

Je rigole face à la comparaison que Gabriel fait de Scarlett, imaginant clairement la tête qu'elle tirerait si elle l'entendait. Ce n'est même pas moi qui lui ai soufflé, ou en tout cas, pas à voix haute. J'imagine que mon visage parle pour moi.

Et Scarlett est clairement chiante !

– Merci pour la bière en tout cas !

– Quand tu veux !

Je salue une dernière fois le couple et passe la porte d'entrée pour m'engouffrer dans le couloir, avant de descendre les deux étages à pied et de m'installer derrière le volant de mon Chevrolet. Je démarre rapidement, baissant la vitre à son maximum pour laisser l'air étouffant de ce début de soirée aérer l'habitacle. Je meurs de chaud et la séance d'études que nous venons de faire avec Milo n'a rien arrangé. Je déteste rester enfermé pendant des heures à bouquiner. Je ne suis pas illettré ou mauvais dans mes études, loin de là. Mais j'ai la chance d'avoir déjà eu l'opportunité d'effectuer des stages dans la boîte que mon père gère à Boston. Une start-up qui regroupe plusieurs magazines sportifs et qui commence à s'implanter un peu partout sur la côte est. L'idée est que je m'occupe de la branche de Boston pour qu'il puisse pleinement se focaliser sur celle qu'il ouvre prochainement à Baltimore. Je serai diplômé en gestion l'année prochaine, et avec l'expérience que j'ai acquise pendant les mois et vacances passés là-bas et ma pratique – plutôt excellente – du hockey, je devrais pouvoir lui succéder d'ici quelque temps. Je m'entends super bien avec le directeur actuel, qui doit m'épauler quelques mois avant de me laisser sa place. En ce moment, il est sur deux fronts, Boston et New York, mais sa femme s'est fait muter à New York le mois dernier. Il n'attend qu'une chose, être pleinement envoyé sur place à son tour. Donc je peux me contenter du strict minimum à la fac, j'ai déjà un avenir tout tracé. À moins que tout change et qu'une équipe de NHL me recrute, mais là c'est utopique vu les monstres qu'il y a dans certaines équipes.

Lorsque j'arrive devant l'immeuble, je me gare sur l'une des places libres en face de la bâtisse, ne remarquant qu'une fois sur le trottoir le couple qui se câline près de la porte d'entrée. Je m'arrête sur ma lancée, examinant de loin la blonde sur la pointe des pieds. Le short en jean qui lui moule les fesses est presque caché par les mains que le type a posées sur elle. Je fronce les sourcils, faisant rouler mes clés autour de l'un de mes doigts tout en avançant vers eux.

– Bas les pattes, lâché-je en me plaçant juste derrière Scarlett.

Elle tressaute et Corey se contente de me lancer un regard de biais.

– Pardon ?

Sa voix grave sonne comme un avertissement, mais je ne bouge pas d'un pouce, restant à quelques centimètres du dos de Scarlett qui s'est à peine tournée vers moi. Elle a posé la tête sur l'épaule de son – tout nouveau – petit copain, l'air désabusé par mon arrivée inopinée.

Désolé, ma jolie, mais si tu veux être discrète, ne fais pas ça devant l'immeuble.

– Les mains, reprends-je avec fermeté. Plus haut !

– Dégage, Nolan, soupire-t-elle en se reculant.

Elle se décale de justesse, évitant de buter contre mon torse. Je la fixe tandis qu'elle croise les bras contre sa poitrine, qui monte et descend activement. Corey a déplacé ses mains, en en gardant une sur les reins de Scar, comme s'il voulait marquer son territoire. Je baisse les yeux sur son bras, l'examinant une seconde avant de plonger de nouveau mon attention dans ses yeux clairs.

Teryl était stupide et prétentieux, lui par contre est loin d'être con mais a autant une tête de bouffon.

J'ai peut-être exagéré en disant à Edgar que ce mec était bon pour elle.

Non, ce mec est juste à surveiller de très près et je n'aime pas du tout la façon qu'il a de s'afficher avec elle alors que je suis devant lui.

– Ton frère est là ?

Je lance un coup d'œil vers Scarlett, ignorant désormais le trouduc qui se tient à ses côtés.

– Il est là-haut.

– Règle numéro un, hein ?

Je ricane en les détaillant tous les deux.

– Ça y est, vous êtes ensemble, alors ?

Elle lève les yeux au ciel, gardant une posture défensive, et Corey raffermit sa prise sur ses hanches, la serrant un peu plus contre lui.

– Tu devrais faire gaffe à tes mains, mec, dis-je d'une voix posée. Je ne suis pas le plus à craindre. Son frère te les aurait coupées s'il avait vu où tu les avais posées.

– Elle est majeure et vaccinée, à ce que je sache. Et puis, son frère n'est pas là.

– Moi si.

– Nolan, grogne Scarlett. Tu déranges.

Je lève les bras en signe de reddition, fais un clin d'œil complice à Scarlett, parce que même si l'autre la tripote sous mes yeux, elle n'a pas à subir mes foudres. Que je le veuille ou non, elle a grandi et ce combat n'est pas le mien. Je ne suis pas son frère à proprement parler, mais je peux quand même essayer de faire peur à ce morveux aux mains beaucoup trop baladeuses à mon goût. Alors je hoche la tête vers son mec, le regard froid.

– Burnetton.

Il tique, mais ne dit rien, ignorant le jeu de mots puéril que je viens de faire sur son nom de famille. Tête à claques et sans humour.

J'entre dans l'immeuble, traversant le hall sans me retourner, et grimpe à notre étage. Quand j'arrive dans l'appartement, Edgar est assis sur le canapé, une bière à la main.

– Toujours en bas, l'autre guignol?

– Toujours, me marré-je devant la moue qu'il me lance par-dessus son épaule.

– Trois jours, c'est tout ce qu'il lui a suffi pour la choper. C'est un bon, blague Léo.

– Je ne l'aime pas.

– Tu n'aimes personne qui touche à ta sœur, réponds-je en souriant.

– T'es sérieux?

La porte d'entrée claque dans mon dos et je me retourne vers une Scarlett très remontée qui se tient sur le seuil. Les joues roses et le regard sombre, elle me scrute d'un œil noir.

– C'était pour rire, Scar.

– Ça va vraiment être comme ça, la coloc, alors? continue-t-elle en se mettant près du canapé.

Elle nous observe tous les trois, l'air déterminé à nous faire la morale comme si on était des gamins qu'une mère réprimande.

– Edgar, tu vas faire la gueule dès qu'un mec va m'approcher et envoyer tes chiens de garde pour être sûr que je reste vierge jusqu'à ma mort? Flash info: *je ne suis plus vierge!* J'ai couché avec des gars avant même que tu ne te rendes compte que j'avais l'âge de le faire et je t'emmerde.

Il veut protester mais elle lève une main, le clouant sur place. Je reste en retrait avec Léo, bloqué sur les paroles qui sont en train de sortir de sa bouche. Ce n'est pas tant de savoir qu'elle couche avec des mecs qui me perturbe. C'est de savoir qu'elle ne ressemble plus à la gamine que je connaissais. Et je n'arrive pas à mettre le doigt sur l'effet que ça me fait.

– Je t'interdis de t'immiscer dans ma vie privée, Edgar. Je ne suis plus une gamine. Notre année d'écart, tu peux te la foutre où je pense. J'ai 21 ans et bien l'intention de profiter de ma vie. Et Nolan, des coups comme tu viens de faire en bas : *plus jamais!* Si vous avez le droit de baiser qui vous voulez, alors moi aussi. Je ne suis pas votre propriété et je n'ai aucun compte à vous rendre. Que j'habite ici ou pas, je fais ce *que* je veux et avec *qui* je veux.

– Scarlett, grogne son frère.

– Non, Ed. Tu n'as pas le droit de faire ça, c'est toxique comme comportement. Si j'ai envie de me taper l'équipe de hockey réunie, *je me tape* l'équipe de hockey ! Point barre !

Sur ces paroles, elle se rue dans sa chambre en fulminant et nous restons tous les trois comme des cons, assimilant assez difficilement que Scarlett Martin n'est plus *du tout* la fille que nous avons laissée partir en France il y a un an.

Non, Scarlett a bien grandi.

– Elle veut vraiment se faire toute l'équipe, vous croyez?

On explose de rire devant la remarque de Léo, et Edgar ébouriffe ses cheveux, agacé.

– Putain, elle va me rendre ouf!

Les filles dans une colocation : mauvais bail.

Je l'avais dit, Scarlett casse déjà la dynamique et l'année vient à peine de commencer.

9

Scarlett

Je dégage ma couette d'un coup de pied sec et soupire. J'attrape mon téléphone, un message de Corey s'affiche sur l'écran. Il est presque deux heures du matin et je n'ai pas réussi à fermer l'œil.

[J'ai hâte de te revoir,
merci pour ce soir ;)]

Un léger nuage de papillons remue mon estomac quand je fixe les quelques mots. Sauf qu'une bouffée de colère m'envahit quand je repense aux dernières minutes que nous avons passées ensemble. Notre baiser, l'arrivée inopinée de Nolan, la sensation de malaise qui m'a submergée lorsque je me suis retrouvée entre eux. J'ai détesté ça, cette impuissance, tandis que je sentais la présence de Nolan dans mon dos. L'odeur un peu musquée de Corey embaumait mes sens alors que j'avais le front posé sur son épaule, mais tous mes autres sens étaient rivés ailleurs. En alerte rouge, alors que le corps derrière moi se rapprochait.

J'entends encore sa voix grave réprimander Corey pour les mains qu'il avait glissées sur mes fesses, je ressens à nouveau la sensation de chaleur intense qui s'était propagée dans ma poitrine.

Je n'avais pas eu à me retourner pour faire face à Nolan, je le devinais entièrement. J'imaginais sa posture, le désordre dans ses boucles, l'intensité de son regard.

Je soupire de nouveau, gardant mon téléphone dans une main et me levant de mon lit.

Encore une nuit de foutue.

Je récupère un sweat-shirt usé et l'enfile en vitesse avant de mettre un legging que je prends à même le sol. Je déambule dans le noir, cherchant à tâtons la poignée de ma porte. Le grincement me fait sursauter, et je jure contre moi-même. Je m'arrête une seconde, essayant de distinguer si j'ai réveillé simplement l'appartement ou si tout l'immeuble va me tomber dessus, puis continue ma route.

J'arrive dans le salon silencieux et m'affale sur le canapé en couvrant mes jambes d'un plaid qui traîne. Les journées sont assez chaudes, mais les nuits dans l'appartement se rafraîchissent, et le tissu contre ma peau provoque une sensation de familiarité. Comme à la maison. J'allume la télévision, consciente qu'il va me falloir un programme bien chiant pour me faire fermer l'œil. Je zappe une bonne dizaine de minutes avant d'ouvrir Netflix. Avec un peu de chance, un nouveau truc sera en ligne. Alors que je clique sur plusieurs vignettes, la porte qui mène aux chambres s'ouvre et je sursaute en voyant l'ombre qui se matérialise.

– Je savais bien que c'était toi.

Nolan referme derrière lui et avance sur la pointe des pieds. Les mains dans les poches de son jogging noir, les cheveux complètement hirsutes sur le dessus de sa tête, il se laisse tomber sans aucune retenue à mes côtés. Je jette un coup d'œil rapide à l'écran de mon téléphone. Deux heures douze.

– Je t'ai réveillé ?

– Non.

Les yeux rivés sur la télévision qui affiche une série que je m'apprêtais à mettre en route, il les plisse et se tourne vers moi.

– Tu vas vraiment mater ce truc ? grimace-t-il.

– Tu vas vraiment rester ici ? protesté-je. Tu as vu l'heure ? Tu devrais dormir.

Il se marre en tirant sur la couverture d'appoint que j'ai posée sur mes jambes pour la placer sur lui. Le plaid n'est pas très grand, et ça m'oblige à me décaler légèrement afin de rester couverte. Mes pieds glacés touchent sa cuisse, il ne réagit pas.

– J'ai bu trop de café chez Milo, soupire-t-il. Alors, ça parle de quoi ? Avec un peu de chance, ça va m'endormir direct.

– Une Sud-Coréenne qui a un accident de parapente et qui se retrouve coincée en Corée du Nord.

Il renifle et croise ses bras contre son torse, s'enfonçant un peu plus dans le canapé.

– Tu regardes vraiment de la daube, Scar.

– Tu peux retourner dans ta chambre, Nolan.

Il attrape mon pied froid et le tire vers lui, je me débats, mais il le garde dans ses grandes mains chaudes. Son toucher provoque des sensations particulières que j'ai bien du mal à contrôler.

– C'est bon, m'affolé-je, le souffle court. Tu peux rester ici.

Je me suis redressée de sorte que nous nous retrouvons à seulement quelques centimètres l'un de l'autre, et l'odeur de sa peau provoque une déferlante de papillons dans mon estomac. Il me sourit, le regard rieur et fier. Je fronce les sourcils.

– Alors, tu le mets ton *Roméo et Juliette* coréen ?!

Son souffle tiède chatouille mon visage et je me recule à la hâte, me remettant correctement sur le canapé. Le pied toujours prisonnier de sa prise, je n'ose plus un seul mouvement, bien trop consciente de sa présence. Je récupère la télécommande et commence le premier épisode dans un long soupir.

– Putain, grogne-t-il.

Je me tourne vers lui, la tête basculée en arrière, il fixe le plafond en chuchotant des choses inaudibles.

– Ça ne va pas?

Il se relève légèrement pour scruter la télévision dans une moue dégoûtée.

– Ce n'est même pas *traduit*.

– Il y a les sous-titres, dis-je, confuse. Rassure-moi, tu sais lire, au moins? Non parce que tu commences à me faire peur.

Il tire ma jambe d'un coup sec et tord mon pied dans ses mains, sans me faire mal, mais assez pour avoir pleinement accès à ma plante et entamer une lente torture.

– Stop, supplié-je en chuchotant. Stop, stop, Nolan.

Il ne m'écoute pas, étouffant son rire alors qu'il continue à me chatouiller.

– OK. Pardon, m'exclamé-je, la voix essoufflée. Je suis désolée. Tu sais lire. Grand et fort Nolan Jones.

Il me lâche et bombe le torse en souriant. Sa tête est à baffer mais mon ventre fourmille encore une fois. Un « t'es un gamin » menace de franchir la barrière de mes lèvres mais je me retiens in extremis par peur des représailles. J'avais oublié à quel point il pouvait être usant quand il s'y mettait et qu'il avait envie de me faire chier. J'ai perdu la main, mais lui est encore plus doué qu'avant, quand il s'agit d'être insupportable.

– Je suis prêt.

Il fixe la télévision, abandonnant mes pieds une bonne fois pour toutes.

Et moi, j'ai perdu toute envie de dormir.

10

Nolan

Adossé contre le plan de travail, je bois une gorgée du café fumant que Léo vient de faire. La nuit a été courte, le sommeil se fait ressentir dans mes muscles. Avec la journée qui m'attend et l'entraînement de cet après-midi, je risque de m'en vouloir à mort d'avoir passé ma nuit sur le canapé.

– Salut !

Je me tourne vers Scarlett qui entre dans la cuisine à son tour, les cheveux mouillés. Elle porte un débardeur noir moulant qui me fait buter un peu trop longtemps sur le renflement de sa poitrine. Je détourne le regard aussitôt et lui marmonne un bonjour presque inaudible. Elle ignore mon manque soudain d'effervescence et passe devant moi pour se servir un mug. Je me décale, empêchant son corps d'entrer en contact avec le mien alors qu'elle verse son café. Elle se redresse et me fait face, un sourire timide sur le visage. Je garde les yeux rivés aux siens, évitant à mon subit intérêt de flancher à nouveau. Je ne sais pas ce qui me prend de tiquer à ce point sur ses nichons. Difficile de l'imaginer encore comme un bébé quand elle parle de « baiser » et de « se taper » la terre entière. Ça m'a détraqué le cerveau, c'est sûr. Mais ce sont des nichons. Les *petits* nichons de ma presque petite sœur.

Point à la ligne.

– Je suis désolée pour cette nuit.

– Cette nuit? répété-je, un peu confus.

– Si tu n'as pas beaucoup dormi.

Je me marre en déposant ma tasse dans l'évier.

– C'est la faute de ta série cucul.

– Pardon, mais j'ai cru que tu m'avais demandé de mettre l'épisode *suivant* hier.

J'esquisse un sourire au moment où Léo entre à son tour.

– Un épisode de quoi?

Je grogne.

– Un drama coréen, pouffe Scarlett.

– Tu as regardé un drama coréen, Jones?

– J'ai dormi.

Pas beaucoup.

Pas du tout.

– Menteur. Tu es resté éveillé *toute* la nuit, continue à me narguer Scarlett.

Léo s'esclaffe. Je fixe notre nouvelle colocataire, dont le visage affiche fièrement une moue joueuse. Elle est ravie de me coller la honte devant mon pote et ma poitrine se gonfle d'orgueil. Je m'avance doucement vers elle, la faisant reculer imperceptiblement.

– Crois-moi, ma *petite*, il n'y a rien qui me laisse éveillé *toute* une nuit si ce n'est ce qu'il se passe plus bas.

Ses yeux glissent tout seuls sur mon ventre avant de lorgner entre mes jambes. Elle rougit instantanément et Léo explose de rire. Je fais un pas en arrière, cette fois bien content de l'avoir mise mal à l'aise.

– Tu…

Elle cherche ses mots, bafouillant alors que je croise mes bras contre mon torse en ricanant. Si facile d'emmerder cette fille que c'en est terriblement excitant. Au sens pudique du terme.

– Le sexe, Scar. Il n'y a que le *sexe* qui laisse un homme éveillé toute la nuit.

– Nolan ! s'exclame une voix sur ma droite. Tu es vraiment en train de parler de *cul* avec ma sœur ?

Je rigole, saluant Edgar qui arrive à son tour dans la cuisine pour se servir un petit déjeuner rapide.

– On parle de Scar, Ed. C'est une *enfant*. J'essaye simplement de lui expliquer comment fonctionne un homme puisqu'elle veut entrer dans la cour des grands.

Je fais un clin d'œil à la blonde devant moi, rouge tomate. De gêne, de colère, d'exaspération ? Je n'en saurai jamais rien puisqu'elle se barre en marmonnant des choses impossibles à déchiffrer. Mais le doigt d'honneur qu'elle me lance au dernier moment me met sur la piste de la deuxième option.

Si facile de faire chier un Martin.

***

Je sors des vestiaires, les jambes lourdes suite à l'entraînement intensif imposé par le coach. Mon sac de sport sur l'épaule, je jette un œil sur le dernier message que m'a envoyé Harriet.

– Ed, si tu ne veux pas qu'on arrive en retard au cours de Mme Shaw, va falloir que tu te bouges le cul !

Léo s'impatiente à la sortie du gymnase. Les bras croisés, il tapote le pied contre le sol comme s'il attendait un môme qui faisait un caprice. Je me marre et Edgar soupire.

– Je vais rentrer me boire une petite bière, moi, commence Milo. Un truc bien frais, ça te branche, Nolan ?

Je rigole, voyant le visage de mes deux potes grimacer à l'idée d'être coincés en cours, et rentre dans le jeu de Sullivan en un clin d'œil.

– Une seule ? Tu es petit joueur.

Je passe mon bras autour des épaules de Milo et continue à avancer avec lui.

– T'as raison, plus il y en a plus c'est bon !

On explose de rire quand les mecs nous insultent vivement avant de partir en courant à leur cours. Milo tape mon omoplate, continuant à se marrer.

– L'invitation tient toujours !

– C'est gentil, mais Harri m'attend ! Une prochaine fois ?

Je me décale légèrement pour rejoindre ma voiture à l'autre bout du parking.

– Je n'ai pas oublié que vous nous deviez un repas, avec Gabi !

– Avec plaisir !

Il me salue une dernière fois et nous marchons dans des directions opposées. Je range mon portable qui sonne et m'active, une main agrippée à la lanière de mon sac. Je rejoins mon 4x4 en un temps record, retrouvant Harriet adossée contre lui. Des lunettes de soleil sur le nez, elle m'enlace quand je m'approche d'elle et pose ses lèvres sucrées sur les miennes. Son gloss colle un peu, mais je goûte sa langue avec envie, la plaquant contre la porte de mon Chevrolet pour approfondir notre étreinte.

– Ça veut dire que tu dors chez moi ? ronronne-t-elle contre ma bouche.

Je dépose un dernier baiser rapide sur la sienne, m'obligeant à me décoller d'elle tant mon corps est en train de réagir à l'éventualité de passer la nuit ensemble. Une nuit qui s'annonce encore très peu réparatrice, mais ça va en valoir *largement* le coup.

– Monte !

Elle glousse et je rigole, contournant ma voiture en vitesse avant de remarquer la blonde qui traverse le parking non loin. Son sac sur le dos, elle n'est avec aucune de ses copines et se dirige d'un pas décidé vers la bouche de métro la plus proche. Je m'arrête une seconde en la fixant puis la hèle en avançant dans sa direction.

– Tu as besoin que je te ramène?

Elle s'arrête, me regardant arriver en souriant.

– Tu as fini les cours? s'étonne-t-elle.

– Je sors de l'entraînement. Ton frère et Léo sont en TD et j'allais chez Harri.

Son regard se voile une seconde et je fronce les sourcils, l'air soucieux. Elle se reprend, ne me laissant pas le temps de lui demander si quelque chose la chagrine, et ajoute avec joie:

– Ça m'arrangerait bien, mais je ne voudrais pas te faire faire un détour.

– C'est bon, Scar, pour toi je peux même traverser Boston!

Elle se mord la lèvre et passe une mèche derrière son oreille, regardant rapidement dans mon dos avant d'acquiescer. Elle me suit jusqu'à la voiture et je monte à l'avant, retrouvant Harriet qui a posé ses pieds sur la boîte à gants. Je déteste quand elle fait ça. Ce n'est pas faute de lui avoir répété dix mille fois de s'abstenir, pourtant. Je me contente de soupirer et tourne la tête lorsque la porte arrière s'ouvre pour laisser Scarlett monter sur le siège derrière ma copine.

– On dépose Scar à l'appart, dis-je simplement. Harri, je te présente Scarlett, la petite sœur d'Ed. Scar, je te présente Harriet.

– Sa petite amie, indique Harriet en jetant un regard par-dessus son épaule. Je crois que nous nous sommes croisées rapidement, une fois.

Scarlett grimace et je souris à cette mention.

– C'est exact. Ravie de faire ta connaissance dans de meilleures… *conditions.*

Je mets le contact, étouffant un rire, et quitte le parking. Harriet habite à une quinzaine de kilomètres de l'appartement, et même si ça me fait faire un petit détour, je préfère savoir que Scarlett rentre tranquillement plutôt qu'elle se tape les transports en commun. Surtout si ça peut lui permettre de rencontrer officiellement ma petite copine. Bien que je n'aie pas besoin de son approbation, j'ai quand même envie d'être certain qu'elles s'entendent bien.

– Scarlett a passé une année en France, déclaré-je pour tenter de lancer la conversation.

Harriet me regarde en souriant, posant une main sur ma cuisse comme si elle comprenait ce que j'essaye de faire. Elle n'a jamais rencontré Scarlett mais en a beaucoup entendu parler, par Edgar d'abord, Léo et moi ensuite. Elle sait qu'elle est importante pour moi, car on se connaît depuis longtemps et je la considère comme ma petite sœur.

– Tu m'avais dit. C'était comment?

Elle se décale sur son siège de sorte qu'elle puisse voir pleinement Scarlett dans son dos et lui parler en la regardant dans les yeux. Je jette un regard rapide dans le rétroviseur, tombant sur deux pupilles marron.

– Super, admet-elle en esquissant un sourire sincère. J'étais à Paris avec ma meilleure amie, du coup le dépaysement a été moins brutal. On a visité énormément de villes les week-ends. Avec nos cartes étudiantes, nous avions des prix et…

Je me concentre sur la route, rigolant discrètement en écoutant Scarlett parler, *parler, parler* de son séjour à Paris. Harriet reste attentive, faisant quelques remarques pertinentes tout en s'intéressant pleinement à ce que la sœur d'Edgar lui raconte. J'observe ma copine, posant la main sur celle qu'elle a mise sur ma cuisse, heureux: les présentations sont faites!

11

Scarlett

Je descends les escaliers qui craquent sous mon poids et retrouve ma mère dans le salon de jardin. Une tasse de café dans les mains, elle est installée avec mon père et ils discutent au soleil.

– Chérie, déjà levée?

– Il est huit heures, rigolé-je.

– Grasse matinée te concernant, s'amuse mon père. Il y a du café dans la cuisine.

– Merci!

Je fais demi-tour et vais me servir une tasse. Le week-end vient de passer aussi vite que la semaine précédente. J'ai agréablement bien dormi dans mon lit d'enfant, comme si mes deux années universitaires n'avaient jamais eu lieu et que j'avais toujours été ici. Je soupire en buvant une première gorgée, puis grimace.

Beurk!

Il est trop fort.

Je ressors après avoir mis un sucre et rejoins mes parents.

– Anya et Nolan viennent manger à la maison ce midi, annonce ma mère.

– Sans James? m'étonné-je.

C'est rare qu'il ne soit pas là. D'ordinaire, mes parents sont toujours fourrés avec ceux des potes de mon frère. Ils se sont connus à l'université et n'ont jamais déménagé ensuite. Raison pour laquelle les gars sont inséparables depuis leur plus jeune âge.

– Il est à New York, pour la boîte qu'il est censé ouvrir à la rentrée prochaine.

– Et vous faites un truc sans Natalie et Tom ? Le clan serait-il en froid ?

– Ne dis pas de bêtises, reprend mon père en ricanant. Ils ne sont pas à Boston ce week-end.

– Je sais, je blaguais ! Léo nous avait dit qu'ils allaient chez ses grands-parents.

Mon père lève les yeux au ciel et je m'enfonce un peu plus dans le transat, observant les rayons du soleil sur l'herbe fraîchement coupée du jardin. Je ferme les yeux une seconde, tandis que mon téléphone vibre dans la poche de mon pyjama. Je le récupère et souris en voyant le nom s'afficher sur l'écran. Corey.

[Je vais pas pouvoir venir avec toi
au match la semaine
prochaine ! Je pensais finir
ma dissert en géopolitique,
mais je manque d'infos.
Je vais sûrement aller
à la bibliothèque…
Tu m'en veux pas trop ?]

Une pointe de déception obstrue ma gorge. Je n'ai quasiment pas vu Corey de la semaine et ça ne s'annonce pas meilleur. Depuis que nous nous sommes officiellement mis ensemble, devant mon immeuble, nous n'avons pas eu l'occasion de nous voir plus qu'en se croisant à l'université. Ses études ont l'air de lui prendre énormément de temps et j'essaye du mieux que je peux de ne pas être la petite amie casse-pieds qui insiste pour le voir. J'avais hâte de faire la route avec lui dans le New Hampshire, pour le match des gars lundi soir. Ce n'est qu'à une heure et quart de Boston, et même si les filles allaient être là, on aurait pu passer du temps tous ensemble. Nous revoir et pas seulement discuter par téléphone ou se rencontrer à la dérobée. J'avoue qu'en sortant avec lui je ne m'attendais pas à *ça*. La distance.

[Pas grave, ce n'est
que partie remise :)]

[Promis, je me rattraperai !
Mercredi soir chez moi ?
Je serai libre une fois
que j'aurai rendu ce foutu
truc ! On sera que tous
les deux et tu peux même
dormir à l'appart…]

Je lève une seconde les yeux vers mes parents, vérifiant que la rougeur qui a échauffé mes joues soit passée inaperçue. Mon cœur bat à cent à l'heure.

[Avec plaisir !]

Je range mon téléphone, savourant les picotements dans mon ventre, et avale mon café d'une traite.

– Je vais me doucher !

Je quitte le jardin et monte à l'étage en vitesse. D'ordinaire, je serais restée en pyjama toute la journée, les cheveux gras, et j'aurais larvé sur mon lit à lire un livre. Sauf que ce midi nous ne sommes pas seuls. Même si on habite ensemble et que Nolan a l'habitude de me voir dans un état bien pire, la perspective qu'il fasse une réflexion sur ma tenue aujourd'hui m'horripile au plus haut point. Surtout parce qu'il a passé plusieurs nuits chez sa petite copine et que je ne l'ai pas vu depuis qu'il m'a ramenée à l'appartement. Moment où j'ai officiellement rencontré *Harriet*. J'aurais adoré la détester, lui trouver des défauts, un truc pour justifier une animosité. Mais elle est adorable, belle, drôle, intéressante, et nous avons monopolisé la parole durant *tout* le trajet. Cette fille aurait pu être une amie, si elle ne sortait pas avec le mec dont je suis amoureuse.

Amoureuse.

Je secoue la tête, me déshabillant rapidement pour me glisser sous l'eau chaude.

Je sors avec Corey.

Je ne devrais même pas penser à ça. M'approprier un mec qui est dans ma vie depuis aussi longtemps que je m'en souvienne. Parce que Nolan Jones n'est pas à moi, même si tout mon corps en meurt parfois d'envie. Il est avec Harriet.

Je sors avec Corey.

Et je vais passer la nuit avec lui mercredi.

Mon corps s'échauffe et ma tête fourmille de bien-être. Je me sens subitement plus légère, et ça fait du bien de laisser de côté le tourbillon d'émotions que je ressens habituellement avec Nolan…

***

– Putain !

Edgar balance la manette sur le futon et tape du poing contre le sol. J'explose de rire pendant que Nolan hurle sa victoire.

– T'es une brêle, Martin, j'y peux rien !

– Tu te branles sur ce jeu ou quoi ? À chaque fois, t'es encore *meilleur* que les fois précédentes.

– Pardon ? s'amuse Nolan. Tu as dit que j'étais quoi ? Meilleur ! Mon Dieu, j'aime ce mot dans ta bouche. Répète un peu !

– Ferme ta gueule, grogne mon frère.

Je glousse, avachie dans un vieux fauteuil en cuir craquelé, amusée par les joutes verbales que se renvoient les gars depuis plus d'une demi-heure. Nolan et sa mère sont arrivés vers midi, et à peine le repas englouti, les mecs se sont précipités dans le sous-sol de la maison où un repaire de geeks a été installé. Une PlayStation, des centaines de jeux vidéo et deux manettes. Quand on était plus jeunes, ils se battaient pour jouer les uns contre les autres. Le meilleur continuait d'affronter les deux autres, et autant dire que Nolan n'a pas souvent passé son tour.

– Scarlett, tu veux te confronter au *meilleur* ? Promis, avec toi je serai gentil !

– Tes chevilles gonflent, Nolan.

Il se marre et lance quelque chose à voix basse, ce qui lui vaut une tape de mon frère à l'arrière de la tête. Je grogne, imaginant clairement le caractère obscène de sa réflexion. Cheville. Gonflée. C'est un mec, après tout, rien ne vole très haut quand il s'agit d'allusions au sexe. Un classique.

– Tu veux quelle équipe ?

– Montréal, lâché-je.

– Canadiens ? Petite joueuse !

Edgar se lève pour me filer la manette, le visage toujours crispé suite à sa défaite. Je fixe l'écran où Nolan est en train de sélectionner nos équipes respectives et le type de championnat sur lequel nous allons nous affronter. Il prend les Bruins de Boston, comme à chaque fois qu'il joue à NHL sur la PlayStation.

– Prête ?

– Quand tu veux.

Il me lance un dernier regard fier et met en route le jeu. Je m'immerge dès les premières minutes. Ma stratégie pour gagner face à Nolan ? Ne surtout pas me vanter d'avoir passé onze mois dans une colocation de geeks en France. Presque trois cent soixante-cinq jours donc, où vaisselle rimait avec duel et NHL. J'ai souvent perdu au début, puis l'entraînement a aiguisé mes réflexes. Mais ça, Nolan ne le sait pas. Certes, je n'ai pas son niveau, car comme l'a si joliment exposé mon frère, ce mec a passé son adolescence à jouer à ce jeu, à s'améliorer, à défier ses potes. Mais je suis douée et je compte bien lui montrer que moi aussi je suis une concurrente coriace. Le plus important pour prouver qu'on est un adversaire de taille : marquer le premier but.

– Quoi, c'est quoi, ça ?!

– Mais non !

Mon frère se lève en criant, ébouriffant les cheveux bouclés de Nolan, qui fronce tellement les sourcils que les traits de son visage se déforment. Il grogne, me jetant un regard noir, et je jubile.

Canadiens de Montréal 1 – Bruins de Boston 0.

– T'es sérieuse, Scar ? Putain, mais où est-ce que tu as appris à jouer comme ça ?

Nolan s'acharne sur sa manette, le regard toujours rivé sur la télévision, essayant de m'empêcher de mener la partie.

– L'entraînement, minaudé-je. Et beaucoup de talent.

Edgar se marre et Nolan redouble de ferveur, s'énervant de temps en temps sur sa manette jusqu'à ce qu'il égalise puis finisse par gagner le jeu d'un point. Il explose, fier, et se dandine comme un gosse au milieu de la pièce.

– Toujours le meilleur ! C'était moins une !

Il me lance un coup d'œil rapide, et contrairement à mon frère, je reste impassible face à cette défaite. Je me suis bien défendue et je suis contente de moi, parce que quand mes yeux rencontrent ceux du pote d'Edgar, une lueur particulière traverse ses iris.

Il a l'air impressionné.

Mon ventre se tord et je détourne mon attention pour me concentrer sur le nouveau match qu'ils commencent. De toute façon, impressionné ou pas, ça ne changera pas la perception qu'il a de moi.

***

Quand je quitte ma chambre et longe le couloir de l'appartement, il n'est même pas minuit. C'est la première fois depuis le début de la semaine que je sors la nuit. J'ai réussi à plus ou moins bien dormir, malgré des réveils répétitifs. Je ne suis jamais retournée m'allonger dans le canapé, mais ce soir le sommeil est loin. L'après-midi passé devant l'écran de la PlayStation, la nuit complète que j'ai faite samedi soir et la réécriture de quelques-uns de mes cours sur l'ordinateur m'ont empêchée de fermer l'œil. Je n'ai aucune envie de tourner durant deux heures dans mon lit.

Quand j'arrive dans le salon, la télévision est toujours allumée et je ne remarque la silhouette sur le canapé qu'une fois la porte du couloir refermée. Je m'arrête sur ma lancée, surprise de le voir assis là.

– Je crois que tes insomnies déteignent sur moi, rigole Nolan.

– Trop de café ?

Je viens m'installer à ma place de l'autre fois, tirant le plaid sous les coussins pour le placer sur mes jambes. Il en prend un coin et le ramène sur lui pour se caler dessous à son tour.

– Je ne sais pas. Je n'avais juste pas sommeil.

Il hausse les épaules et me donne la télécommande.

– Je te laisse choisir le programme.

– Avoue, tu n'oses pas mettre toi-même la série, me moqué-je.

Il sourit et me lorgne rapidement.

– Mets-la, qu'on en finisse !

– Tu rêves de savoir ce qu'il se passe.

– J'espère juste qu'ils vont baiser un peu.

Je le frappe sur l'épaule et il explose de rire.

– Juste un bisou, alors ? Avec la langue !

– C'est *coréen*.

– Et alors, ils ont une vie sexuelle, les Coréens ! s'exclame-t-il. Ils sont cinquante millions, ils ne sont pas tombés du ciel, les mioches.

Je pouffe, à la fois amusée par sa repartie et exaspérée.

– C'est une série, si tu veux voir du cul, mate un porno !

Il me regarde, les yeux exorbités, comme si j'avais dit un gros mot, et je lui donne une seconde tape, sur la joue cette fois, et plus douce que la première. Juste histoire de lui faire détourner le regard, car le sentir sur moi alors que je viens de mentionner des vidéos de cul réveille une tension assez familière entre mes cuisses.

– Très bien, concède-t-il. Pas de langue, pas de sexe, que du dégoulinant. J'ai compris.

Je me retiens de faire une vanne sur ce qui dégouline, consciente que si je me lance sur ce terrain, il risque d'être beaucoup plus à l'aise que moi. Je mets la série, étalant mes jambes jusqu'à ce qu'il attrape l'un de mes pieds pour le poser sur ses cuisses et caresser ma cheville. Je me crispe. Ce n'est pas la première fois qu'il est tactile avec moi. Quand on était au lycée, il me passait souvent une main dans le dos, sur la nuque, attrapait mon poignet, caressait le haut de ma tête. C'étaient des gestes subtils, amicaux, fraternels. Protecteurs. On a bien grandi depuis le lycée, et même s'il continue d'avoir quelques *contacts* avec mon corps, celui-là est plus particulier pour moi. Parce qu'il ne porte qu'un jogging léger, qu'il a enroulé ses doigts sur ma peau nue et légèrement froide et que si je bouge d'un centimètre, mon pied risque de glisser sur sa…

Oh, putain ! Est-ce qu'il porte un caleçon ?

Nos regards se croisent et j'ai la sensation qu'un trouble s'installe. Infime mais palpable. Il bouge sa main sur ma cheville et je frissonne. Je ne sais pas s'il se rend compte de ses gestes, s'il sait l'effet que ça provoque dans mon corps. Son pouce taquine ma peau sensible et, quand je contemple son profil se tourner de nouveau sur l'écran de la télévision, le retour à la réalité est brutal.

Il n'a rien capté de mon agitation.

12

Scarlett

– Dis-moi que tu n'es pas déjà sur la route !

La voix paniquée de Nolan résonne dans les enceintes Bluetooth de la voiture d'Edgar. J'ignore le petit crépitement dans ma poitrine et garde les yeux rivés sur la direction que le GPS indiquait avant que mon téléphone ne sonne.

– Tout juste ! Pourquoi ?

– Putain, l'entends-je marmonner à l'autre bout du fil. J'ai oublié ma gouttière. Je l'ai sortie de mon sac vendredi pour la nettoyer mais je ne l'ai pas remise et je m'apprête à jouer un match sans, au risque de me faire éclater les dents par les mecs de Durham, et personne n'a de deuxième à me filer, parce qu'on n'est pas chez nous et qu'on ne s'est pas encombrés avec du surplus.

Il déblatère le tout à une vitesse folle, et je l'imagine tourner en rond dans les vestiaires. Ils sont partis plus tôt que nous dans le New Hampshire, avec le bus de l'équipe, pour s'entraîner avant la rencontre. L'université de Durham leur mettait à disposition une partie de la patinoire une heure et demie avant le match et, quand je jette un coup d'œil sur l'horloge numérique de la voiture, je constate que nous avons un risque de louper le coup d'envoi.

– Harriet ne peut pas passer à l'appart ?

Ma voix se bloque imperceptiblement en mentionnant le nom de sa petite amie et je tente de faire comme si je ne voyais pas les filles m'observer.

– Elle ne sera pas là, elle a un devoir à rendre pour demain. Tant pis, je ferai sans. Désolé, Scar, de t'avoir dérangée pendant ta conduite. Soyez prudentes sur la route.

Je jette finalement un coup d'œil aux filles et elles comprennent tout de suite ma question silencieuse. Je prends la première sortie, un peu trop vite à leur goût car elles se cramponnent aux poignées au-dessus des fenêtres.

– C'est bon, Nolan, je m'en occupe!

– Sérieux? Putain, Scar, je t'aime! Merci.

Il raccroche et le GPS réapparaît. Mon cœur, lui, en revanche vient de faire une embardée jusque dans mes chaussettes.

« Scar, je t'aime. »

C'était spontané, naturel, et ça m'a foutu un sacré coup au bide. Mes doigts sont crispés sur le volant et je roule assez brusquement, arrivant en moins de dix minutes top chrono. Je descends en vitesse, abandonnant les filles dans la voiture pour monter à l'appartement. J'arrive dans la chambre de Nolan en trombe, allant directement à l'endroit où je sais qu'il laisse ses affaires de sport. Il les a toujours mises à un endroit précis dans sa chambre, chez ses parents d'abord, dans leur ancien appart ensuite, et je trouve sans mal les maillots et fringues de rechange. Sa gouttière est glissée à côté d'un tas. J'ouvre la boîte, vérifie qu'il s'agit bien de ça et cours dans le sens inverse. Je retrouve les filles, la respiration saccadée, le contact toujours allumé, et démarre.

– On ne va pas en parler? tente Paige tandis que nous arrivons finalement sur l'autoroute.

Le GPS indique que nous serons à destination pour vingt heures cinq.

En retard.

J'appuie sur l'accélérateur. Les filles se tendent.

– Il n'y a rien à dire.

– Non, ajoute Carol. C'est vrai qu'il ne te fait pas faire *ce qu'il veut*!

– Que tu ne le laisses pas faire de toi *ce qu'il veut*, continue ma meilleure amie à ma droite.

– Et qu'il ne t'a pas dit qu'il t'aimait comme si tu étais la chose la plus précieuse.

– Il se rend compte au moins qu'il te fait *souffrir*?

– Quand est-ce que tu vas lui dire que ce n'est pas possible de rester dans cette situation, Scarlett! me demande finalement Carol. Il a une putain d'emprise sur toi et je suis certaine que Corey ne va pas durer plus d'un mois.

– Laissez Corey en dehors de ça. Ça n'a rien à voir.

J'ai le pied quasiment au plancher et je double plusieurs voitures, faisant attention à l'heure indiquée sur l'écran de mon portable. J'ai gagné trois minutes. À ce rythme-là, nous aurons un peu d'avance.

– Bien sûr que si! s'exclame Paige. Tu sors avec Corey. Quand est-ce que tu vas lui donner la chance qu'il mérite?

– Ne dis pas ça, tu sais très bien que je lui donn…

– Arrête, me coupe-t-elle. Scarlett, je t'adore. Tu es ma meilleure amie, mais je crois que là, il faut que tu ouvres les yeux. Nolan et toi, c'est impossible. Que tu aies été amoureuse de lui durant la *middle school*, c'est mignon, que tu continues à être raide dingue de lui la première année de fac, ça passe encore. Aujourd'hui? C'est grave. Pour toi, pour ta vie. Tu es en train de te fermer aux autres.

– Je sors avec Corey!

– Parce que je t'ai défiée de parler avec un mec à cette soirée. Sinon tu ne l'aurais jamais fait!

– Qu'est-ce que tu en sais? me braqué-je.

Paige soupire, posant sa tête dans sa main, les yeux rivés sur les kilomètres qui défilent.

– J'aime bien Corey, reprends-je calmement. OK, je sais que Nolan prend une place importante dans ma vie mais je ne me *ferme* pas. Vous ne m'apprenez rien quand vous me dites que c'est une histoire vouée à l'échec, mais s'il vous plaît… Je veux juste que vous soyez de mon côté. Sans jugement.

– On s'inquiète.

Je regarde Carol dans le rétroviseur.

– Je sais.

– Je suis désolée, souffle Paige. Je ne voulais pas te blesser, c'est juste que…

Elles s'inquiètent.

– Je sais, dis-je simplement. J'ai juste besoin de temps pour reprendre mes marques. Je vous promets que tout ira bien.

Puis, après plusieurs minutes dans un silence de plomb, nous finissons par nous détendre. Les kilomètres défilent, et la tension accumulée à cause du sujet glissant *Nolan Jones* disparaît au profit d'une euphorie prématch.

***

– On se rejoint dans les gradins, lâché-je en sortant de la voiture. Les gars nous ont réservé les places de d'habitude.

Les filles acquiescent et nous nous séparons. J'ai roulé assez rapidement, et on a tout juste sept minutes d'avance. Les joueurs sont censés arriver sur la glace cinq minutes avant le coup d'envoi, alors je me mets à courir vers ce que j'imagine être l'entrée des vestiaires. Un vigile se redresse en me voyant arriver en trombe et m'arrête dans ma course.

– Je suis avec les Terriers de Boston, je dois voi…

– Scarlett Martin?

– Oui! m'exclamé-je, essoufflée.

Il se décale et m'indique un couloir d'une main molle.

– Deuxième à gauche.

Je le remercie en me mettant à courir vers l'endroit indiqué et frappe avant d'entrer en trombe. La pièce me semble vide et, quand je passe ma tête, je remarque une silhouette enveloppée dans un maillot rouge vif, assise. Son visage se redresse lorsqu'il m'entend arriver et un large sourire m'accueille.

– Tu es là!

Rester de marbre.

– Tiens.

Il se précipite vers moi et attrape la boîte que je lui tends du bout des doigts pour en sortir sa gouttière.

– Tu me sauves la vie. Merci!

La voix d'un mec dans un micro fait gronder la foule et je me recule pour laisser le champ libre à Nolan, afin qu'il puisse rejoindre son équipe. Il n'a pas l'air le moins du monde gêné d'avoir les pieds coincés dans des patins. Son mètre quatre-vingt-cinq a laissé la place à un mètre quatre-vingt-quinze bien tapé, tandis qu'il me surplombe. Les épaules carrées, cachées sous des protections épaisses et raides.

– Attends, dit-il en allant jusqu'à son sac.

Il fouille plusieurs secondes pour en sortir un bracelet en or. Je *sais* de quoi il s'agit et ce qu'il s'apprête à *faire*. C'était une habitude à l'époque, qu'il avait prise lors des déplacements. Je sais que lorsqu'il n'a pas le choix, il se contente de ranger son bijou dans ses affaires, priant pour que personne ne s'amuse à venir fouiller les vestiaires. Je me demande simplement si, quand je n'étais pas là, Harriet a eu *ce* privilège.

Il me glisse son bracelet dans la main, me fixant en silence tandis que je serre mes doigts autour, gardant en même temps les siens légèrement prisonniers. Je retire ma main, abandonnant la sienne qui retombe mollement contre son corps. Ma paume reste crispée autour de la gourmette. Depuis aussi longtemps que je le connais, il l'a toujours portée. Il l'a fait agrandir presque chaque année durant l'adolescence jusqu'à ce qu'elle convienne désormais à son poignet d'homme adulte. Je revois encore l'or coller à la perfection avec sa peau mate, les veines de ses avant-bras, la largeur de ses mains. J'ai toujours trouvé ce bijou ultra sexy sur lui. Un cadeau de son père pour son premier match de hockey quand il était petit. Un porte-bonheur désormais dont il ne se sépare que pour aller sur la glace. Il la garde dans ses affaires, à domicile, et la donne toujours à quelqu'un lors des matchs à l'extérieur. Ce quelqu'un a souvent été moi.

C'était un truc entre nous qui, inconsciemment, m'a rapprochée de lui.

Et là, tout de suite, une brusque bouffée de chaleur me prend aux tripes. Je ne sais pas s'il ressent les battements dans ma poitrine, s'il entend mon souffle se durcir, mais il ne bouge pas d'un centimètre. Me regardant dans les yeux comme si j'étais… *précieuse*.

– Joli maillot, ajoute-t-il en me détaillant de la tête aux pieds. Tu sais que tu as aussi le mien ou celui de Léo?

– Toi, tu as une copine, déclaré-je un peu abruptement.

Il se marre, conscient que dès qu'une fille porte le maillot d'un joueur, elle se retrouve cataloguée: soit en groupie, soit en *autre chose*. Les mecs aiment croire que c'est une sorte de veto qu'ils mettent, un truc qui empêche je ne sais quoi de la part de la gent masculine. Moi je le porte parce que je soutiens mon frère, pas parce que j'appartiens à qui que ce soit. J'ai porté une seule fois le maillot de Nolan, et il me brûle encore la peau. Je me sentais envahie par tout un tas d'émotions, c'était stupide, *j'étais* stupide. Mais je ne l'ai plus jamais remis depuis.

– Elle n'a pas encore eu cet honneur.

Il me fait un clin d'œil, mais n'a pas le temps d'ajouter quoi que ce soit que la porte se fracasse contre le mur et que son coach apparaît dans les vestiaires. Ma bulle éclate. Il nous dévisage et je me recroqueville. Nolan passe devant moi, comme s'il avait compris que je ne me sentais pas à l'aise, ou que son coach allait nous sauter à la gorge pour être restés enfermés ici alors que le match allait commencer.

– Problème d'équipement, coach, confesse-t-il avant que ce dernier ne parle.

– C'est ce qu'on dit de nos jours?

Sa voix grave est enrouée et il me scrute d'un œil inquisiteur avant de tirer Nolan par le maillot. Heureusement pour moi, aucun des deux n'est témoin de la rougeur excessive qu'ont prise mes joues dès que son coach a insinué qu'on était en train de faire *quelque chose* dans les vestiaires.

– Tout le monde t'attend, espèce de petit con. T'as pas entendu le signal? Non, tu étais trop occupé à faire les yeux doux à une *Martin*. Toujours les *Martin*.

Je trottine derrière eux, enfilant la gourmette un peu grande autour de mon poignet tout en rigolant en voyant Nolan se faire tirer les oreilles par son coach. C'est un homme bâti comme une armoire à glace, et je n'ai aucun mal à l'imaginer dans une équipe de hockey, trente ans plus tôt. Il paraît qu'il a fait plusieurs saisons chez les Bruins de Boston avant de se blesser et se reconvertir. Une aubaine pour l'université d'avoir un mec pareil pour former ses joueurs. Nous arrivons dans la patinoire assez rapidement et sans un regard dans ma direction, Nolan rejoint l'équipe. Je contourne leur case pour retrouver les filles à notre place. L'or chatouille mon poignet et je triture le bijou, repensant aux doigts de Nolan dans les miens.

Satané béguin de gamine qui ne passe pas.

13

Nolan

Calé sur les places à l'arrière du bus, je jette un coup d'œil par la vitre. La Jeep d'Edgar conduite par Scarlett est juste derrière. Je devine sa meilleure amie, Paige, installée à ses côtés, et les vois discuter vivement. Je détourne le regard au moment où la voix de ma petite copine résonne à mon oreille.

– Alors ce match ? demande-t-elle avec joie.

– Perdu.

Mon timbre rauque reflète la défaite et je l'entends soupirer dans le combiné.

– Je suis certaine que vous avez fait de votre mieux. C'était un match amical, le championnat n'a pas encore commencé.

– Je sais.

Je m'affale sur le siège en cuir, ignorant les gars autour de moi qui discutent. Il n'y a aucune euphorie dans le bus. On sait que notre jeu n'était pas exceptionnel et les mecs de Durham se sont extrêmement bien défendus. On a été mauvais et le coach n'a pas hésité à nous le faire savoir. D'ordinaire, de la musique, des rires gras et des blagues potaches retentissent dans le bus, ce soir c'est plutôt calme.

– Tu viens dormir à l'appartement ? Je suis assez certaine

que je saurais te remonter le moral.

Le sous-entendu fait vibrer sa voix et je laisse ma tête tomber contre l'appuie-tête dans mon dos, fermant les yeux en imaginant mille et une façons de me *remonter le moral* avec Harriet. Sauf que j'ai mal partout. Je me suis fait défoncer sur le terrain, je suis crevé et irrité au possible, pas sûr d'être d'une compagnie exceptionnelle. Même pour le sexe, un homme peut sauter son tour.

Je me retiens de rigoler, passant une main lasse sur mon visage en me rappelant très clairement la conversation que j'ai eue avec Scarlett à ce sujet. Dans la cuisine, tandis qu'Edgar était dans le coin. J'aime jouer avec les nerfs de la famille Martin et je dois dire que je m'améliore de jour en jour.

– Demain, promets-je. Je ne sais pas à quelle heure on sera rentrés et j'ai besoin de me reposer un peu.

– D'accord, mon cœur. Je suis contente de t'avoir eu au téléphone.

Je souris, faisant retomber ma main sur ma cuisse. Je fixe malgré moi mon poignet vide et me rappelle que je n'ai pas récupéré ma gourmette en sortant des vestiaires. Je l'oublie rarement, mais visiblement le retour de Scarlett me fait prendre d'anciennes habitudes. Ça m'a fait tout drôle d'avoir ce déclic lorsqu'elle s'apprêtait à partir, après m'avoir rendu ma gouttière. Je venais de lui faire faire un détour juste pour un oubli, et elle n'a rien dit. J'ai eu un pincement et ça m'a fait tilt. C'était comme si elle n'était jamais partie et que j'avais retrouvé la gamine à qui je confiais mon bien le plus précieux. Celle qui était toujours dans les gradins, faisait des kilomètres de route pour nous suivre, nous supportait coûte que coûte, et qui gardait sans poser de questions nos objets de valeur. Au départ, on lui confiait nos téléphones, en plus de ma gourmette, puis les gars ont fini par laisser tomber cette habitude. La mienne est restée. Elle ne s'en est jamais plainte. Et quand je la lui ai donnée tout à l'heure, j'ai eu l'impression que c'était juste. Ça a provoqué une bouffée de chaleur dans ma poitrine, parce que ça faisait un an que je ne la donnais à personne d'autre. Ça a toujours été notre truc à tous les deux, une sorte de rituel, et quand elle est entrée dans ces vestiaires ça m'a rappelé un tas de souvenirs.

J'étais content de la voir. Heureux qu'elle soit là.

– Moi aussi, réponds-je finalement à Harriet après un petit silence. Je t'appelle quand on arrive.

Au moment où je raccroche, Milo s'installe à mes côtés. Je jette un regard rapide dans mon dos, vérifiant que la Jeep est toujours là, avant de lui sourire.

– Qu'est-ce que tu veux, Sullivan?

– Tu me faisais pitié tout seul dans ton coin, alors je me suis dit que tu avais besoin de compagnie.

Je ricane.

– Je n'étais pas seul.

– Je t'ai dérangé devant un porno?

– T'es con, me marré-je en tapant son épaule. J'étais avec Harri au téléphone.

– Porno, je disais.

– Ta gueule, le coupé-je alors qu'un sourire espiègle illumine ses traits. J'allais dormir, tu vois, mais puisque tu es là tu vas me faire la conversation.

– Rêve toujours, mec. Je venais simplement te confirmer que c'était bon pour jeudi soir. Gabi est dispo si vous voulez venir manger à la maison. J'ai prévenu les gars, ils sont chauds. Ed s'occupe de le dire à sa sœur.

– Génial.

Je croise les bras, reposant ma tête une seconde fois contre le dossier du siège, puis ferme doucement les yeux. C'est toujours comme ça en rentrant des matchs à l'extérieur : l'effort physique intense, la préparation mentale, le bercement du moteur, je deviens une épave.

– T'as l'air de trouver ça *génial*, effectivement, ironise-t-il. Tu dors ?

– Fatigué.

– Quel connard, pouffe Milo.

J'esquisse un sourire, ne pouvant néanmoins retenir le sommeil qui est en train de relâcher tous mes muscles. La journée a été longue.

***

On est rentrés depuis une petite heure et, après avoir mangé une pizza, on s'est tous enfermés dans nos chambres. Scarlett n'est pas rentrée directement, restant un moment avec ses copines. Ce n'est que lorsque j'ouvre la porte de ma chambre après avoir entendu toquer, que je constate qu'elle est revenue, elle aussi. Elle a toujours le maillot de son frère sur le dos et bloque un moment en voyant ce que je porte.

Un simple jogging.

– Je te dérange ?

– Pas du tout, dis-je sincèrement. Je viens de finir de défaire mon sac. J'allais mettre de la glace.

Je lui montre les poches de froid que j'ai sorties du réfrigérateur.

– Ça va ?

Elle fixe un long moment mon ventre, d'où une tache légèrement violacée ressort près des côtes, là où j'ai pris un coup fâcheux, puis lève son regard vers le mien.

– C'est à toi que je devrais demander ça, répond-elle en souriant.

Elle a l'air gênée. Scarlett n'est jamais gênée avec moi. Je fronce les sourcils une microseconde, mais son comportement change du tout au tout et elle s'assoit sur mon lit sans aucune retenue.

OK, elle n'est pas du tout *gênée*. J'ai fumé.

– J'ai l'habitude, rigolé-je. Je crois que ton frère a pris un peu plus de coups.

– J'ai vu. Il est déjà couché.

– Je ne vais pas tarder, admets-je. Je suis claqué.

– Je ne reste pas longtemps.

Mes lèvres se pincent parce qu'elle se redresse aussitôt, et je constate que ma phrase n'est pas du tout sortie comme je l'aurais voulu.

– Tu ne me déranges pas, Scarlett, tu peux rester autant de temps que tu veux.

– Je suis simplement venue te rendre ta gourmette.

Je baisse les yeux vers les doigts qu'elle me tend, d'où ma chaîne en or pendouille. Je souris et m'approche d'elle. J'emprisonne sa main et récupère mon bijou.

– T'es un amour, dis-je.

Je pose une main sur sa nuque et la tire vers moi. Mes lèvres se posent d'instinct sur son front. Mon baiser est doux et rapide, elle se décale. Rien de sentimental, mon geste est purement fraternel, pourtant une lueur étrange passe dans ses iris et je me dis que je devrais *peut-être* éviter de continuer de faire ça avec elle. Je sais qu'elle ne considère pas ça comme du flirt ou quoi que ce soit de sexuel. On est presque de la même famille, on a grandi ensemble, sauf que désormais elle sort avec un mec qui ne verrait certainement pas d'un bon œil ce genre d'épanchement. Bien que je me tape royalement de ce qu'il pense, je me dis qu'elle risque de se sentir mal à l'aise si je reproduis ça en public. Avant, je n'avais aucun problème avec ça, on était gamins, j'aimais bien la toucher. Ça a toujours été platonique, mais vu le mouvement de recul qu'elle effectue, j'ai comme l'impression que je l'ai surprise. Elle baisse les yeux vers ses pieds et je sens l'atmosphère changer. Un truc imperceptible que je n'arrive pas à analyser, un peu comme l'autre soir sur le canapé quand je lui ai attrapé le pied et que nos regards se sont croisés. Je l'ai touchée par automatisme, et d'habitude, ça ne la dérange pas.

Mais elle est partie pendant un an, après tout.

Et elle a changé.

Mes yeux glissent sur son corps, se rivant instinctivement sur ses jambes nues. Je redresse mon regard aussi sec pour buter sur son visage. Elle m'observe, une teinte rose sur les joues.

– Je vais te laisser dormir.

Puis, sans que je n'ajoute quoi que ce soit, elle quitte ma chambre à la dérobée. Je bloque une seconde sur son dos, la laissant partir en trottinant, l'air embarrassé.

Note à moi-même : contact physique à *intensifier* sur la Scarlett-retour-de-France, ça a l'air de pas du tout lui plaire. Et faut l'avouer, je fais toujours tout mon possible pour la faire chier.

Je me marre et m'affale sur mon lit, la poche sur mon ventre.

Je suis un connard.

14

Scarlett

Je sors de ma chambre avec un sac à dos pendu à l'épaule et manque de buter sur le torse de Nolan, avant de me reculer en m'excusant.

– Tu vas où comme ça ?

Sa voix rauque me fait frissonner, et je me décale plus loin, essayant de m'éloigner du nuage d'odeurs familières qui l'enveloppe. Son parfum, la lessive, le gel douche et un arôme caractéristique chez Nolan. Des émanations chaudes, musquées, épicées.

Putain. Même sa transpiration sent bon.

Je mords l'intérieur de ma joue et il m'examine de la tête aux pieds, tiquant sur le sac que je tiens d'une main ferme contre moi.

– Je ne dors pas ici ce soir.

Il fronce les sourcils, croisant les bras contre son torse. Ses veines ressortent et je marque un temps d'arrêt sur le renflement qu'elles provoquent sur ses avant-bras.

– Ton frère est au courant ?

– C'est lui qui a instauré la règle sur les mecs à l'appart, donc il devrait s'en douter !

Je contourne Nolan d'un pas décidé, agacée de voir qu'il se

comporte comme s'il était mon père. Personne ne lui fait de remarque quand il découche pendant trois jours pour aller chez Harriet.

– Et puis je pensais qu'on en avait parlé, dis-je en marchant dans le salon. Je fais ce que je veux.

Je sais qu'il me suit, j'entends ses pas sur le parquet et sa respiration qui se rapproche.

– Je n'ai jamais dit le contraire.

Je me retourne pour lui faire face et fais un pas en arrière, d'instinct. Mon nez manque de buter une *seconde* fois sur son torse, je déglutis. Quand je plonge mes yeux dans les siens, relevant le menton pour me mettre à sa hauteur, un sourire espiègle se dessine sur ses lèvres.

– Tu as besoin que je t'amène?

Mon front se plisse.

Que mon *crush* me dépose chez le mec dont je ne suis toujours pas amoureuse? Merci, mais non merci.

– Corey m'attend en bas.

Il me retient par le bras tandis que je m'apprête à ouvrir la porte d'entrée.

– Alors c'est sérieux entre vous?

Je baisse la tête une fraction de seconde vers les doigts qu'il a enroulés autour de mon poignet et, lorsque je la remonte pour river mon regard au sien, je jurerais voir une lueur d'agacement traverser ses iris.

Doux rêve.

Je tire sur mon poignet pour me libérer de sa prise. Je suis tellement obnubilée par ce mec qu'un rien est sujet à me faire espérer. Sa main se pose à peine sur moi et ça y est, je crois qu'il me touche parce qu'il ne supporte pas la distance entre nous… Comme quand j'avais 12 ans. À l'époque, il suffisait d'un geste tendre pour me faire fantasmer pendant des jours, un câlin, un bisou…

Mon ventre se tord, se remémorant le moment passé dans sa chambre la veille. Ses lèvres rêches sur mon front. La chaleur de son souffle contre mes cheveux. Les effluves enivrants du gel douche à la vanille que j'ai acheté la semaine dernière.

– Très sérieux, mens-je.

Il n'a pas l'air de remarquer le ton empressé de ma voix.

Sérieux n'est pas le mot que j'aurais employé avec Corey.

On s'est vus en tout et pour tout deux fois : lors de notre rencontre et quand on s'est mis ensemble. Un baiser échangé, des centaines de textos et quelques minutes d'appels. Pour le sérieux, on repassera, mais Nolan n'a pas besoin de savoir que mon couple est encore platonique.

– Je suis content pour toi.

Il me sourit, pose une main sur mon épaule avant de la glisser jusqu'à mes cheveux. Il les ébouriffe, ruinant en un seul geste mes tentatives désespérées de les lisser en rentrant de cours tout à l'heure. Puis, comme si le moment ne suffisait pas à me mettre mal à l'aise, Léo passe la porte d'entrée à son tour. Il manque de me rentrer dedans, m'obligeant à me décaler et à mettre ainsi une distance raisonnable entre Nolan et moi.

C'est mon signal, je n'attends pas plus et quitte l'appartement d'un pas rapide.

– *Ciao* les nases ! hurlé-je depuis le couloir.

Et je me précipite dans les escaliers.

***

– Tiens, il en reste un peu si tu veux !

Corey me tend la boîte en carton et je l'attrape avec envie, plongeant mes baguettes pour picorer le poulet à la citronnelle que nous avons commandé un peu plus tôt.

– Donc je suppose que c'est mon père qui m'a donné envie d'entrer dans la politique. J'espère un jour être gouverneur. C'est peut-être un peu prétentieux de ma part et irréaliste, mais c'est un rêve de gosse.

– Ce n'est pas prétentieux, objecté-je en essuyant le coin de ma bouche. Tu sais où tu veux aller et je suis certaine que tu vas réussir.

– Mon père va m'aider, et je crois que sans lui je n'aurais jamais eu accès à ce monde. Si j'avais pu rentrer dans une université plus prestigieuse que celle de Boston, ça aurait été encore mieux, mais le plus important c'est les contacts que tu te fais à l'extérieur.

Je continue à manger, écoutant d'une oreille attentive Corey me parler de son avenir. Lorsque je termine la boîte, je la repose sur la table basse, m'installant plus confortablement dans le canapé.

– Tu ne sais toujours pas ce que tu veux faire plus tard?

Je me crispe devant sa question.

– J'ai le temps, lancé-je dans un rire un peu amer.

Même si mon prêt ne va pas se rembourser tout seul…

– Tu vas avoir 21 ans, c'est le moment de trouver ce vers quoi tu te destines.

Je lance un regard appuyé vers mon petit ami, avant de reporter mon attention sur la table jonchée des restes de nourriture vietnamienne que nous venons de manger. Je passe une main lasse dans mes cheveux, triturant ma queue-de-cheval comme à chaque fois qu'une conversation me met mal à l'aise. Je déteste que quelqu'un se permette de me faire une réflexion sur mon absence de projet professionnel. Comme si les gens savaient mieux que moi qu'à 21 ans, il *était temps* de grandir et de trouver quelque chose de stable.

– Le tout c'est de connaître les portes que t'ouvrent tes études. Dans le commerce international, tu as une multitude de choses. Mon père connaît des grands chefs d'entreprise, si tu veux je peux lui en toucher deux mots.

– OK.

Je me retiens de lever les yeux au ciel, agacée de l'entendre parler de son père depuis plus de dix minutes. « Mon père » par-ci, « mon père » par-là. Tout le monde n'a pas la chance d'avoir des parents qui ont un réseau long comme le bras.

– Je peux te faire une liste si tu veux. Je sais que le secteur du commerce en ligne fonctionne pas trop mal.

– Tu ne voulais pas qu'on se mette devant un film ? le coupé-je en souriant.

Il ne semble pas se formaliser de mon changement brutal de conversation et ajoute avec joie :

– Si, bien sûr. J'ai téléchargé plusieurs trucs. Je ne savais pas ce que tu aimais.

Ravie de cette réorientation, je le regarde se lever, ranger la table, puis ouvrir son ordinateur pour me montrer sur quoi s'est porté son choix.

– Un truc te branche ?

– Comme tu veux, confessé-je. J'aime tout. Le film d'horreur a l'air sympa.

– Ce qui est bien avec ce type de films, c'est que si tu as peur tu pourras toujours te cacher sur mon épaule.

Il me fait un clin d'œil et je me contente de glousser, me retenant de lui dire que je ne suis pas une petite chose fragile. J'avais l'habitude de regarder des trucs comme ça avec les gars quand on était plus jeunes. On faisait souvent des soirées ciné dans le sous-sol de la maison, où on s'enfilait les films les mieux notés et les plus flippants. Ça fait un petit moment qu'on a arrêté ce rituel.

On a grandi, commencé à faire d'autres trucs et la PlayStation les monopolise une bonne partie des week-ends lorsqu'ils rentrent. Cela dit, maintenant qu'on habite officiellement tous ensemble, je pourrais relancer l'idée. Ça pourrait être cool. Ça forcerait Nolan à ne *pas* dormir chez Harriet, mais la perspective qu'il refuse pour préférer passer du temps avec elle plutôt que nous me rend affreusement jalouse.

Idée pourrie, exit les films d'horreur à l'appart.

– Tu veux qu'on s'installe dans ma chambre ? On sera sûrement mieux que sur le canap.

Corey s'est redressé, gardant son ordinateur contre son torse, et m'invite à le suivre. Lorsque nous arrivons dans son antre, je fais un tour rapide, admirant les quelques photos accrochées au-dessus de son bureau et les livres rangés dans sa bibliothèque. Des tonnes d'ouvrages politiques.

Je sors enfiler rapidement un pyjama dans la salle de bains du couloir et le rejoins sous la couette. J'ai le cœur qui palpite dans ma poitrine et la respiration légèrement erratique, parce que je sais que nous n'allons pas *juste* regarder un film, et une partie de moi n'attend que ça. Me rapprocher de lui. Lorsque mes jambes se glissent enfin sous ses draps, une sensation particulière fait vibrer mes muscles. De l'impatience. De l'excitation. Et un peu d'appréhension aussi, parce que j'ai envie que ce soit bien. Ne penser qu'à lui et *personne* d'autre. Le corps dur de Corey se cale à mes côtés. Adossé contre ses oreillers, il me tire de façon que je sois plus proche de lui et installe l'ordinateur sur ses genoux. Il n'a pas lancé le film depuis plus de dix minutes que l'un de ses bras se faufile au niveau de mes hanches. Ma peau frissonne et je redresse la tête dans sa direction.

– Tu en as envie ? chuchote-t-il en approchant son visage du mien.

Son souffle chaud se fait plus erratique à mesure qu'il approche ses lèvres des miennes et j'effectue les derniers centimètres qui nous séparent pour plaquer ma bouche contre la sienne. Son goût n'a pas changé, la douceur de son baiser non plus. Il se positionne de côté, agrippant ma cuisse pour la passer par-dessus sa taille. Le tissu de son jogging caresse mes jambes nues et il remonte ses doigts jusqu'à mes fesses qu'il malaxe. Je sens tout de suite son érection buter entre mes jambes et une chaleur intense se libère, faisant pulser mon clitoris alors qu'il commence à bouger ses reins pour se frotter contre moi. Sa langue s'immisce dans ma bouche, jouant un moment avec la mienne. Tous mes sens s'éveillent, pourtant la frustration me gagne. Je me sens désirée, mais rien ne fait exploser ma poitrine. J'ai l'impression de simplement répondre à un désir brut, sans étancher ma soif. Je le laisse me guider, me décalant légèrement pour m'asseoir sur lui. Il se lève, plaquant son torse contre ma poitrine, les lèvres toujours rivées aux miennes. Je bouge mes hanches tout en glissant sur lui pour accentuer le contact. Essayer de faire monter mon plaisir, de prendre ce que je veux, de me faire ressentir plus. Sans succès.

Il passe ses doigts sous mon tee-shirt et une image nette d'un regard sombre provoque une nuée de picotements dans mon estomac. Je me crispe en même temps que Corey attrape l'un de mes seins.

– Je vais trop vite ?

Je secoue la tête, prenant sa main dans la mienne pour l'inviter à continuer, me forçant à chasser le fantasme qui est en train de s'introduire dans mon esprit.

– Ne t'arrête pas.

Je remue davantage, bercée par les mouvements de ses mains qui me donnent le rythme. Je me frotte avec véhémence sur son érection, embrassant son cou, caressant son dos, puis passe son tee-shirt par-dessus sa tête. Son torse est sec, musclé, mais loin de la carrure d'un sportif.

Je plaque mes mains sur ses pectoraux, refoulant un souvenir dans les tréfonds de ma mémoire. Celui d'un corps taillé dans le granit, hâlé, qui sent le soleil, la vanille, et sur lequel j'ai bavé durant toutes mes années collège.

– J'ai envie de toi, lâché-je d'une voix saccadée. Prends-moi.

J'ai besoin de ça. Besoin de sentir les mains d'un homme sur mon corps. D'être aimée. Prise. Désirée comme *personne* ne l'a encore jamais fait. Les seules fois où j'ai couché avec quelqu'un, le désir n'a pas suffi à satisfaire mes attentes. Et lorsque Corey me retourne, s'allongeant de tout son long sur mon corps, je *sais* au plus profond de moi que les choses ne seront pas différentes.

Ses baisers sont vivifiants, son toucher est habile, mais mon corps ne vibre pas autant que lorsque je le fais toute seule. Me caressant du bout des doigts au rythme de mes envies, de mes scénarios imaginaires.

De mon *seul* et *unique* fantasme.

15

Scarlett

J'arrive dans la cuisine de chez Gabriel et Milo, rapportant avec moi quelques assiettes.

– Tu as besoin d'aide, bébé ? demande Milo.

– Sors simplement les glaces, répond Gabriel, tandis qu'il range nos couverts dans le lave-vaisselle. À moins que les gars n'aient envie d'autre chose ?

– Les gars mangeront ce que tu leur proposeras, déclaré-je avec sérieux.

Milo se marre, récupérant les boîtes en carton dans le congélateur pour rejoindre ses potes dans le salon.

– Maintenant je comprends pourquoi Nolan est aussi casse-couilles avec toi, ricane Gabriel. Tu as l'air d'avoir un sacré caractère.

– Je ne sais pas comment le prendre.

Je souris, consciente qu'il dit simplement ça car je ne me laisse pas faire par la petite troupe qui s'égosille dans la pièce d'à côté.

– Disons que c'est une qualité que je dois avoir acquise en grandissant aux côtés de ces énergumènes.

Je fais un signe de tête vers la porte qui mène au salon. Gabriel rigole.

– Je suis ravi d'être fils unique !

Il s'adosse contre le plan de travail, m'observant une seconde avec un sourire espiègle. Nous sommes arrivés chez eux depuis plus de deux heures et j'ai officiellement fait la connaissance de l'homme qui a fait chavirer le cœur de Milo Sullivan. Je connais ce dernier depuis ma première année d'université, et j'avoue que j'ai été surprise en découvrant qu'il avait fait son coming out. Même si j'ai l'impression qu'il ne donne sa chance qu'à Gabriel, puisque, aux dernières nouvelles, il était suffisamment comblé par les femmes. Mon frère m'a dit qu'il était certainement bisexuel, mais là encore Milo fait tout pour ne se mettre dans *aucune* catégorie. Et je le comprends. Rien de plus réducteur pour un homme comme lui, dont la sexualité fluctue selon les personnes qu'il rencontre, que de se cataloguer bêtement.

– Comment se passe la colocation, alors?

– Plutôt bien.

– Et avec Nolan?

Je fronce les sourcils, jetant un coup d'œil rapide dans mon dos pour m'assurer que personne n'entre. Je connais à peine Gabriel, et même si je me suis tout de suite entendue avec lui et que lui parler est simple, le sujet qu'il met sur le tapis m'embarrasse plus qu'autre chose.

– Nolan?

– Je ne sais pas. Tu as l'air d'y tenir beaucoup.

– Je sors avec quelqu'un, ne puis-je m'empêcher de justifier. Nolan est comme…

– Un *frère*?

J'acquiesce en silence, faisant un pas en arrière comme si mon corps cherchait à fuir de toute urgence le regard analytique de Gabriel.

– Nous devrions les rejoindre.

– Scarlett, me retient-il.

Il contourne le plan de travail pour venir se planter devant moi. Ses yeux plongent dans les miens et la mine qu'il arbore ne me dit rien qui vaille. Mon corps se crispe et je plaque sur mon visage le masque le plus impassible qui soit.

Du moins j'essaye.

– Nolan est…

Il cherche ses mots une seconde, lance un regard furtif autour de lui avant d'ajouter :

– Nolan tient beaucoup à toi, comme Léo. Mais je ne crois pas qu'il puisse un jour ressentir ce que tu *ressens*.

Mon cœur rate un battement et mon estomac se comprime, m'empêchant de respirer convenablement. Le masque impassible se fissure, tant la remarque de Gabriel me chamboule.

– Je ne vois pas de quoi tu parles.

Ma voix est fébrile et il ne doit pas être dupe : je suis plus agitée intérieurement que ce que je veux bien laisser paraître.

– Excuse-moi de te le dire comme ça. Milo serait là, il me dirait de me mêler de mes affaires et c'est ce que j'aurais fait en temps normal, mais je t'apprécie – même si nous ne nous connaissons que depuis le début de la soirée.

Je ne réponds rien, bien trop secouée par ce qu'il est train de dire à *voix haute*. Incapable de le contredire, je reste plantée là à l'écouter chuchoter des choses alors que tous les gars sont dans l'autre pièce. C'est la première fois de ma vie que quelqu'un, en dehors de mon cercle d'amis, *comprend*. Et je ne sais pas du tout comment je suis censée réagir. Parce que je n'ai jamais eu à le faire.

– Je ne sais pas depuis combien de temps ça dure, ton… Je ne sais même pas comment appeler ça non plus. Mais je ne dirai rien, je voulais simplement te mettre en garde. Je suppose que tu le connais depuis plus longtemps que moi et que tu dois savoir pourquoi je dis ça. Nolan est… Nolan.

– Je sais.

Le son à peine audible sort comme un croassement du fond de ma gorge et Gabriel n'a pas besoin d'en dire davantage pour que je comprenne ce qu'il essaye de faire. Me mettre en garde. Nolan *peut* me briser le cœur, parce qu'il ne me voit pas comme autre chose qu'une copine, sœur, gamine, intouchable. Il n'a pas envie de moi. Ne me regarde pas comme si j'étais une fille qui pourrait potentiellement convenir à ses critères. Nolan flirte, drague, baise qui il veut. Tout le monde, sauf moi. Parce que je suis la sœur d'Edgar et qu'il ne m'a jamais considérée avec ces yeux-là.

– Je suis désolé, j'aurais dû fermer ma gueule. Je suis un connard.

Je secoue la tête en silence et finis par ajouter d'une voix à peine audible :

– Ça se voit tant que ça ? Que je…

Je triture ma queue-de-cheval et Gabriel soupire.

– Je crois que je sais reconnaître les regards amoureux à sens unique. J'ai été dans ton cas pendant un moment. Après, si ça peut te rassurer, Milo n'a pas l'air d'avoir remarqué quoi que ce soit sur tes sentiments, et Edgar… Eh bien, si Edgar se doutait de quelque chose, Nolan serait déjà six pieds sous terre et toi dans un couvent. Je me trompe ?

Je rigole nerveusement et Gabriel s'approche de moi. Posant une main sur mon épaule, il me tire doucement pour me prendre dans ses bras. C'est sa façon de s'excuser d'avoir lancé le sujet, et même si je devrais lui en vouloir d'agir comme s'il savait tout mieux que tout le monde, je sais qu'il n'a pas voulu me faire de mal.

Simplement me prévenir de quelque chose que je savais déjà.

Mais que je n'arrive toujours pas à assimiler. À accepter.

Et ça fait pourtant plus de dix ans.

***

Je suis allongée sur le canapé, la tête posée sur ma main, et je fixe l'émission à la télévision qui était censée m'endormir. Il est plus d'une heure du matin. Nous sommes rentrés il y a moins de deux heures, et après avoir passé quelque temps dans ma chambre, je savais que je n'allais jamais réussir à m'endormir. Pas après la conversation que j'ai eue avec Gabriel.

Il a compris.

Il a remarqué.

Ça n'était jamais arrivé.

Je soupire, récupérant la télécommande pour zapper une nouvelle fois.

– Pourquoi t'acharnes-tu sur cette pauvre télécommande ?

Mon cœur palpite, et je feins l'ignorance, restant concentrée sur les chaînes qui défilent tandis qu'une masse s'assoit à mes côtés.

– Pas sommeil ?

– Je viens de finir de bosser sur un truc, avoue-t-il. Je t'ai entendue sortir et je me suis dit que j'allais venir te voir cinq minutes.

– Pas de série, donc ?

Il rigole et attrape le plaid comme à son habitude pour le placer sur ses cuisses. Il lève une main, massant sa nuque un moment, et je regarde son biceps contracté.

– Je peux faire une exception pour *un* épisode.

– Petit joueur, me moqué-je.

J'allume Netflix, essayant de refouler la joie intense qui déferle dans mes veines en le sachant avec moi ce soir.

« Je ne crois pas qu'il puisse un jour ressentir ce que tu ressens. »

Je déglutis, lançant *Crash Landing on You,* tandis qu'un nœud énorme obstrue ma gorge.

– J'espère qu'ils vont *enfin* baiser.

– Ta gueule, dis-je dans un sourire.

Je l'entends rigoler et ses doigts glissent sur mes côtes dans un mouvement brusque et mesuré. Je sursaute face à la sensation très désagréable que ça provoque sur ma peau.

– Arrête ça, le menacé-je. Pas touche aux côtes.

Il ricane, replaçant son bras contre sa poitrine.

– T'es une enfant.

Je tape son bras.

– T'es un connard.

Il claque ma main. Je le fusille du regard, il explose de rire.

– Petite peste.

Cette fois, je me jette sur lui et fourre mes mains dans son cou. Il est extrêmement chatouilleux et il baisse instinctivement son menton. Bloquant mes poignets alors que je continue à forcer le passage pour l'agacer, il finit par me repousser violemment. Tout son corps s'écrase contre le mien et ses bras s'allongent, emprisonnant mes poignets au-dessus de ma tête pour empêcher toute autre tentative de ma part pour le faire chier. Mes jambes sont écartées et j'ai une sensation très – trop – précise de son sexe sous son jogging.

Il ne porte pas de caleçon.

Son visage est à seulement quelques centimètres du mien et il sourit avec l'air fier du vainqueur.

– Tu ne fais pas le poids, ma petite.

L'une de ses mains se détache de sa prise et il se redresse doucement. Un bras tendu près de ma tête, le second reste occupé à me maintenir dans cette position. Tous mes sens sont en alerte. Mon clitoris brûle, mes muscles me démangent et ma respiration devient difficile. Je peux aisément mettre cela sur le compte de son corps qui m'écrase, mais je sais que c'est aussi dû au regard qu'il pose sur moi. À la façon dont il est allongé, loin d'être perturbé, je constate sans mal qu'il ne bande pas *du tout*.

Mon ego en prend un coup, et je ne sais pas si c'est lui, son odeur, la chaleur de son corps, les réactions du mien ou le rejet flagrant que je remarque dans sa posture qui me fait faire *cette chose* stupide. Mais j'avance mon visage et pose ma bouche contre la sienne.

Il se crispe. Ma poitrine explose.

Un désir brut me transperce le bide et je savoure la douceur de ses lèvres. Mais rien ne se passe comme prévu. Mes poignets sont libérés et le poids sur moi se défait, provoquant une sensation de vide glacial sur ma peau.

Je sors d'un coup de ma torpeur pour me prendre en pleine face mon erreur.

Ma putain d'énormissime et magistralement stupide erreur.

Je me relève aussitôt, le cœur prêt à traverser ma cage thoracique tant ses battements frénétiques grondent. Nolan est à l'autre bout du canapé et me scrute, l'air à la fois horrifié et terriblement confus. Je n'ose pas le fixer davantage de peur de voir apparaître sur son visage une quelconque forme de dégoût, puis me mets sur mes jambes.

– Pardon, soufflé-je.

J'ai envie de vomir. Je mords ma lèvre inférieure, essayant de retenir la bile, la honte et toutes les émotions qui se succèdent.

– C'était quoi, *ça*?

Je le sens bouger et jette un coup d'œil hasardeux dans sa direction pour le voir voûté. Les bras posés sur ses genoux, il n'a pas cessé de m'observer avec stupeur et incompréhension.

– Rien. Rien du tout. Oublie.

Putain.

Je me sens affreusement embarrassée d'avoir laissé une chose pareille arriver. Hier encore je couchais avec mon copain pour la première fois. J'embrassais ce mec avec qui je sors, à qui j'ai laissé une chance, et ce soir je ruine tout pour *ça*.

Un baiser que j'attendais depuis que je suis gamine. Dont j'ai rêvé tant d'années et qui n'a pas eu l'effet escompté. Même dans mes pires cauchemars, la sensation de rejet n'était pas aussi vive. Dévastatrice.

Gabriel m'avait prévenue.

Nolan se lève du canapé, contournant la table basse pour se diriger vers la porte qui mène au couloir. Il semble désorienté, mais il s'arrête avant de la passer, se tournant vers moi.

– Je ne sais pas ce qui t'a pris, mais je vais mettre ça sur le compte des quelques bières que tu as bues chez Milo.

– Tu ne diras rien?

Ma voix se meurt quand je lève les yeux pour les planter dans les siens. Il fronce les sourcils en me sondant. J'ai l'impression qu'il est en train de me mettre à nu. En train de comprendre que *ça*, c'était simplement le résultat d'années de sentiments à sens unique et de frustration.

– À Edgar, reprends-je comme si ce n'était pas assez clair. Tu ne lui diras rien?

– Je ne dirai rien car il n'y a rien eu.

Puis, après m'avoir dévisagée une dernière fois, il quitte le salon et me laisse seule.

J'ai tout foutu en l'air.

16

Nolan

– Ne m'attendez pas, les gars, je dois aller rendre un bouquin à la bibliothèque.

– À la *quoi*? répète Léo.

J'entends très clairement l'ironie dans sa question et lui fais mon plus beau doigt d'honneur. Il explose de rire en même temps qu'Edgar, qui tourne entre ses doigts les clés de sa Jeep.

– T'en as pas pour une heure, dit-il. On peut t'attendre!

– Vous faites pas chier. J'ai ma caisse, de toute façon.

Je fais un signe de tête vers mon Chevrolet à quelques mètres d'ici. Ed acquiesce en silence, serrant entre ses doigts la lanière de son sac de hockey. Nous sortons tout juste de l'entraînement et il fait encore jour. Le temps a commencé à changer, la chaleur a fait place à une fraîcheur agréable et nous pouvons encore nous permettre de traîner dehors les cheveux trempés sans avoir peur de nous taper une crève. J'ébouriffe mes mèches humides dans un tic nerveux et jette un coup d'œil rapide vers les lumières qui émanent de la bibliothèque derrière moi.

– OK. Scar a dû rentrer, je vais lui demander si elle a prévu quelque chose pour ce soir. On se retrouve à l'appart?

Je confirme dans un signe de tête et laisse les gars rejoindre la

Jeep d'Edgar, ignorant la sensation dans ma poitrine à la simple mention de *Scarlett*.

Je ne l'ai pas revue depuis que je suis parti du salon jeudi soir. Même si le terme *fuir* est bien plus approprié pour ce qu'il s'est passé. Et encore, je n'ai aucune fichue idée de ce qu'il s'est *vraiment* passé sur ce canapé. On regardait sa série, je la faisais chier comme toujours, elle rigolait, elle m'a embêté, je me suis défendu.

Elle m'a embrassé.

Je ressens encore la pression de ses lèvres, les battements frénétiques de son cœur dans sa poitrine. Ma torpeur. La panique qui a déferlé dans mes veines en une fraction de seconde. La peine que j'ai lue dans ses yeux et que j'ai ressentie au plus profond de mon être. À cet instant précis, je me suis dit que je l'avais perdue et qu'elle n'allait plus jamais se sentir à l'aise avec moi. Je connais Scarlett, et quand il y a quelque chose qui la gêne, la stresse, l'inquiète, elle se referme et fuit. Un peu comme j'ai fait le premier jeudi soir, mais en dix fois pire.

Et elle a déjà commencé à le faire avec moi.

Vendredi, elle s'est arrangée pour ne pas me croiser en sortant de la salle de bains. Elle était partie à la fac avant même que je lui propose de la déposer. Je pensais utiliser le temps du trajet pour parler avec elle. Comprendre ce qu'il s'était passé et la rassurer. Je me fous clairement qu'elle ait eu un moment de faiblesse.

Même si franchement je ne comprends pas comment elle a pu faire *ça*. Avec *moi*.

J'ai cogité toute la nuit, me promettant de ne rien faire pour la brusquer, pour l'éloigner, parce que j'avais les boules rien que de penser qu'elle s'en voulait.

Je le pensais vraiment quand j'ai dit que c'était certainement les quelques bières qu'elle avait sifflées chez Milo et Gabi. Ce n'est pas une fille qui boit énormément, bien qu'en France j'imagine qu'elle a dû faire des soirées. Il suffit d'une variante inhabituelle et l'alcool nous tourne la gueule. Le stress des quelques devoirs à la fac : elle est en plein dedans ; le manque de sommeil : elle passe la plupart de ses nuits à ne dormir que quatre ou cinq heures ; et tout un tas d'autres trucs qui auraient pu jouer sur son humeur.

Je voulais lui dire que ce n'était pas grave et que pour moi c'était oublié. Sauf qu'elle ne m'a pas laissé le temps de me remettre de ma surprise qu'elle s'est complètement éclipsée. Vendredi, elle avait quitté les gradins avant même que le match ne se termine, prétextant auprès de son frère qu'elle avait des devoirs à rendre. Après quoi, samedi, on est tous rentrés chez nos parents pour le week-end. Elle n'est sortie de sa chambre qu'une fois Edgar prêt à prendre la route et je la soupçonne de l'avoir pressé pour quitter l'appartement le plus tôt possible. Parce qu'il n'était même pas neuf heures. Un samedi matin. Et Edgar faisait vraiment la tronche.

Bref. On est mardi.

Ça fait cinq jours qu'elle en fait tout un plat et ça me casse les couilles.

J'entre dans la bibliothèque en silence, fouillant dans mon sac de hockey pour dénicher un livre un peu écorné, et me dirige vers le bureau d'accueil. Debout en plein milieu de la bibliothèque, j'observe distraitement les dizaines d'étudiants plongés dans leurs études tandis que la nana qui s'occupe des retours se charge de mon bouquin.

– Tu as ta carte étudiante ?

Je lorgne la brune assise sur son siège à roulettes qui me fait le sourire le plus aimable de la planète. Je crois qu'elle est dans l'un de mes groupes de travail et, vu la façon dont elle me scrute, elle sait *très bien* qui je suis. Je sors mon portefeuille, évitant de m'attarder sur ses yeux de biche, et lui file ma carte. Ce n'est qu'une fois que je lève la tête que je *la* remarque. Installée avec un groupe de filles, elle est concentrée sur son ordinateur.

Ma poitrine se serre. Je ne l'ai pas recroisée depuis samedi matin. Elle est passée maître pour rentrer à l'appart à des heures pas possibles. Je crois qu'hier elle est allée dormir chez son mec.

Sentant certainement mon regard sur elle, ses iris noisette me survolent une seconde avant de pleinement se braquer sur moi. Je remarque sans peine la surprise sur son visage quand elle me reconnaît, et une brusque colère se propage dans mes veines quand elle ignore mon sourire.

– T'as fini avec le bouquin?

Je me penche vers la nana de la bibliothèque. Elle pianote à une lenteur monstrueuse les informations utiles pour valider le retour du livre et elle se crispe en entendant mon empressement.

– Je pense que j'ai tout ce qu'il me faut, soupire-t-elle. Tu peux y aller.

Je ne lui laisse pas le loisir de me le dire deux fois et je contourne son bureau pour traverser la bibliothèque d'un pas décidé. Les yeux rivés sur une seule personne, ma rage s'intensifie quand je vois qu'elle est en train de ranger ses affaires. Vu la rapidité avec laquelle elle se précipite vers la sortie, je comprends tout de suite qu'elle est en train de *me* fuir.

– Putain, grogné-je.

Je passe près de la table où ses copines sont toujours installées et rejoins sans mal la porte par laquelle Scarlett vient de partir. Je me retrouve dans un couloir éclairé aux lumières artificielles au bout duquel une silhouette blonde trottine d'un pas rapide.

– Scar!

Elle se tourne, me voit puis court.

– T'es sérieuse? hurlé-je.

Je passe mon sac en diagonale sur ma poitrine, bloquant la

lanière dans mon poing, et m'élance à sa poursuite. Elle sort en trombe sur le parking, ses enjambées se font moins rapides et je me rue sur elle avant même qu'elle n'atteigne la première bouche de métro. Mon bras se fracasse contre ses épaules et je la retourne sans aucune douceur. Nos deux corps se heurtent et je plaque ma main contre sa nuque tout en me reculant légèrement. Je la fusille du regard. Son souffle est court, ses joues, rosies par l'effort, et sa cage thoracique se soulève à chacune de ses inspirations.

– Si tu veux m'échapper, Scar, il va falloir te mettre au sport.

Elle me bouscule avec hargne mais je la retiens par le bras dès qu'elle tente de partir de nouveau.

– Putain, mais je peux savoir à quoi tu joues, bordel?

Ma voix ne cache rien de l'énervement dans lequel je me trouve. Je la fixe avec agacement et quand mes yeux tombent dans les siens, je vois passer une lueur étrange dans ses iris.

De la tristesse.

– Je t'évite, admet-elle avec aplomb. Tu ne me rends pas la tâche facile.

Sa voix est fluette, hachée, en raison de la course effrénée qu'elle s'est imposée plus tôt. Je relâche ma prise, gardant une distance de quelques centimètres avec elle. Assez pour ne pas sentir la chaleur de son corps, mais pas suffisante pour la laisser filer à la moindre occasion. Tous mes réflexes sont en alerte et dès qu'elle recule d'un pas, j'avance par automatisme.

– Ça a le mérite d'être clair. Il y a une raison précise ou je pue la merde?

Elle ne réagit pas.

Même si je sais parfaitement la raison qui la pousse à ne plus vouloir me voir, j'ai envie qu'elle entame le sujet toute seule. Qu'elle comprenne que c'est stupide d'agir comme ça, alors que nous savons tous les deux que ce n'était *rien*.

Je ne lui en veux pas, mais elle n'a pas l'air de s'en rendre compte.

– Tu sais très bien pourquoi je fais ça.

– Tu es ridicule, soufflé-je.

– Tu es venu pour m'insulter ou je peux partir?

Ma main s'accroche à son poignet pour la retenir alors qu'elle ne bouge pas d'un centimètre.

– Pourquoi tu fais tout ça, Scar?

– Tu sais pourquoi, soupire-t-elle. J'ai...

Elle s'arrête, baissant le regard vers ses pieds tout en tirant sous ma main pour que je libère son bras. Elle croise les deux contre sa poitrine, comme si elle cherchait un moyen de se protéger... de moi. Je fronce les sourcils en la détaillant.

– Tu m'as embrassé, confirmé-je à sa place. Et je t'ai dit que ça n'avait jamais eu lieu.

– Ça a eu lieu, Nolan.

– Je sais, mais je ne veux pas que tu te prennes la tête pour ça.

Elle passe une main dans ses cheveux, glissant ses doigts dans une mèche qu'elle triture avec nervosité.

– Je vais te dire ce qu'il s'est passé, commencé-je avec assurance. T'as bu et c'était stupide. Tu m'as embrassé et c'était stupide. Tu t'en veux et *c'est* stupide.

– Belle conclusion que de me dire que je suis conne, crache-t-elle. Moi qui comptais simplement m'excuser.

– Mais tu n'as pas à t'excuser dix mille fois, m'emporté-je. Putain, Scar, on se connaît depuis plus de vingt ans! Tu ne vas pas me faire croire que tu veux tout gâcher pour *ça*? Ça ne signifie *rien* pour moi. Tu m'entends?

J'attrape ses épaules et plonge mes yeux dans les siens, baissant légèrement mon visage pour me mettre à sa hauteur.

– Je m'en fous de ce qui s'est passé. Je ne t'en veux pas et honnêtement je n'y pense même plus. OK? Je ne veux pas que tu t'en veuilles pour quelque chose qui ne me fait ni chaud ni froid. T'es comme une sœur. Tu le sais. Je ne veux pas te perdre parce que tu penses qu'un *smack* me fera changer de comportement envers toi. Je t'ai promis que personne ne le saura parce que toi et moi on va oublier ça. On va passer outre et rester les mêmes. Je ne veux pas que tu te punisses pour un truc aussi pourri. Je m'en fous. Vraiment. D'accord?

J'ai l'impression que ses yeux s'emplissent de larmes mais elle ravale son sanglot, acquiesçant en silence. Je la tire vers moi et enroule mes bras autour de ses épaules pour la plaquer contre mon torse. Un nuage de parfum se propage dans l'air et je hume une seconde cette odeur familière. Je pose mon menton sur sa tête, sentant son corps contre le mien se détendre tandis qu'un reniflement me fait sourire.

– Tu pleures de joie, j'espère?

– Je suis désolée, marmonne-t-elle. Je suis trop conne.

Je la garde contre moi, relevant simplement sa tête en posant mes deux mains autour de son visage. À l'aide de mes pouces, j'essuie les quelques larmes qui mouillent ses joues et l'observe. Elle a les yeux baissés et je souris devant sa moue boudeuse. J'embrasse son front avec tendresse.

– Je ne t'en veux pas, Scarlett. Je t'aime trop pour avoir envie de te perdre à cause d'une histoire comme ça.

Elle laisse sa tête retomber contre mon torse, plaquant son front sur mon sweat-shirt. Je laisse glisser mes bras le long de ses épaules en rigolant.

– Allez, grincheuse, je te ramène à la maison.

Elle se recule et j'ouvre mon sac pour en sortir les clés de mon 4x4.

– Et sèche tes larmes, sinon ton frère va me défoncer.

– Je ne pleure pas.

Ses yeux encore humides me lorgnent avec dédain et je rigole.

– Bien sûr, mademoiselle Martin.

Elle esquisse un sourire et me suit jusqu'à la voiture. Quand elle s'installe sur le siège passager, je me dis que tout est enfin rentré dans l'ordre.

Un dérapage qui n'a jamais existé.

Une Scarlett qui a cessé de me fuir.

Et moi qui suis soulagé que personne n'ait remarqué tout ce bordel.

Et quand je parle de *personne*, je fais surtout référence à Edgar qui aurait pu me couper les couilles en apprenant que sa petite sœur m'avait embrassé sur le canapé de notre appart.

Je suis passé à deux doigts de la catastrophe.

Eunuque à 22 ans.

17

Scarlett

– Alors, ça se passe comment?

– Il est distant, admets-je.

Je bois une gorgée de mon Coca, regardant tout autour de moi et faisant mine de m'intéresser aux nouvelles photos que les filles ont accrochées sur les murs. Si lors de notre première année d'université, on avait chacune une chambre dans le même couloir, lorsqu'on est rentrées de France avec Paige, elles se sont trouvé une chambre à partager. C'était plus pratique d'être toutes les deux plutôt qu'avec une colocataire inconnue, et comme j'allais emménager avec les gars, nous étions certaines de nous voir souvent.

Au final, c'est un bon endroit pour me réfugier. Et ça m'a plutôt bien servi ces derniers temps. Ici et chez Corey. Même si plus les jours passent et moins je me sens à l'aise avec lui. Là encore, autre sujet, autre problème.

– Je croyais que Nolan était plutôt déterminé à ce que les choses ne changent pas entre vous! s'exclame Carol. Ça n'a aucun sens.

Je soupire, parce que de notre conversation, j'ai surtout retenu « *smack* pourri » et « ça ne m'a fait ni chaud ni froid », mais il vaut mieux pour ma santé mentale que j'éclipse totalement sa tentative maladroite de me faire revenir vers lui. S'il croyait me dire les choses que j'avais envie d'entendre, il a surtout dit *toutes* celles que je redoutais le plus venant de lui.

– Bien sûr que ça allait changer, lâche Paige. Elle l'a embrassé. Fallait pas s'attendre à autre chose. Il ne doit plus savoir comment se comporter avec toi.

– Et moi je ne sais plus comment agir face à lui, confessé-je.

– Vous vous parlez, au moins?

– Un peu, dis-je à Carol. Surtout lorsque les gars sont autour, en fait. Sinon, c'est… bizarre.

Je passe une main dans mes cheveux et bois une nouvelle gorgée dans ma canette.

– Ouais, donc quoi qu'il ait pu te dire, il t'évite quand même. Peut-être qu'il ne s'en rend pas compte, mais qu'il ne veut pas que tu imagines quelque chose s'il se rapproche de toi.

Je grimace, laissant ma tête retomber contre le mur dans mon dos. C'était justement ce que je voulais éviter: que Nolan sache que tout rapprochement implique un espoir. Entendre de la bouche de mes copines ce qui tourne en boucle dans ma tête depuis plusieurs jours provoque un pincement dans ma poitrine.

– J'ai vraiment foutu la merde.

– Non, les choses vont s'arranger. Tu es avec Corey, Nolan va finir par comprendre que tu as juste fait une erreur, tente Paige.

– Enfin, Corey me gave un peu, avoué-je d'une petite voix. Il est…

Je soupire devant les moues déçues qu'elles arborent. Elles y ont cru comme moi, mais elles savent comment il est. Elles ont remarqué comme il se comporte.

– C'est un fils à papa. Et ça me saoule.

– Malheureusement, ça, on l'a compris dès que tu t'es mise avec. Mais ça se passe bien sinon?

Je hausse les épaules face à la question de Carol. J'ai dormi chez lui une bonne partie de la semaine, évitant l'appartement autant que je pouvais. Mes insomnies ont été difficiles à gérer, pas de canapé digne de ce nom dans lequel me réfugier, j'ai très peu dormi mais au moins je suis restée loin de Nolan. Lui n'en a absolument rien eu à foutre. Il ne m'a fait aucune réflexion sur mes nouvelles habitudes de découcher, pas même quand je le croisais dans le couloir et que nous étions tous les deux. Il y a encore quelques jours, il m'aurait fait la morale, agissant comme mon frère.

Sauf que maintenant ce n'est plus pareil. Quoi qu'il ait essayé de me faire croire.

– Oui, oui. Il est gentil et je l'apprécie.

– Mais tu n'es pas amoureuse.

Je lève les yeux vers Paige, sans répondre. Je crois que c'est écrit sur ma tête que non, je n'ai aucun sentiment amoureux pour Corey. C'est trop tôt, nous avons trop de différences. Ses études, ses parents, sa politique. Ça m'étouffe.

Mais avec lui c'est facile, et ces derniers temps c'était tout ce dont j'avais besoin.

– Scarlett, tu sais que tu n'as pas à te forcer, n'est-ce pas? Si tu sens que tu ne t'attaches pas, il vaudrait mieux lâcher l'affaire, non? Je veux dire, ce mec a l'air pincé. Il t'aime bien, ça se voit comme le nez au milieu de la figure. Et toi…

– Je sais, réponds-je. Je suis bien avec lui mais je suis… perdue.

– Te prends pas la tête avec tout ça, reprend Carol. Tu es belle comme tout, tu peux te faire n'importe qui. Si tu as besoin de souffler, quitte Corey. Si tu te sens malgré tout bien avec lui, alors donne-lui une chance. Tu es maître de tes choix.

Je souris simplement, à la fois rassurée de savoir que les filles ne me jugent pas et mal à l'aise. Quoi qu'elles puissent dire, le choix qui m'incombe est difficile. Parce que je ne sais pas si j'ai envie de souffler ou de rester…

***

Allongée sur le canapé, je textote avec Corey depuis déjà quelques minutes et lorsqu'il me demande comment ma journée s'est passée avec les filles, un truc se débloque en moi. Je comprends que même si je suis perdue, il est bon avec moi et ne pas lui donner une chance de se défendre face au fantasme impossible que je me paye pour Nolan, c'est laisser tous les autres mecs échouer à me séduire. C'est maintenant ou jamais. Soit j'accepte de faire entrer un autre mec dans ma vie pour de bon, soit je signe la fin de ma vie amoureuse.

Ou alors je renonce à tout et déménage à l'autre bout du monde. Mais là encore, pas sûre de pouvoir me sortir ce fichu béguin de la tête.

En France, en tout cas, ça n'a pas marché.

Je soupire, reportant mes yeux sur l'écran de la télévision. Il est une heure passée et je sais de source sûre – mon frère – que personne ne rentre à l'appartement ce soir. Une soirée est prévue avec quelques mecs de l'équipe chez Milo, et si certains crèchent sur place, d'autres vont certainement terminer leur soirée en boîte de nuit. En clair, je suis libre de passer ma nuit où je veux : et pour l'instant ce sera sur le canapé. Les pieds calés sous un plaid en laine, des bouffées de chaleur me font soudain me lever pour ouvrir la fenêtre. J'ai enfilé un simple short et je profite des joies du « sans soutif », laissant mes seins vivre leur meilleure vie sous mon vieux débardeur délavé.

Mais alors que je suis penchée par la fenêtre pour prendre un peu l'air, la porte d'entrée s'ouvre. Tout mon corps se crispe et je me retourne d'un coup sec. Mes yeux entrent en contact avec deux billes marron foncé, loin d'être étonnées de me voir ici. Nous nous toisons un moment, et Nolan ferme la porte sans un mot. Il lance ses clés dans le bol de l'entrée puis longe le salon pour rejoindre sa chambre.

Putain, mais qu'est-ce qu'il fout là ?!

C'était *ma* soirée.

Les jambes fébriles et la boule au ventre à l'idée qu'il soit revenu plus tôt, je me rassois sur le canapé. Pliant mes genoux contre ma poitrine, je tire la couverture sur moi pour me couvrir. Je lorgne la télévision, l'oreille tendue vers les bruits que j'entends dans l'appartement, et prie intérieurement pour qu'il ne décide pas de sortir de sa chambre. Même si nous avons promis de faire comme si rien n'avait changé entre nous, me retrouver une nouvelle fois sur ce canapé avec lui, alors qu'il y a moins de quinze jours je faisais l'erreur monumentale de parler avec mon cœur, provoque une montée de panique. Je pince mes lèvres et une sensation beaucoup trop vivifiante se répand de ma bouche jusqu'entre mes jambes. L'excitation me surprend et je ferme les yeux. Je serre mes cuisses l'une contre l'autre, numérotant dans ma tête toutes les raisons pour lesquelles je ne devrais *pas* ressentir ça.

Un poids silencieux fait bouger le coussin près de moi. Je tourne la tête vers le mouvement de chaleur au niveau de mon bras nu et tombe sur la seule autre personne présente dans cet appartement. Celle que j'aurais voulu éviter encore quelque temps.

Ou pour toujours.

Il a enfilé un jogging et un tee-shirt blanc cassé. Les bras posés sur ses jambes avec nonchalance, il tourne le visage vers moi en me regardant avec insistance. On n'a pas échangé un seul mot depuis qu'il a passé le pas de la porte et même un aveugle aurait compris que quelque chose ne va pas entre nous.

Je ne comprends toujours pas comment on arrive à s'en sortir face à mon frère et Léo.

Au bout d'une longue seconde, il soupire et se contente d'attraper la télécommande sur la table basse pour lancer le dernier épisode de *Crash Landing on You*.

C'est sa façon de faire un pas vers moi.

18

Nolan

Ça fait déjà plus de quinze minutes que je suis assis sur ce canapé avec Scarlett. Elle n'a pas bougé d'un centimètre, gardant le plaid contre sa poitrine tout en fixant l'écran de la télévision comme si je n'étais pas là. Si je ne la connaissais pas aussi bien, je jurerais qu'elle ne m'a pas vu – nonobstant le moment où nos yeux se sont croisés. Mais elle m'a vu, elle fait juste tout son possible pour me faire croire le contraire. Faire semblant que ma présence ne la met pas mal à l'aise.

Alors que c'est faux.

Et j'avoue que ça me fait chier.

Son corps est tendu, sa mâchoire tique dès que je l'observe à la dérobée et ses mains sont crispées sur le tissu en pilou. Ça fait une semaine que je lui ai parlé sur le parking du campus, et les choses n'ont *pas* changé. Peut-être que j'en suis en partie responsable. Je n'ai pas cherché à revenir vers elle comme avant, dans le couloir quand je la croisais, dans la cuisine ou toutes les autres pièces de cet appartement que nous partageons. Parce que j'étais saoulé de la voir agir comme ça, m'éviter bêtement. Son frère m'a même demandé si quelque chose clochait avec Scarlett.

Elle m'a embrassé.

Mes yeux glissent instinctivement sur ses lèvres et je la vois les pincer. Je me détourne aussitôt et continue à regarder d'un œil distrait les images qui défilent sur l'écran. Essayant pour la centième fois cette semaine de refouler les souvenirs de Scarlett allongée sous moi sur ce canapé, alors qu'elle plaque sa bouche sur la mienne. Je passe une main lasse sur mon visage. J'ai menti à Edgar. Lui jurant que sa sœur était juste en période un peu casse-couilles et que j'avais autre chose à faire que d'essayer de lui décocher un sourire. C'était presque vrai. J'ai préféré me concentrer sur Harriet, mes cours, le hockey, plutôt que de courir après Scarlett. Je sais qu'elle a besoin de prendre du recul sur ce qu'elle a fait, et quoi qu'elle m'ait dit, elle n'a pas oublié.

Sauf que je suis dégoûté qu'elle ait *aussi* laissé la distance s'installer entre nous.

Parfois, je la surprends à rougir lorsque nos bras se frôlent, quand nous nous retrouvons tous les deux dans une pièce ou quand elle est obligée de me faire face en sortant de la salle de bains. Ça ne lui arrivait jamais avant. Jamais. Et il a fallu un seul moment d'inadvertance pour qu'elle change avec moi.

C'était stupide, alors peut-être que j'ai préféré lâcher l'affaire. Lui laisser de l'espace, pensant bêtement qu'elle allait revenir d'elle-même. Comme une grande. Mais elle a pris encore plus de distance. Je ne suis pas con, je sais qu'elle a passé sa semaine chez son mec pour une raison : elle cherchait à s'éloigner de l'appartement. Par conséquent, de moi.

Ça a bien fait chier son frère d'ailleurs, qu'elle se réfugie chez Corey à la moindre occasion. Léo, lui, se contente de la soutenir. C'est Scar, il l'adore et il est bien le seul à trouver son mec sympa.

Moi ça m'a saoulé.

Je soupire et croise les bras tout en basculant ma tête sur le dossier du canapé. Je fixe le plafond une longue seconde avant de tirer sur le plaid emprisonné dans les mains de Scarlett. Elle n'oppose aucune résistance et la couverture glisse avec une facilité déconcertante jusqu'à se retrouver sur mes genoux. Je souris comme un couillon en surprenant son regard sur moi une fraction de seconde.

– Je suis toujours là, dis-je en ricanant.

– Merci Einstein !

– Elle est de retour !

Je lève les bras en l'air en signe de victoire et lui décoche un semblant de rire. Je me penche un peu plus vers elle, essayant d'attirer son attention et, lorsque nos yeux s'ancrent, elle sourit.

– Tu loupes l'épisode.

– Je m'en fous ! m'exclamé-je. Je préfère te parler.

Elle me jette un coup d'œil rapide.

– Parler de quoi ?

– Je ne sais pas, Scarlett. De toi, de nous, de ta vie, de ce que j'ai loupé cette semaine que tu as passée à *m'esquiver*.

– Je ne t'ai pas esquivé.

Le ton de sa voix me confirme que je l'ai surprise en mentionnant son comportement de ces derniers jours. Je secoue la tête.

– Arrête de faire la gamine.

– *Toi*, arrête de faire le gamin, grogne-t-elle sur la défensive. Je te signale que si je ne t'ai pas adressé beaucoup la parole cette semaine, tu ne t'es pas montré très coopératif non plus.

Je fronce les sourcils.

– Moi je t'ai dit que j'avais envie que tout se passe *normalement*.

– C'est un concours de grosses bites ?

J'explose de rire.

– Tu perdrais, ma petite. Pour ce concours, faudrait déjà avoir quelque chose que tu n'as pas : une queue. Et crois-moi, tu n'es pas de taille !

Elle me balance le premier coussin qu'elle a sous la main.

Scarlett tout craché.

– Et qu'est-ce que tu fabriques ici d'abord ? Je croyais que vous aviez prévu une soirée du tonnerre chez Milo ?

Je hausse les épaules et zieute discrètement mon téléphone.

La nuit va être courte.

– J'ai un cours en option demain matin. Léo n'y va pas, et les gars crèchent chez Milo comme convenu. J'ai préféré rentrer dormir un peu.

– Et tu te retrouves ici, constate-t-elle.

– J'avais envie de passer du temps avec toi. C'est interdit ?

– Je croyais que seul le sexe te gardait éveillé toute une nuit, me cite-t-elle.

– Le sexe et *toi*, visiblement.

Elle lève les yeux au ciel, passant une main dans ses cheveux relevés dans un chignon désordonné. Ce n'est que lorsqu'elle laisse son bras retomber que je prends conscience de la façon dont elle est habillée. Elle ne porte rien d'autre qu'un simple débardeur, et mes années à déshabiller les filles m'ont appris une chose : remarquer lorsqu'elles ne portent *que* leur haut. Pour ce qui est de Scarlett, ce n'est pas l'expérience qui parle, mais la transparence indécente de son pyjama. Je déglutis tout en détournant le regard aussi sec, me forçant à fixer l'écran de la télévision.

– Alors, avec ton mec ? lâché-je d'une voix rauque.

Impossible qu'elle remarque mon malaise, mais moi je le ressens au plus profond de mes tripes. Je pose ma cheville sur l'un de mes genoux, feignant la décontraction. Pourtant, la poitrine de Scarlett a provoqué une chaleur particulière dans le bas de mon ventre.

Des nichons, ni plus ni moins.

Et je bande pour des nichons.

Mais putain, c'est Scarlett !

– Parfait ! affirme-t-elle. Tout est super avec lui. Il est vraiment adorable.

Je fronce les sourcils, lui jetant un coup d'œil un peu étonné devant tant d'admiration. Je n'avais pas l'impression que c'était l'amour aussi fou dans leur couple et l'entendre l'étaler à ce point m'agace. Elle mérite mieux que ce pauvre type.

– Vraiment, ce mec est un amour. Il est gentil avec moi et il est tout ce que je peux rêver !

– L'homme parfait, ironisé-je malgré moi.

– Exactement. J'espère vraiment que tu trouveras un jour quelqu'un d'aussi respectueux.

Je ricane devant l'éloge qu'elle est en train de me faire de son mec.

Burnetton.

Quand je l'ai vu la première fois, il avait surtout une sacrée tête de con. Je ne comprends toujours pas ce qu'elle lui trouve.

– T'en fais pas un peu trop, Scar? me marré-je.

Elle se crispe et me fusille du regard. Je rigole encore plus. Mon Dieu que ça m'avait manqué de la faire chier.

– Et toi, avec ta meuf?

Elle croise ses bras contre sa poitrine et je m'interdis de loucher sur le mouvement que ça a dû provoquer sur ses seins.

Bordel, mais depuis quand je bloque sur les nibards de bébé Scar?!

– Parfait ! m'exclamé-je sur le même ton qu'elle un peu plus tôt.

Au fond de moi, c'est une multitude d'émotions toutes plus déroutantes les unes que les autres qui s'échauffent. Excitation, envie, désir, intérêt, déni, frustration, rejet.

– Tu te fous de ma gueule.

– Un peu.

Je rigole devant le doigt d'honneur qu'elle me place sous le nez.

Faut que je me reprenne.

– Elle baise bien, déclaré-je. Et je l'aime bien.

Elle me regarde, dégoûtée.

– Elle sera ravie de savoir qu'elle est un cul avant d'être un cœur. Belle vision de la femme, Jones.

– *Jones*? répété-je dans une grimace. Tu nous la joues crise d'ado? Tu ne m'appelles jamais comme ça.

– Je t'emmerde.

Je me moque une nouvelle fois et plutôt que de me montrer son majeur, elle se contente d'ignorer mes rires.

Elle prend de l'assurance et j'aime ça.

Sûrement un peu trop.

– Je suis bien avec Harriet, ajouté-je avec sérieux.

Je ne sais pas qui j'essaye de convaincre le plus à ce moment-là. Je jurerais la voir se crisper, mais entre mes tentatives d'éviter de baisser le regard en dessous de son cou et mon besoin de retrouver des joutes verbales stimulantes avec ma pote, je ne fais pas bien attention à la façon dont son corps semble avoir réagi.

J'ai retrouvé Scar, c'est tout ce qui compte.

19

Nolan

Harriet colle son corps contre le mien, glissant ses doigts froids sous mon tee-shirt noir tout en murmurant contre mon oreille. Je me laisse faire, grisé par le moment. La soirée a commencé il y a plus de deux heures et je constate un peu tard qu'il y a trois fois plus de monde qu'à l'accoutumée. Il est de plus en plus difficile de circuler dans la cuisine – qui n'est déjà pas bien grande – et le salon commence à ressembler à la piste d'une boîte de nuit bondée un samedi soir. C'est vendredi, jour de match, victoire écrasante contre les Friars de Providence et toute la fac s'est réunie dans notre cent trente mètres carrés pour célébrer les Terriers.

Un début de week-end parfait.

Si ce n'est la désagréable sensation que je me tape dans le bide à chaque fois que j'aperçois Scarlett. Son sourire lumineux quand ses yeux croisent les miens, son rire que j'entends parfois éclater quand je passe près de son groupe de potes, son parfum qui envahit mes sens dès qu'elle me frôle pour récupérer un truc à boire. Son cul moulé dans un combi-short et la naissance de ses seins qui me narguent dès qu'elle se penche un peu trop.

Bref. Je ne sais pas depuis combien de temps je bute sur autant de détails, mais quand elle arrive avec son frère dans la cuisine, alors qu'Harriet me dévore le cou tout en essayant de me faire finir la soirée dans une chambre, je me prends en pleine face tout un tas de trucs indéfinissables.

Je suis pourtant à mon troisième verre.

Autant dire du pipi de chat.

Putain, ce combi-short lui allait aussi bien l'an dernier?

Je bois une gorgée de bière dans mon gobelet et raffermis ma prise sur la hanche d'Harriet, ignorant le coup d'œil en biais que Scarlett fait dans ma direction.

– Nolan, tu joues?

Léo me hèle depuis la table à manger dans le coin de la cuisine, et mes yeux glissent tout seuls sur la silhouette près de lui avant que je détourne carrément le regard.

Merde.

J'ai un truc qui ne tourne pas rond.

– Je ne vois pas pourquoi tu poses encore la question, blagué-je.

Une bonne dose de tequila et mes potes, bientôt ma soirée *sera* parfaite.

Suffit juste d'arrêter toutes ces conneries de nichons.

Je repousse Harriet avec délicatesse, la laissant me prendre la main tandis que je fais les quelques pas qui nous séparent du groupe.

– On ne va pas être un peu trop? demande une voix fluette.

Je scrute discrètement la meilleure pote de Scar, passe une main rapide dans mes cheveux et serre davantage ma prise sur ma copine.

– Je ne joue pas! s'exclame Harriet. Vous ne serez que sept.

– Six, je passe mon tour aussi.

– Allez, Carol, lâche Scarlett. Ça va être drôle!

– Je conduis pour rentrer.

J'entends Scarlett soupirer, et je l'imagine bouder comme à

chaque fois que quelque chose la contrarie. Je passe un bras possessif autour des épaules de ma copine tout en embrassant le haut de sa tête. Quand je relève les yeux sur la table qui commence à s'installer, je constate que des yeux noisette me fixent.

– Tu vas t'installer, Jones, ou bécoter ta meuf toute la soirée?

La voix râpeuse de Scar me fait presque tiquer et si les rires gras autour de nous n'avaient pas orienté mon attention ailleurs, j'aurais presque cru percevoir de la jalousie.

Mais Scarlett n'est pas jalouse.

Non, elle cherche juste à me faire chier.

Et sa putain de combinaison aussi.

– Crois-moi, tu aurais préféré que je m'abstienne de jouer, petite.

Scarlett grimace et Harriet s'est tendue dans mes bras. Elle grogne à mon oreille:

– Elle a un problème?

Je secoue la tête et la décale légèrement pour l'inciter à partir. Elle est du genre à surréagir quand quelque chose lui déplaît, et me retrouver dans un combat entre ma meuf et Scar est de loin la pire situation que je puisse espérer.

Parce que je sais au fond de moi que le choix serait vite fait.

Scarlett passera toujours avant tout le monde.

Puis, comme si elle voulait prouver quelque chose, Harriet attrape ma nuque pour m'embrasser avec fougue et, quand je quitte ses lèvres charnues pour me concentrer sur la table qui m'attend, je rencontre deux yeux furieux.

Je souris, fier de moi.

Tu l'as bien cherché, Scar.

Je m'assois sur la chaise juste en face d'elle, laissant Ed, Léo, Milo et Paige se mettre sur les places restantes. Le jeu de l'oie version alcoolisée trône fièrement au milieu de la table et je reporte toute mon attention sur les dés que Léo tient dans les mains.

– Tequila pour tout le monde? demande Edgar. Scar, tu n'es pas obligée de tout boire.

– Elle va tout boire, réponds-je à sa place. Sinon ce n'est pas du jeu.

– C'est ma sœur.

– Ça va, je suis pas un *bébé*. De toute façon, je vais vous défoncer!

Elle se marre avec sa pote et je lui lance un coup d'œil rapide, étirant la commissure de mes lèvres tout en me forçant de ne pas loucher plus bas.

Non, ce n'est plus une gamine et je suis incapable de dire depuis *quand*.

– Alors c'est parti! s'exclame Milo. Que le meilleur gagne!

***

Le but de ce jeu est d'arriver à la fin en ayant bu le moins de shooters. Quand je regarde les verres s'entasser par petits groupes devant chaque personne autour de cette table, j'en viens à me dire que nous nous sommes pris une sacrée dose chacun. Le réveil de demain risque d'être brutal et, vu le rose sur les joues de Scar, mon petit doigt me dit qu'elle est dans un bel état.

– Tu ferais bien d'arrêter de boire, Martin Junior.

– Tu ferais bien de t'occuper de ton cul, numéro douze.

Toute la table se marre, et j'esquisse un sourire devant sa remarque. Quand elle en vient à me donner le nombre floqué sur mon maillot de hockey, c'est qu'elle est soit très agacée, soit très alcoolisée.

– Range les crocs, Scar, ricane son frère. T'es encore capable de picoler?

– Tu veux parier?

Son regard examine Edgar et je ne peux m'empêcher d'observer les quelques mèches qui se sont collées sur son cou. Il fait une chaleur à crever dans la cuisine et les gens qui ont ouvert les fenêtres pour fumer sont en train de foutre des nuages de nicotine dans toute la pièce. Ça pue le tabac, l'alcool et la transpiration. Combo parfait pour une soirée réussie. Et personne n'a l'air encore de se plaindre de l'ambiance.

– Allez, grincheuse, lance les dés, qu'on en finisse !

– C'est à Paige de jouer.

Elle file les dés à sa meilleure amie, dont les six shooters vides devant elle lui donnent un bon niveau d'alcoolémie. Surtout que la soirée avait commencé bien avant ce jeu et que si mes souvenirs sont bons, je l'avais vue passer dans la cuisine se servir à boire plusieurs fois. Je regarde autour de moi, trouvant sans mal la troisième nana de la bande, Carol, qui discute avec un groupe de mecs, dont *Burnetton*. Ma mâchoire se crispe.

Je n'aime toujours pas ce type.

Et je suis bien content que Scarlett dorme ici ce soir.

Avec la règle numéro un en prime.

– Défie ton voisin de droite ou recule de trois cases.

Paige se penche sur le jeu, réfléchissant une longue seconde tout en fixant la planche.

– Désolée, Scar, mais pas sûre de supporter les deux shooters supplémentaires.

– Traîtresse !

Scarlett passe une main dans ses cheveux détachés et je m'adosse un peu plus à ma chaise, plongeant mes jambes sous la table tout en contemplant son visage amusé. Les rides au coin de ses yeux, son nez qui se retrousse à chaque fois que ses lèvres s'étirent, l'alignement parfait de ses dents, le rehaussement de ses pommettes. Je fronce les sourcils. Parce qu'une silhouette vient déranger ma contemplation et une main large s'enroule doucement autour du cou de ma colocataire.

Burtton de mes couilles.

Il se penche, faisant comme si autour de cette table n'étaient pas présents le *frère* de sa copine, Léo et moi. Il pose son menton sur son épaule, observe avec attention les pions et souffle des mots incompréhensibles à l'oreille de Scarlett. Je croise mes bras contre ma poitrine, refoulant la brusque bouffée d'agacement mêlée à un truc un peu bizarre dans mon estomac, et lance un coup d'œil rapide vers Edgar.

Il reste silencieux, une main posée sur la table, la seconde serrée dans un poing. Ça ne lui plaît pas, mais il ne dit rien, laissant à Scarlett la liberté d'être avec qui elle veut pour la soirée, lui donnant de l'espace et le droit de fréquenter un mec même si ça le fait vraiment chier.

Moi aussi d'ailleurs, et particulièrement ce soir.

Pour une raison qui m'échappe… Encore une fois.

Puis *Burnetton* nous quitte aussi vite qu'il est arrivé, retrouvant le groupe qu'il forme à l'autre bout de la cuisine avec la pote des filles.

– Scarlett, chantonne Paige en me sortant de mon examen minutieux. Tu bois cul sec un shooter pour chaque mec de cette pièce que tu as envie de te faire.

– T'es sérieuse ?

– Super idée, imaginer ma sœur au pieu avec des gars !

– Pas nécessairement au pieu, blague Scarlett.

Léo et Milo explosent de rire, j'étouffe le mien en voyant la rougeur sur les joues d'Edgar, qui se retient d'en dire davantage. J'ignore le picotement dans mon ventre à cette simple mention de Scarlett, dans un lit, et fixe la lueur de défi qui traverse ses iris. Je sais qu'elle est capable d'en faire *trop* juste pour le faire chier.

– C'est de la merde, dis-je. Ton mec est là. Aucun suspense.

– Tu veux boire à sa place? s'exclame Paige.

Elle lance un coup d'œil rapide autour d'elle avant d'ajouter:

– Mais c'est de la merde, ta copine n'est pas là. Aucun suspense.

Je ricane devant sa remarque et toute la table siffle.

– Avec Jones, ça ne risque pas de se limiter à un *seul* shooter. Copine ou pas copine!

Milo et Léo se tapent dans la main, hilares face au sous-entendu de mon colocataire et je lève les yeux au ciel, gardant une posture détachée, adossé avec insolence sur ma chaise, les bras croisés.

– Tu relèves le défi, numéro douze? m'interroge Scarlett avec insolence.

Mes yeux plongent dans les siens. La tequila dans les mains, elle remplit plusieurs verres vides devant elle avant de me tendre la bouteille en m'affrontant du regard. Je souris, fier et sûr de moi. Au fond, je me demande vraiment si elle va en boire autant.

– Seulement cinq? Petite joueuse.

Ma voix se fait taquine et elle me fait un doigt d'honneur.

– Tu vas rouler sous la table avant de boire le troisième, me nargue-t-elle.

– Tu deviens prétentieuse, Scar!

Léo lui ébouriffe les cheveux et elle le fusille du regard. Je me marre en remplissant à mon tour cinq verres provisoires, conscient que même si elle se mettait à tous se les enfiler les uns après les autres, je ne suis pas sûr d'avoir autant de filles à mettre dans le compteur. Je zieute la cuisine, observant les étudiantes dans la pièce. Quoi qu'en disent mes potes, le choix est assez limité.

Un shooter par personne que j'ai envie de me faire.

J'analyse attentivement les nanas, me demandant si Scarlett fait de même avec les mecs, avant de me rendre compte qu'une seule fille répond aux critères ce soir.

Un sourire espiègle.

Une poitrine excitante.

Un cul aguicheur.

Une repartie agaçante.

Ma queue tressaute quand mon regard rencontre les yeux noisette de ma voisine d'en face.

Mais bordel. Qu'est-ce qui m'arrive ?!

Edgar est assis à côté de moi, et je me fais violence pour ne pas lui jeter un coup d'œil. S'il entendait ne serait-ce qu'une seule de mes pensées, il me foutrait un coup de pied aux couilles tellement fort que je m'étoufferais avec.

Fait. Chier.

– Prêt, *Jones* ?

Scarlett lève un premier shooter en m'observant. J'ai un moment de panique qui m'obstrue la gorge. Je devrais partir, me barrer d'ici avant que ça ne dégénère, avant que je ne laisse tout ça me submerger. Sauf que j'en suis incapable, et je n'arrive pas à comprendre pourquoi. Alors, au lieu de faire la chose la plus sensée, je me contente de prendre un verre à mon tour, le pose sur mes lèvres sans détourner mon attention de Scar et le bois cul sec en même temps qu'elle.

Le sien est pour son mec.

Le mien est pour elle.

Elle me scrute en silence, avant de froncer les sourcils et de regarder tout autour d'elle. Prenant l'air le plus détaché possible, je balance sur le ton du défi :

– Tu peux chercher, ma copine n'est pas dans la pièce. Alors, suspense ?

Sorti du contexte, on pourrait presque croire que c'est du flirt. *Presque*. Parce que je n'ai pas le droit de flirter avec Scarlett. Ce n'est pas normal. Pourtant ce soir, je me fous de la normalité.

– Elle sera ravie de savoir que tu baiserais bien une autre fille qu'elle ce soir, se marre Ed.

Il tape sa main sur mon épaule et j'esquisse un sourire que je veux amusé.

Harriet pourrait très bien s'en rendre compte que ce serait le cadet de mes soucis. Parce que la pression que je ressens entre mes cuisses est destinée à une seule et même personne. Celle qui ne m'a pas lâché des yeux depuis plusieurs minutes et qui me jauge. Celle que je ne devrais même pas désirer du tout, et qui ce soir accapare absolument tous mes sens.

Si j'étais en pleine possession de mes esprits, j'aurais la jugeote de me casser de là. Retrouver ma meuf, arrêter de jouer avec Scarlett – dans tous les sens du terme – et ne plus jamais penser à ce que je viens de me permettre.

Fantasmer sur *elle*.

Mais je ne suis pas sobre et je ne retiens rien.

La lueur dans ses iris est indéchiffrable, mais le mouvement de ses lèvres contre ses dents me fait bander davantage.

Vraiment, je suis dans une sacrée merde.

Et cette fois j'ai bu trop d'alcool.

– Je n'ai pas bu pour Corey ! s'exclame finalement Scarlett alors que son mec discute avec un groupe d'inconnus à une dizaine de mètres. Visiblement, nous sommes quittes niveau suspense.

Puis, sans préavis, elle se lève de sa chaise d'un air agacé, bouscule la table au passage et quitte la cuisine sous nos regards étonnés. Paige me sonde une seconde, puis disparaît à son tour.

– Est-ce que ma sœur vient d'avouer qu'un autre type lui plaît ?

Léo se marre.

– Ça m'en a tout l'air.

Et cette remarque ne fait pas chier *que* mon pote.

20

Scarlett

Il. A. Bu. Un. Shooter.

Et Harriet n'était même pas là.

Nous étions douze filles dans cette cuisine. Onze, puisque je pars du principe que je suis *in-vi-si-ble* à ses yeux. Et comme je garde espoir qu'il ne soit pas *sexuellement* attiré par mes copines, ça monte le total à neuf filles potentiellement baisables selon les critères de Nolan Jones. Et je ne sais absolument pas ce qu'il aime chez une fille. Blonde, brune, rousse. Il y en avait pour tous les goûts et vu le peu de coups d'œil qu'il a lancés dans la pièce juste avant de prendre son verre de tequila, j'imagine qu'il a trouvé son bonheur *très* rapidement. Sur le coup, j'ai cru qu'Harriet venait de rentrer dans la pièce, mais ce n'était manifestement pas le cas…

Parmi ces neuf filles, Alison Hash, une nana que *tous* les mecs ont eu envie de se faire à la fac. Nolan se l'est tapée. Ou en tout cas c'est la rumeur qui a circulé une fois, et je n'ai pas cherché à la creuser. Ça m'avait déjà anéantie de l'apprendre.

Je croise les bras contre ma poitrine, mordant ma lèvre tout en regardant sans grande conviction l'émission qui passe à la télévision. Il est plus de trois heures du matin. La soirée a pris fin il y a une heure et si une partie de l'appartement est dans un état déplorable – la cuisine –, les gars ont passé un coup rapide dans le salon avant d'aller se coucher.

Moi? Je suis incapable de fermer l'œil. Ma tête tourne légèrement, et j'ai encore le goût de la tequila dans la gorge. Ou alors c'est la sensation amère de mon constat: Nolan aime des filles.

Mais toujours pas *moi.*

– Je dois lui foutre mes nichons sous le nez ou quoi?

Je baisse le menton vers mes seins que j'empoigne en maugréant, consciente qu'à ce niveau-là la nature m'a plutôt bien gâtée, même si je n'ai pas non plus la poitrine de Pamela Anderson. Pour une fois que j'ai quelque chose de sympa chez moi, le mec de mes rêves ne le remarque même pas.

– Tu parles toute seule?

Je sursaute en entendant la voix traînante et sexy de mon *crush* de toujours. Les bras croisés contre son torse, il s'est adossé à la porte comme s'il m'observait depuis plusieurs minutes. Tétanisée par le regard sombre qu'il me lance, je vois ses iris glisser vers mes doigts avant de se détacher aussi sec de leur vue.

Qu'est-ce que je disais, putain. Je lui fous sous le nez et même là il n'en a: Rien. À. Foutre.

– Tu dors toujours pas? chuchoté-je.

– J'ai la tête qui tourne.

Il rigole et se dirige vers moi, s'affalant sur le canapé. Les jambes écartées, il passe l'un de ses bras sur le dossier du sofa tout en me scrutant avec son sourire mutin.

Celui qui donne envie de le bouffer tout cru.

Je fronce les sourcils, racle ma gorge et me décale très légèrement, empêchant la chaleur de sa cuisse de trop me perturber.

– Tu t'es changée?

– Ma combinaison de ce soir ressemblait tant que ça à un pyjama pour que tu ne sois pas sûr de faire la différence?

Il soupire et passe une main dans ses cheveux en détournant les yeux. Je l'entends marmonner de manière incompréhensible, puis il ajoute :

– Je vais avoir une putain de gueule de bois.

– Trop de tequila ? le taquiné-je.

Sauf que ma vanne ne me fait finalement pas tant rire que ça, puisqu'elle me ramène instinctivement au seul moment de la soirée que je veux oublier : lui et son shooter de merde.

– Je crois qu'à ce niveau-là nous étions à égalité.

Il plonge son regard dans le mien et une seconde je crois percevoir une lueur intense. Un truc chaud qui fait vibrer mon ventre et descend illico entre mes cuisses.

– Suspense, dis-je.

– Suspense, répète-t-il d'une voix grave.

Nous nous jaugeons un moment, sans que ni lui ni moi n'ajoutions quoi que ce soit, et j'ai l'impression que l'air se charge d'un truc indescriptible. Une électricité, une tension palpable, presque sexuelle. Ma respiration devient difficile et mon attention dérive sur ses lèvres. Il ne bouge pas, le bras toujours posé sur l'appuie-tête, il m'analyse et, alors que je sens sa cuisse se rapprocher de la mienne, je me redresse. Ce n'est pas le moment de faire une connerie, de prendre mes rêves pour la réalité et d'agir sur un coup de tête. Je meurs d'envie de me jeter sur lui, d'arracher son tee-shirt, de plonger les doigts sous le tissu fin de son jogging, dessiner des cercles sur son gland, deviner les courbes de son sexe. Je m'embrase, consciente que mes pensées sont en train de me faire perdre la raison. Je sais comment s'est terminée la dernière fois que je me suis laissée emporter par mon désir, et on ne s'est pas parlé pendant des semaines. On vient tout juste de retrouver une sorte de complicité, sans malaise, et je suis à deux doigts de tout foutre en l'air.

Il est trois heures du matin. J'ai la tête farcie par la tequila et son odeur de musc me fait chavirer toujours un peu plus. J'attrape la télécommande sur la table – pour ne pas attraper autre chose – et me replace sur le canapé, essayant de garder une distance raisonnable avec lui et son corps qui éveille en moi des choses bien trop indécentes. Sa présence m'étourdit. Je tire sur le haut de mon pyjama, faisant passer un peu d'air sur ma poitrine. Je meurs de chaud et je sens encore les picotements de son regard sur ma joue, ma nuque, et tout mon corps brûle davantage.

– Il était pour qui ton shooter?

Sa voix est basse, profonde, et un frisson me traverse l'échine. Mes doigts se crispent sur la télécommande. Je me tourne légèrement dans sa direction, faisant mine de ne pas être troublée par sa demande.

– Depuis quand ça te regarde?

– Tu ne veux pas me le dire?

Il avance doucement, glissant son bras davantage vers moi jusqu'à ce que son épaule soit quasiment à hauteur de la mienne. Sa jambe bute sur mon genou et son souffle chaud caresse mon visage. Son sourire espiègle provoque une bouffée de chaleur dans mon ventre, malmenant un peu plus la partie ultra sensible au sud. Je le défie du regard, il penche la tête.

– Je suis sûr que tu as menti, murmure-t-il. Tu as bu pour ton mec et tu as voulu jouer à la petite rebelle avec cette histoire d'autre garçon.

Une odeur de menthe fraîche mélangée aux effluves d'alcool me titille les narines. Je pince les lèvres et ses yeux sont attirés par le mouvement que j'effectue avec mes dents.

– Jaloux? lâché-je avec aplomb.

Il sourit encore plus, décale son visage du mien pour fixer un point invisible sur la télévision. Ses joues se creusent à mesure qu'il malmène sa bouche avec ses dents parfaites, puis il reporte son attention sur moi, l'air amusé par la situation. Ses yeux paraissent plus sombres que d'habitude, plus vitreux, provocants.

– Intrigué.

– Et surtout un peu bourré.

Il rigole et se penche. Je me recule, prenant alors conscience que je suis quasiment acculée entre lui et l'accoudoir du canapé.

Putain.

Plus aucune marge de manœuvre, et s'il continue son petit manège, il ne risque pas d'apprécier la réaction que je tente de refouler. Mes yeux lorgnent sa bouche et je retiens un long soupir.

– Je suis en pleine forme.

– Dommage que ta meuf ne soit pas là, alors.

Il fronce les sourcils et claque sa langue contre son palais.

– C'est petit, *Scar*.

– Elle sait que tu voulais te faire une autre fille ce soir ?

Ma question est sortie toute seule, et malgré moi je pense à Alison Hash. Mon sang ne fait qu'un tour, je bouillonne en voyant la réaction que ma remarque provoque chez lui. Il est piqué au vif et son regard s'intensifie.

– Jalouse ?

– Plutôt crever.

Il se marre et son rire fait vibrer ma poitrine.

– Tu es bien sûre de toi, petite !

– Tu es bien prétentieux, Jones.

La main qu'il avait posée sur l'appuie-tête vient se plaquer contre ma nuque et je sens ses doigts glisser entre mes cheveux pour venir presser ma peau. Il approche nos deux visages et mon souffle se coupe, car sa bouche n'est qu'à quelques centimètres de la mienne. Il me jauge, le regard brûlant.

– Tu me cherches un peu trop ce soir, *Scarlett*.

Sa voix me fait frémir et je n'ai pas le temps de le repousser que ses lèvres s'écrasent contre les miennes. D'abord surprise par ce qu'il est en train de faire, je laisse vite tout mon corps se relâcher. Parce que sa langue s'enfouit dans ma bouche, caressant la mienne avec fougue, et je perds totalement la raison. Son baiser est sauvage, ardent, et il éveille un *putain* de feu d'artifice entre mes cuisses. Je plante mes deux mains contre son torse, essayant de me retenir comme je peux à quelque chose tandis que son bras s'enroule autour de ma taille pour me tirer vers lui. Il agrippe mes cuisses, et je suis propulsée sur lui. Mon short entre en contact direct avec son jogging.

Il bande.

La bosse épaisse et chaude pulse contre mon clitoris. Il avale mon gémissement, mordant ma lèvre pour me faire taire, et enfonce ses doigts dans mes fesses, pressant un peu plus nos deux intimités l'une contre l'autre. Je ne sais pas ce qui a poussé ce moment, ce qui lui passe par la tête là tout de suite, et s'il est vraiment dans son état normal, mais je n'ai pas le temps de penser à quoi que ce soit de cohérent car un son rauque et puissant s'échappe de sa gorge.

Un truc guttural, sexy au possible, et qui fait réagir mon corps d'un coup. Mes mains plongent dans ses cheveux, que je malmène, avant de descendre plus bas. Je caresse son torse, caché sous le tissu – trop épais à mon goût – de son tee-shirt. J'ai envie de le retirer, de toucher ses muscles, de goûter sa peau, de sentir son souffle entre mes cuisses. Je laisse ses dents mordiller mon menton avant de se loger dans mon cou et j'appuie sur sa tête pour l'inciter à poursuivre sa lente torture. Il me mordille, me lèche, m'embrasse, et j'ondule sur lui. Lascivement, sans complexe, cherchant toujours plus de contact entre nos deux sexes couverts. J'ai envie de gémir, de l'entendre prendre du plaisir, de le regarder jouir. Alors je continue, sentant son membre tressauter sous moi, et le grognement qui s'échappe contre mon oreille donne raison à ma fougue.

Puis, alors qu'il s'apprête à passer les mains sous le haut de mon pyjama, du bruit se fait entendre dans le couloir et je me précipite hors du canapé. Repoussant de toutes mes forces le corps dur de Nolan contre le dossier dans son dos et me prenant en pleine face ce que nous venons de faire.

Nous ne sommes pas seuls. Mon frère dort à quelques mètres d'ici. Son meilleur pote. Nolan est bourré et loin d'être dans son état normal. Demain il fera comme si rien ne s'était passé. Comme si ce qu'il venait de faire était insignifiant, une envie soudaine parce qu'il était grisé par un trop-plein d'alcool et de défi. Il voulait simplement prouver qu'il était capable de jouer de ses charmes sur moi.

Bien sûr qu'il le peut. Un claquement de doigts et je suis à lui corps et âme. Mais pour lui c'est un jeu, rien de plus. Un frisson, une pulsion, parce qu'il dort seul ce soir et qu'il a visiblement envie de tirer son coup.

Je le fixe, ahurie. Les cheveux en pagaille, il a les jambes écartées et la bosse entre ses cuisses étale au grand jour l'état dans lequel il est. Dans lequel *nous* sommes. Sa respiration est aussi catastrophique que la mienne et il m'observe, l'air à la fois étonné, agacé, frustré.

Et une lueur fugace de regret dans ses yeux fait dégringoler mon cœur dans ma poitrine.

Mais ce n'est pas moi qui ai commencé le baiser, cette fois. Alors je reprends le peu de dignité qu'il me reste avant qu'il ne dise quoi que ce soit et quitte le couloir en vitesse.

Demain il ne s'en souviendra pas et moi, il faudra me ramasser à la petite cuillère.

Qu'est-ce qui lui a pris, bon sang?

21

Scarlett

– Vous avez fait quoi ?!

J'invite Carol à se taire d'un mouvement de main, regardant autour de moi pour m'assurer qu'elle n'a pas attiré l'attention des étudiants présents dans la cafétéria où nous sommes installées.

– On s'est embrassés.

– Attends, attends, reprend Paige. Embrassé comme : la bouche de Nolan Jones s'est retrouvée sur la tienne ?

– Et comme dans : mon corps sur le sien.

Cette fois elles restent bouche bée, car elles me fixent avec stupeur, essayant d'assimiler ce que je viens de dire.

– Vous avez *couché* ensemble ?

– Non ! m'exclamé-je. On s'est juste… embrassés. Enfin, c'était chaud, c'était torride, c'était… Nolan.

Je cache mon visage à l'intérieur de mes bras, soupirant un long moment en entendant les gloussements de mes meilleures amies.

– Il a réagi comment, cette fois ?

– C'est lui qui a commencé, avoué-je.

Paige lève les yeux au ciel, claquant sa langue contre son palais en guise de réprimande, et jette un regard autour d'elle.

– Ce mec est un connard, lâche-t-elle. Je l'adore, mais il veut tout et rien en même temps.

– Vous n'en avez pas parlé non plus, j'imagine ?

– Non. Je me suis barrée dès que j'ai entendu du bruit dans le couloir. Je l'ai planté sur le canap. Il n'a rien dit, ne m'a pas retenue et depuis je l'ai pas revu.

– Comme d'hab, dit Carol. Et vous connaissant, vous allez faire comme si de rien n'était jusqu'à ce que ça gâche votre amitié.

– Je ne sais même plus ce qu'il y a entre nous.

Notre amitié n'arrête pas de changer, tantôt identique à avant, tantôt froide et tendue. Après ce que j'appelle être le premier *faux* baiser, c'était la merde. La distance, l'ignorance, on ne savait plus sur quel pied danser, puis tout est revenu. Les blagues, les piques, la routine canapé. Jusqu'à ce que ça dérape encore plus. Plus fort, plus vite, plus intensément. Je revois la lueur dans ses yeux, la chaleur de ses mains, la rondeur de sa bouche, la puissance de ses gestes.

Je ferme les yeux et souffle. Plus *rien* ne sera comme avant. Pas après *ça*.

– Et avec Corey, tu vas faire quoi ?

Je lève les yeux vers Paige, prenant en pleine face *la* question à laquelle j'évite tout bonnement de penser.

– J'en sais rien…

En fait si, je sais. Depuis un bout de temps déjà, mais le dire à voix haute revient à reconnaître le nouvel échec amoureux que je vais essuyer.

Toujours pour la même raison.

Il n'est pas *lui*.

– Je crois que je vais le quitter.

Les filles ne disent rien, comme si elles savaient avant moi que, de toute façon, c'était inévitable.

– J'étais capable de coucher avec Nolan sur ce canapé. Ça fait de moi une garce ? Je ne devrais même pas oser regarder Corey dans les yeux. Je suis affreuse !

Je passe une main sur mes paupières puis dans mes cheveux que je triture nerveusement.

– Eh, reprend Paige. Ne sois pas si méchante avec toi-même. Tu as des sentiments, tu es humaine. Ça ne se contrôle pas. Tu as ce mec dans la peau depuis des années. Tu savais que la cohabitation allait être difficile, mais tu as essayé. Tu as donné une chance à un garçon et ça n'a pas fonctionné. Ce n'est pas grave, ça arrive, et ce que Corey ne sait pas ne peut *pas* lui faire du mal.

– Tu crois que je ne dois pas lui dire ?

– Pour quoi faire ? Paige a raison, si tu décides de rompre avec lui, ça risque déjà d'être assez compliqué, pas besoin d'ajouter la case *Nolan*. Corey mérite de trouver une fille, mais si ce n'est pas toi, alors tant pis. Vous êtes jeunes, ça ne sert à rien de se forcer quand tu as la vie devant toi.

– Je ne saurais même pas par quoi commencer, geins-je. Il va me détester.

– C'est une rupture, Scarlett, bien sûr qu'il va t'en vouloir. Le plus important c'est de te préserver, toi.

– Et de parler avec Nolan, confie Carol. Parce que ce qu'il fait en ce moment n'est pas juste. Il *doit* savoir. Il doit être au courant pour tes sentiments.

– Non ! Ça va tout foutre en l'air.

– Scarlett, vous avez déjà *tout* foutu en l'air !

Je soupire.

– Il va me rejeter.

– Il va agir comme un adulte ! s'exclame Paige. Il va arrêter de te blesser inutilement juste pour répondre à une pulsion, bourré.

Je porte mon gobelet en carton à mes lèvres et le thé froid qui touche ma langue me fait grimacer. J'ai le ventre en vrac et une boule énorme me comprime la gorge. Il n'a jamais laissé une *pulsion*, même bourré, dicter son comportement.

Alors pourquoi maintenant?

– J'ai rencontré un mec, avoue finalement Carol après une longue minute.

Je ne me formalise pas de ce brusque changement de conversation et saute sur l'occasion pour enchaîner:

– Quoi! Qui ça?

– Il ressemble à quoi? Montre!

Carol rigole et nous nous jetons toutes les deux sur son téléphone pour capter le plus d'informations possible.

– Il s'appelle Mitch, il est en médecine à Tufts University. Il a deux ans de plus que moi et on se parle depuis une petite semaine, je crois.

– Une semaine? Et tu ne nous le dis que maintenant.

Elle rougit, mord sa lèvre inférieure puis sourit, l'air gêné.

– Je ne savais pas si ça allait donner quelque chose. Mais il veut qu'on se voie.

– Tu stresses? demandé-je.

– Complètement.

Nous nous mettons à rire. Ce n'est pas la première fois que Carol rencontre un type via une application, et même si elle s'arrange toujours pour que tout se passe dans un lieu public, elle appréhende.

– Sortons samedi, après le match. Invite-le à ce moment-là!

– En boîte?

– Pourquoi pas? l'interroge Paige. On sera là, et s'il est lourd, chiant ou tout simplement pas ton genre, tu auras une excuse pour le planter.

Carol réfléchit une seconde avant de prendre son téléphone et de pianoter dessus. Elle reçoit un texto dans la foulée et le rendez-vous est posé. Samedi soir, nous rencontrerons Mitch.

Ça aura le mérite de m'occuper un peu. À défaut de penser à tout ce qui me prend la tête en ce moment.

***

– T'es sérieuse?

Corey ne me laisse pas le temps de fermer la porte de l'appartement qu'il se faufile juste après moi. Je me retourne, la clé dans les mains, et je l'observe, penaude. Il est énervé et malmène ses mèches impeccablement bien coiffées.

– Je pense que j'ai le droit à quelques explications, tu ne crois pas?

– Je t'ai déjà dit le plus important.

– Alors c'est tout ce que je mérite? « Ce n'est pas toi, c'est moi. Je ne m'attache pas, j'aimerais rompre. »

Il me cite grossièrement, mimant une moue triste alors que tous les traits de son visage sont crispés par la colère. J'ai essayé de faire les choses correctement, alors qu'il m'accompagnait chez moi. J'ai été tentée de le faire rentrer, de lui proposer qu'on s'installe sur le canapé pour discuter calmement. Puis je me suis souvenue que c'était *justement* le lieu à éviter de tout mon être si je ne voulais pas laisser fuiter trop d'informations. Quitter mon copain à l'endroit même où je l'ai trompé… Corey ne méritait pas ça.

– Corey, je suis désolée, dis-je d'une voix douce. Je ne voulais pas te blesser.

La tension est palpable. Je marche sur des œufs, j'en suis consciente. Je voulais faire ça vite, provoquer chez lui le moins de frustration possible. Comme quand on retire un pansement sur une plaie abîmée. Mais j'aurais dû me douter que l'adage vite fait bien fait n'était qu'une connerie. Il se retrouve chez moi à tourner en rond comme un lion en cage. N'acceptant pas la rupture comme je l'aurais espéré. Je m'attendais à quoi au juste? Je ne lui donne même pas la *vraie* raison: je ne suis pas amoureuse de *lui*.

– Me calmer? Putain, mais tu me prends pour une sous-merde? Tu crois que tu peux me quitter avec une excuse aussi merdique, sans aucune explication qui tienne un tant soit peu la route? T'es quel genre de fille, en fait? Tu aimes prendre les mecs pour des cons? Il y en a un autre, c'est ça?

Je me recule, le voyant avancer dangereusement vers moi comme s'il voulait me faire peur, me montrer qu'il n'allait pas lâcher l'affaire si facilement.

– Si tu ne baisses pas d'un ton, rien de constructif ne sortira de cette conversation!

– Ne me prends pas de haut, Scarlett! Je parle comme je veux, hurle-t-il. Et si j'ai envie de te parler sur ce ton, je te parle sur ce ton! Tu es en train de me quitter, bordel, et tu n'es même pas fichue de m'expliquer pourquoi.

Je m'apprête à répliquer au moment où la porte s'ouvre et tout l'air de mes poumons disparaît quand mes yeux rencontrent deux billes sombres et sévères. Nolan me fixe un long moment, il fronce les sourcils et plante son attention sur Corey, debout à quelques centimètres de moi.

– Lâche-lui le bras!

Ce n'est que lorsque la prise se défait de mon poignet que je prends conscience que Corey m'avait attrapée.

– Toujours dans mes pattes, toi.

– T'as un problème, Burnetton?

Les gars ne se lâchent pas des yeux, et moi qui pensais que la tension juste avant l'arrivée de Nolan ne pouvait pas être pire, je me suis trompée. Il émane de lui une animosité palpable et quand je les surprends qui se dévisagent l'un l'autre, j'en viens à me demander lequel des deux va frapper le premier. Parce qu'ils ont envie de se sauter à la gorge, c'est évident.

– Nolan, tenté-je. Laisse-nous.

Ma voix se veut rassurante, mais je sais que je tremble. Je ne suis pas à l'aise. C'est la première fois que je me retrouve dans la même pièce que lui après ce qu'il s'est passé, et il a fallu que ce soit *maintenant*. Avec Corey.

– Je ne partirai pas tant qu'il sera ici.

– S'il te plaît, Nolan, on était en train de parler.

– Parler? grince-t-il.

Il croise les bras contre sa poitrine et jauge Corey d'un œil meurtrier, me répondant sans se tourner dans ma direction.

– Il n'a pas l'air d'avoir envie de parler. J'aime pas comment il te touche.

– C'est ma meuf, je fais ce que je veux.

Nolan me jette un coup d'œil rapide.

– T'as rien à foutre ici.

Je ne sais pas si c'est le regard que me lance Nolan, sa façon de s'interposer entre Corey et moi ou tout simplement l'électricité qui s'est propagée autour de nous qui fait réagir le blond dans la pièce, mais il lâche d'une voix grave:

– Tu te le tapes?

Il se plante devant moi, ignorant le corps imposant près de la porte, pour me regarder avec toute sa suffisance.

– N'importe quoi! dis-je sur la défensive.

Pourtant ma stupeur provoque des trémolos dans ma voix et je suis loin d'avoir l'air sûre de moi.

– C'est ça, en fait! Tu me quittes parce que tu te tapes ce type! Ce n'est pas juste parce que tu ne veux plus de moi, non. Il a fallu que tu sautes sur ton colocataire, celui que tu jurais considérer comme un frère.

Il se marre en fronçant les sourcils.

– Tu parles d'une *famille*.

– Ce n'est pas du tout ce que tu crois.

Je me concentre sur Corey. Son attitude, sa posture défensive, ses coups d'œil appuyés et énervés. Je n'ose pas regarder plus loin, consciente que Nolan n'a pas bougé et qu'il assiste sans ciller à cette accusation.

– Ce que je crois c'est que vous ne valez pas mieux l'un que l'autre, assène-t-il. Une meuf qui trompe son mec avec un tocard qui n'est même pas capable de se retenir de se taper la sœur de son meilleur pote. Vous me dégoûtez.

Je ne sais pas si la remarque touche Nolan, mais je me tends d'un seul coup. Parce que Corey touche un point qui fait mal. Celui qui prouve que Nolan et moi c'est voué à l'échec quoi qu'il arrive. Il n'y a pas que nous dans l'équation. Il y a mon frère aussi. Leur amitié. Et j'ai eu tendance à l'oublier les deux fois où nos bouches se sont retrouvées.

– Casse-toi.

Nolan s'est avancé, plaçant son corps entre Corey et moi, cette fois, obligeant mon ex-copain à se reculer. Les épaules contractées, la nuque droite et la voix franche, Nolan le surplombe. Je ne vois pas son visage, mais son timbre glacial me confirme qu'il est à deux doigts d'en venir aux mains.

– Tire-toi ou je te jure que je vais te faire regretter ta venue sur terre.

Corey souffle fort, les poings serrés, il lève légèrement la tête vers mon colocataire, le défiant du regard en silence. Puis un rictus déforme ses traits, il me toise une seconde et siffle de mépris :

– Allez tous les deux vous faire foutre. Tu n'es qu'une salope, Scarlett Martin.

Je n'ai pas le temps de dire quoi que ce soit que Nolan se jette contre Corey et le bouscule avec hargne contre le bois de la porte d'entrée. Son dos heurte avec force la surface, et Nolan a tout juste le temps de lui attraper le col du tee-shirt que je m'interpose pour empêcher le massacre. Corey est énervé, il dépasse peut-être les bornes, mais il ne pense sûrement pas ce qu'il dit. Il ne sait *pas* ce qu'il s'est passé, il imagine, déduit, jalouse. Il réagit comme il peut : un homme qui vient de se faire quitter et dont l'ego a pris un coup. Sauf que si je laisse Nolan le frapper, j'ai peur que le combat ne soit pas équitable. Corey est svelte, mais face à la puissance d'un hockeyeur en colère… il ne fait pas le poids. Et Nolan ne mérite pas d'être impliqué dans une bagarre au risque de se blesser avant un match.

– Nolan, ne fais pas ça.

Je pose une main sur le poignet de mon colocataire, ignorant les picotements dans ma poitrine en voyant son visage déformé par la rage. Il prend ma défense et, même si ce n'est pas la première fois, sa présence aujourd'hui fait vibrer tous mes muscles. Mes doigts glissent sur sa peau et je sens sa prise se relâcher lentement.

– Corey, tu devrais t'en aller avant de dire des choses encore plus blessantes par pure méchanceté. On discutera si un jour tu es calmé.

Il ricane, replaçant son col correctement en maudissant Nolan.

– Je n'ai plus envie de te parler, ni de te voir. C'est fini pour de bon.

Puis, sans ajouter un mot, il claque la porte, me faisant sursauter. Mes larmes se mettent à couler toutes seules et un énorme sanglot écrase ma poitrine. Je ne retiens rien, à la fois bouleversée, choquée et triste. La main de Nolan caresse ma joue, essuyant mes pleurs avec délicatesse. Je le repousse de toutes mes forces avant même que son torse se colle contre moi, ignorant son regard protecteur, et cours me réfugier dans ma chambre. Je me sens misérable et à ce moment je n'ai qu'une envie : fuir. Nolan, cette colocation, ma peine, mes sentiments.

22

Nolan

La tête de Milo passe dans mon champ de vision et quand je vois le regard interrogateur qu'il me lance, je comprends qu'il vient de me parler.

– Tu as dit quelque chose ?

– Je te demandais si ça te disait d'aller prendre une bière en ville ?

Je range mes affaires sales dans mon sac de sport et attrape ma veste pour l'enfiler par-dessus mon tee-shirt. Je jette un coup d'œil distrait aux gars qui quittent les vestiaires et fais un signe de main rapide à Edgar et Léo. Ils ont un cours à rattraper et je pensais rentrer à l'appartement directement après l'entraînement. Mais la perspective de me retrouver seul avec Scarlett fait grimper la pression dans mes veines.

Changement de programme.

– Vendu !

Milo frappe mes omoplates en rigolant et nous contournons la patinoire pour rejoindre le parking à l'avant du bâtiment.

– On prend ma caisse ? Je peux te déposer chez toi en repartant.

– Vas-y, je dirai à Gab de m'amener demain matin ! Il va être ravi.

Je me marre en allant m'installer du côté conducteur, attendant que Milo boucle sa ceinture pour lancer le moteur de mon 4x4.

Nous sommes à peine engagés sur la voie rapide que mon coéquipier se racle bruyamment la gorge. J'aurais dû m'en douter.

Il a un truc à me dire.

Et vu le temps qu'il met pour lâcher le morceau, ça pue le traquenard.

– Accouche, Sullivan ! Je sais que tu meurs d'envie de me poser une question, alors pose-la avant que ça me gave de t'entendre déglutir comme un couillon.

Il rigole en cognant son poing contre mon épaule, pas assez fort en tout cas pour me faire dévier de ma route.

– Je comptais attendre de t'avoir saoulé à la bière dégueulasse, mais OK ! Qu'est-ce que tu as fait comme connerie, cette fois ?

Je fronce les sourcils, gardant un œil rivé sur la route tout en jetant un regard rapide vers mon pote.

– De quoi tu parles ?

– T'as joué comme une brêle, t'as été distrait durant toute la soirée l'autre fois et tu tires une tête de six pieds de long depuis deux jours. Alors, t'as fait quoi ? Embrouille avec Harriet ?

Mes mains se crispent autour du volant et j'essaye du mieux possible de ne pas laisser transparaître ma surprise. Milo ne me quitte pas des yeux. Je passe une main dans mes cheveux par automatisme.

– Tout va bien, mens-je. Pas d'embrouille, pas de connerie. Je ne devais juste pas être dedans.

– Et tu me racontes le plus gros bobard de la planète.

Il se marre, croisant les bras contre sa poitrine en soupirant. Je ne peux absolument *rien* cacher à Milo. Je l'ai rencontré le premier jour de la fac, dans un cours qu'on avait en commun. Ça a collé tout de suite et même si mes meilleurs potes ont toujours été là pour parler, avec Milo, c'est simple. Sans prise de tête, sans jugement. L'an dernier, quand il a eu sa période *j'aime bien*

Gabriel mais en même temps je n'aime pas les mecs, j'étais là. Je l'ai soutenu, je l'ai aidé, j'ai cherché à comprendre. Il n'allait pas bien et quoi qu'il disait, je savais que la situation lui pesait. Les gars ne l'ont pas jugé non plus, mais j'ai été le premier à être présent. Je crois que ça a renforcé notre amitié. À partir de cet instant, il a su qu'il pouvait compter sur moi dans n'importe quelle situation.

Et je sais que c'est réciproque.

– OK. J'ai merdé.

Il se tourne dans ma direction en silence, ne m'obligeant ni à poursuivre, ni à m'arrêter : juste à faire ce dont j'ai envie. Lui parler ou garder le silence.

Alors je fais la chose la plus sensée, et je me confie à mon pote.

– Tu connais Scarlett.

Il ricane en me fixant, avec l'air d'avoir déjà *parfaitement* compris où j'allais en venir.

– Je connais Scarlett.

– Il se pourrait bien qu'on se soit… embrassés.

Il ne réagit pas et je prends en pleine face la connerie monumentale que j'ai faite.

J'ai embrassé Scarlett !

– Je ne sais pas ce qui m'est passé par la tête. La première fois je l'ai repoussée, parce que, putain, c'est Scarlett Martin ! C'est la sœur d'Ed. *Sa sœur* ! Je la connais depuis qu'elle est née. Elle portait des couches-culottes et c'était la meuf chiante par excellence. Même si on n'a qu'un an d'écart, ça a toujours été comme ça : Scarlett était un bébé. Nos parents sont meilleurs amis depuis l'université et j'ai toujours connu les Martin et la famille Riley. D'aussi loin que je me souvienne, elle a toujours été avec nous. Elle était dans la bande, emmerdait son frère, nous collait aux soirées, foutait en l'air nos plans drague.

Je soupire.

– Je ne sais pas comment elle est passée de cette gamine chieuse à…

Je m'arrête et déglutis. Les images me reviennent : son corps sur le mien, sa bouche sur mes lèvres, son souffle contre ma peau. Son odeur, ses cuisses, son cul. Mes doigts enfoncés dans ses fesses fermes, prêts à glisser dans sa chair, sous son pyjama, pour sentir sa chaleur. J'aurais été capable de la sauter sur le canapé. De prendre tout ce dont j'avais besoin pour faire cesser le désir qui grimpait dans ma poitrine, dans mes couilles. J'avais envie de la prendre fort, de l'entendre gémir mon nom, d'oublier qu'elle et moi c'est tout sauf naturel. Edgar me foutrait la pire des dérouillées s'il apprenait ce que j'étais sur le point de faire.

Ce que je *rêvais* de faire.

Ce que je me suis *permis* de faire.

Ce que je ne dois plus *jamais* refaire.

– J'aurais couché avec elle si elle ne m'avait pas repoussé, avoué-je.

Ça aurait tout foutu en l'air. Son baiser pudique de l'autre fois, c'était rien. Pourtant, ça a provoqué une vraie merde dans notre relation. Autant dire que cette fois je risque de l'avoir perdue pour de bon. Ça valait le coup ? Je n'en sais foutrement rien. Est-ce que j'avais juste envie de coucher avec elle ? Oui. Est-ce que ça aurait suffi à étancher mon désir ? Putain, je n'en suis même pas certain.

Une brusque bouffée de honte me prend aux tripes lorsque les yeux bleus d'Harriet remplacent le regard noisette de Scarlett. J'ai trompé ma copine. Et elle ne mérite pas un type qui saute sur sa *presque* petite sœur, un soir complètement bourré, après avoir fantasmé sur elle pendant des heures. Puis c'est le visage d'Edgar qui prend le dessus. Mon frère. Le mec avec qui j'ai grandi.

Putain.

Je suis le pire des enculés.

– Je *voulais* coucher avec elle.

– Mais vous ne l'avez pas fait, dit Milo. Ne te jette pas la pierre pour quelque chose auquel tu as pensé, mais que tu n'as pas fait. Le nombre de fois où je rêve encore d'une chatte et d'une paire de nichons! Je m'en veux à mort pendant deux heures puis je me dis que ce n'est *pas* tromper. OK, t'as embrassé la sœur d'Edgar, et ça fait quoi?

– C'était bon, ne puis-je m'empêcher d'ajouter. *Vraiment* bon.

– T'es dans la merde, alors, se marre Milo.

Il me tape sur l'épaule.

Je sais.

– T'étais bourré comment?

– C'était la soirée de victoire contre les Friars.

– Merde! C'était pour *elle* le shooter de tequila?

Je hoche la tête, il explose de rire encore plus fort.

– Merci du soutien, grimacé-je. T'es un connard, Sullivan.

– T'es dans une sacrée merde, mon vieux!

– Sans blague. Si Edgar l'apprend, je suis un homme mort.

– T'as plus qu'à changer de coloc.

– T'as pas une autre idée pourrie?

Il continue à s'esclaffer et je gare la voiture sur la première place que je trouve. On sort du 4x4 et on marche tranquillement vers le bar au bout de la rue pour nous installer en terrasse.

– T'en as parlé avec Harriet?

– Bien sûr, c'est la première chose que j'ai faite en quittant ce maudit salon. *Salut bébé, j'ai failli me taper Scarlett. Tu sais, celle qui n'est pas censée être une rivale pour toi, que je jure considérer comme une sœur intouchable et que j'ai pourtant eu très envie de me faire. Sans rancune?*

– Je pensais plutôt à: *Bébé j'ai merdé, mais je t'aime.*

Je me crispe et il le remarque tout de suite, fronçant les sourcils en me détaillant.

– Tu ne lui as jamais dit que tu l'aimais ?

– Je ne l'ai jamais vraiment pensé.

– OK, là ça commence à être un problème. Serveur ?!

Milo lève un bras et nous commande deux pintes en vitesse. Elles se retrouvent sur la table en moins de temps qu'il n'en faut pour le dire, et je bois plusieurs gorgées d'affilée, sous le regard inquisiteur de mon pote.

– Reprenons les bases, commence-t-il avec sérieux. Tu sors avec Harriet. Elle te plaît ?

– Bien sûr.

– Mais tu ne l'aimes pas.

– Je l'apprécie.

– Ouais. Donc tu sors avec Harriet et tu *l'apprécies*. Tu as eu envie de coucher avec Scarlett, mais c'est comme ta sœur et tu la connais depuis toujours.

– Elle fait partie de ma vie. Je l'aime vraiment.

Milo tique. Je bois une gorgée de ma bière, mal à l'aise.

– Tu l'aimes comme une sœur ?

– Évidemment !

Je souffle.

– Tu as envie de recommencer ?

Oui.

– Non !

– Alors il est où le problème ?

Dans ma tête. Dans ma bite. Dans la chambre juste à côté de la mienne.

– Je ne peux pas faire ça à Edgar.

– Il n'en saura rien, puisque ça ne compte pas.

Je passe une main lasse sur mon visage. Si ça ne compte pas, alors pourquoi est-ce que j'y pense à ce point? Pourquoi est-ce que ça me fout en l'air à ce point? Cette connerie. Cette attirance stupide est impossible? Je me sens comme une merde, incapable de prendre le dessus sur tout ce tas de sentiments contradictoires.

– Tu l'as embrassée, point final. Si tu n'en as plus envie, alors passe à autre chose.

– Ouais, soupiré-je. T'as raison.

Faut juste que j'y croie un peu plus que ça.

Scarlett est intouchable.

Inaccessible.

Interdite.

– Au fond, tu veux quoi, toi?

– Ne pas les faire souffrir.

Milo passe une main dans ses cheveux et les maltraite une seconde en réfléchissant.

– Tu veux mon avis? Tu ne fais pas souffrir Harriet, parce qu'elle ne sait *pas* ce qui s'est passé. Par contre, tu es en train de faire de la peine à Scarlett.

Mon cœur se serre et je revois les larmes couler sur ses joues après la confrontation mouvementée avec son connard de petit ami. Quand je l'ai vu partir en claquant la porte, j'ai compris que c'était vraiment fini entre eux. J'ai ressenti à la fois un énorme soulagement que ce bouffon ne soit plus dans sa vie, et une vive douleur en remarquant à quel point elle avait l'air peinée par la situation. On n'a pas parlé de notre baiser, elle m'a repoussé avant même que je vienne la consoler et je ne l'ai pas revue depuis. J'ai eu envie de la suivre dans sa chambre, l'obliger à me parler, à se confier. Mais je savais que ça allait être étrange et une partie au fond de moi n'était pas prête à la confronter. L'autre voulait dévaler les escaliers et foutre une raclée à Burnetton pour les larmes qu'il avait provoquées, la souffrance, les injures et son accusation beaucoup trop proche de la vérité.

– Si tu penses que plus *rien* ne va se passer avec Scarlett, continue Milo en me sortant de mes pensées, alors mettez les choses à plat et reprends ta vie avec ta meuf. Si tu crois au contraire que… Scarlett te plaît de *cette* façon, alors sois honnête avec Harri.

– Scarlett ne me plaît pas ! m'exclamé-je sur la défensive.

Milo hausse les épaules et se mord l'intérieur de la joue.

– Alors tu as ta réponse.

Je fixe mon verre d'un œil morne puis termine ma bière d'une traite. Déshydraté, perdu et frustré.

Je ne veux juste pas perdre Scarlett, mais il faut que ça cesse.

Que ça ne recommence jamais.

Ou il n'y a pas qu'elle que je vais perdre.

23

Scarlett

– T'es tout seul ?

– Nolan se douche et ton frère devait passer voir le coach avant de rentrer.

Je m'affale sur le canapé aux côtés de Léo et lui attrape la télécommande des mains. Il me bouscule en rigolant, essayant de récupérer l'objet du délit avant que je change de chaîne. Il mate une émission sur les voitures et, franchement, c'est nul à chier. Sa main glisse sur mes côtes et j'explose de rire en gesticulant. Ses doigts sont rêches et son souffle dans mon cou provoque une légère sensation de gêne dans mon estomac. Il y a encore une semaine, c'était Nolan à sa place, son corps dur et chaud, sa peau hâlée, son odeur musquée.

Nuée de papillons.

J'abandonne la télécommande et me réinstalle sur le sofa en remontant mes genoux contre ma poitrine.

– Tu te ramollis, mini Martin, se marre Léo.

– Je n'ai pas envie de te faire pleurer.

Il rit et je lui fais une pichenette sur l'oreille en même temps que la sonnette de l'appartement retentit.

– T'as fermé derrière toi ? Ton frère a *encore* dû oublier ses clés.

– C'est ouvert, hurlé-je vers la porte.

On sonne de nouveau et je soupire en me redressant. Je marche d'un pas rapide et ouvre au visiteur. Pensant voir Edgar, je sursaute presque en remarquant la belle blonde sur le seuil. Les cheveux impeccablement ondulés, une taille de guêpe mise en valeur par un jean taille haute et un crop top bleu nuit qui fait ressortir la blancheur de sa peau.

Cette fille est détestablement magnifique.

– Oh, salut Harriet.

J'essaye d'avoir l'air détachée, contente de la voir, alors qu'au fond ce sont les montagnes russes qui dégomment tout sur leur passage. Me voilà en tête à tête avec la petite copine du mec que j'ai galoché sur le canapé juste derrière.

Joie. Bonheur. Allégresse.

Je souris de toutes mes dents, certaine que je ressemble à une constipée. Elle me contemple vite fait et souffle :

– Nolan est là ?

Je fronce les sourcils et me tourne vers le salon. Léo n'a pas bougé et nous regarde de biais.

– Sous la douche. Tu peux attendre ici qu'i…

– Je connais le chemin. Merci.

Elle me contourne sans problème et se précipite vers la porte qui mène au couloir. Un nuage de parfum à la rose me prend au nez et je fais un pas en arrière pour empêcher nos corps de se heurter. Je ferme la porte derrière elle, étonnée par sa froideur. Elle n'adresse pas un mot à Léo et quand je retourne m'asseoir à ses côtés, il lève un sourcil interrogateur.

– La furie est de sortie.

– Ça arrive souvent ? m'étonné-je.

Depuis que j'ai emménagé ici, elle n'était encore jamais venue. Il hausse les épaules.

– À chaque fois que Nolan fait une connerie.

Je tique, baisse les yeux vers le canapé et rougis.

– Et il en fait *souvent* des conneries?

Léo se marre et mon ventre se tord.

– C'est Nolan. Connerie est son deuxième prénom.

Ça c'est nouveau comme trait de caractère.

– Il trompe Harriet?

Même si la question que je voulais surtout poser c'est: *Je ne suis pas la seule?*

– Non! s'exclame Léo. Il n'est pas infidèle. Quand je parle de connerie, ce sont surtout les soirées improvisées qu'il fait sans elle. Les cuites, les bagarres, des trucs qui la rendent dingue. Cette fille est juste chiante.

– Concurrente de taille, blagué-je malgré moi.

Au fond je me suis surtout arrêtée à: il n'est pas infidèle.

Embrasser une fille sur un canapé comme il l'a fait l'autre fois, c'est considéré comme une tromperie?

L'ignorer et ne plus jamais en reparler, ça fait de lui un connard?

Et moi une lâche. Belle équipe.

– T'inquiète, Scar, personne ne peut te détrôner. Tu es Madame Chiante!

Je lui donne une tape à l'arrière de la tête et il explose de rire. Nous nous arrêtons tous les deux au moment où des voix s'élèvent dans le couloir, de plus en plus fortes et proches.

– T'es sérieux, vraiment?

Je tends l'oreille, incapable d'entendre avec précision la réponse de Nolan tandis qu'Harriet continue à crier. Edgar débarque à ce moment et nous regarde tous les deux assis sur le canapé. Il fixe la porte du couloir et lève les yeux au ciel.

– Encore? se plaint-il. Je croyais qu'on en avait fini avec les crises hystériques débiles.

– Si tu veux mon avis, il va la larguer, lâche Léo avec flegme. Je suis persuadé qu'elle a appris pour le shooter de tequila.

Les gars se mettent à étouffer un rire et je fronce les sourcils.

– Un shooter, putain, grince mon frère. Cette fille a des oreilles partout.

– T'es un connard, tu le sais ?

Harriet débarque dans le salon à la suite de Nolan. Les cheveux trempés, il a enfilé un jogging gris et un tee-shirt blanc qui remonte légèrement sur l'une de ses hanches. Comme s'il s'était habillé en vitesse en sortant de la douche. Ce qui est le cas. Mes yeux butent une seconde sur la peau qui dépasse puis glissent d'eux-mêmes vers son jogging.

J'imagine qu'il n'a toujours *rien* en dessous.

Mes joues brûlent, je déglutis.

– Tu me les brises, Harri.

La voix grave de Nolan est basse, agacée, blasée. Il ne fait même pas attention à nous et marche d'un pas rapide vers la porte.

– Tu trouves ça normal que j'apprenne l'information par une copine ?

– C'est un shooter, merde ! Un shooter pour un jeu stupide !

Je surprends les gars retenir leur rire et je me mords la lèvre.

– Tu sais très bien ce que ça me fait, à moi, d'apprendre ça, dit-elle d'une voix un peu plus douce.

Prenant enfin conscience qu'ils ne sont pas seuls dans cet appartement, ils échangent quelques mots à voix basse.

– Nolan, je tiens à toi. Je sais que je suis jalouse et que parfois je surréagis, mais je n'aime pas apprendre des choses pareilles en soirée. Je passe pour une conne.

Nolan tourne la tête vers nous, mon regard entre en contact avec le sien et il inspire un moment. Il attrape la main de sa petite copine sans me lâcher des yeux et la tire délicatement vers la sortie. Il ferme la porte d'entrée derrière eux, nous empêchant d'entendre la suite de leur discussion.

– Si tu veux mon avis, il ne va pas la quitter, enchaîne mon frère. Il commence à s'attacher à elle et même si elle a un caractère bien trempé, il aime ça !

– Les filles relou ? rigole Léo.

– Non, celles qui le titillent.

– Tout le monde aime être titillé.

Léo lève les sourcils dans une pose suggestive et je lui balance le coussin sur le visage.

– Merci de me mettre en tête ton asticot qui frétille, tu es dégueulasse.

– Je suis un homme, Scar.

– Qui réagit au terme titiller. Ça fait combien de temps que t'as pas baisé, au juste ?

Mon frère éclate de rire et il me tape dans la main comme si je venais de faire la blague la plus drôle du monde. Léo esquisse un sourire et me fait un doigt d'honneur. Nolan claque la porte et je sursaute. Nous nous tournons tous les trois vers lui. Il ne nous regarde pas, passe une main dans ses cheveux et s'affale sur l'un des sièges encore disponibles du salon.

– Je viens de quitter Harriet, déclare-t-il d'une voix morne. Et avant que vous ne demandiez quoi que ce soit, je n'ai pas envie d'en parler.

Il garde les yeux rivés sur l'écran de la télévision, l'air peiné. Je mords ma lèvre et joins mes doigts les uns aux autres pour empêcher mes mains de malmener mes cheveux. Il est triste, ça se voit à la ride sur son front et la moue sur sa bouche. J'ai envie de le prendre dans mes bras pour le consoler, comme j'ai pu le faire avec mon frère, parfois. Mais je ne fais rien. Je n'ai pas le droit de faire ça. Je ne peux pas faire ça. Léo se redresse, quitte le salon pour aller dans la cuisine et revient quelques secondes plus tard avec quatre bières.

– Je suis désolé, mec.

Il pose une main sur la nuque de son pote qu'il presse avec gentillesse et lui tend une bouteille. Nolan l'attrape en hochant la tête, esquissant un sourire un peu crispé et, au fond de moi, mon cœur se serre. Il ne me lance pas un seul regard et si j'espérais secrètement que le jour où il quitterait Harriet, ce serait pour moi, je me prends en pleine face la dure réalité.

Notre baiser échangé était une erreur de soirée.

Il vient de quitter sa copine pour une raison qui m'échappe et vu la peine qui se lit sur son visage, il n'en avait *pas* envie.

Moi dans tout ça ? Je suis toujours reléguée à la même place.

Et j'ai des souvenirs en plus pour alimenter mes fantasmes impossibles sur un *crush* inaccessible.

Une journée classique dans la vie de Scarlett Martin.

24

Nolan

– C'est qui le type, tu le connais?

Je bois une gorgée de mon whisky Coca, lorgnant discrètement vers le groupe que pointe Edgar du menton. Il ne lâche pas des yeux un grand brun athlétique qui discute depuis plus d'une vingtaine de minutes avec Scarlett et ses potes. Installés autour de quelques tables, ils enchaînent les consommations et à chaque fois que je jette un coup d'œil dans leur direction, le mec les fait rire à gorge déployée. *Toutes*, sans exception.

– Jamais vu, confessé-je. Un mec de la Ivy League, tu crois?

– T'as vu ses épaules? Il a l'air taillé dans le marbre.

Edgar fixe l'inconnu sans gêne, le détaillant sous toutes les coutures alors qu'il continue à faire son show auprès des filles. Impossible de savoir avec précision ce qu'il leur raconte. La musique est assourdissante et la boîte de nuit dans laquelle nous avons élu domicile pour la soirée est archi-bondée. En plus des étudiants de l'université de Boston, d'autres des facs voisines ont fait le déplacement, fêtant ainsi notre entrée triomphale dans le championnat de hockey. Ironie du sort? Nous avons défoncé les Crimson d'Harvard et si ce type était sur la glace ce soir, il a dû pleurer dans les vestiaires.

– Tu crois que c'était le numéro vingt?

Je lève un peu plus la tête, essayant de voir davantage son visage malgré la pénombre. Les spots lumineux se reflètent à plusieurs reprises sur son profil, mais de là où je me trouve je vois que dalle. Il faudrait qu'il bouge son cul du sofa sur lequel il est avachi et qu'il vienne sur la piste de danse. Mais il a l'air bien trop absorbé par son petit numéro auprès des filles pour quitter sa place de choix.

– J'en sais rien, et tu sais quoi? Je vais directement aller voir.

Je rattrape Ed par le bras, l'empêchant de faire un pas.

– Mec, si tu y vas, Scar va te tuer.

– T'as une meilleure idée? Si je ne lui donne pas un avertissement, il va la draguer sous mes yeux toute la soirée.

Je pince les lèvres, pas certain que cette perspective m'enchante non plus. Quand je suis arrivé ici, Scarlett et ses copines étaient déjà là. Elles sont venues nous voir au match, placées comme à leur habitude sur les sièges réservés au plus près de la glace. Même si j'avais une conscience aiguë de la présence de la sœur de mon pote dans les gradins, je l'ai ignorée comme je le fais depuis avant-hier. Depuis que j'ai quitté Harriet sur le pas de la porte et que tout un tas de souvenirs me pourrissent l'esprit. Je fronce les sourcils en voyant monsieur-épaules-en-marbre se pencher davantage et effleurer la blonde assise à ses côtés. Elle rigole. Ma poitrine se serre. Je détourne les yeux en soupirant.

– Laisse-la tranquille, je vais faire un tour voir si j'ai des infos. Essaye de profiter de ta soirée.

L'idée est surtout de me barrer d'ici pour prendre l'air et arrêter de surveiller Scarlett Martin. Je me suis juré de lâcher l'affaire, d'oublier tout ce qui s'est passé, tout ce que j'ai ressenti et tout ce qu'elle provoque encore chez moi. Ce n'est pas ce soir que je vais foutre en l'air ma bonne résolution. J'arrive au bar et commande un second verre, bien chargé cette fois. La jolie brune derrière me fait un clin d'œil, et lorsqu'elle me file la monnaie, je trouve un numéro entre deux billets. Je souris, fourre le morceau de papier dans la poche arrière de mon jean et m'adosse au comptoir pour siroter quelques gorgées.

Ça peut toujours servir. Si un soir j'oscille entre rappeler mon ex ou me glisser dans la chambre à côté de la mienne. Deux idées de merde, une solution qui tombe à pic.

– À peine dispo, déjà sur les rails?

Je manque de m'étouffer en entendant la voix fluette qui résonne à mon oreille malgré la musique. Instinctivement, je regarde la table que je surveillais il y a quelques minutes avec Edgar pour me rendre compte qu'*elle* n'est plus là. Mon corps se crispe, et je me tourne vers Scar.

– Qu'est-ce que tu veux, mini Martin?

Ma voix est grave et je me perds dans son regard. Elle esquisse un sourire et me bouscule l'épaule. Son visage est rouge, ses cheveux légèrement en désordre et je me force à ne pas observer sa tenue. Je crois qu'elle porte le jean qu'elle avait en début de semaine. Un Levi's taille haute qui lui fait un cul en forme de pêche. Le truc qui te met au garde-à-vous avec une facilité déconcertante et dont tu as un mal de chien à te détourner.

Je le sais parce que ça m'a fait cet effet-là quand je suis tombé dessus par mégarde, alors qu'elle traversait le salon pour aller en cours. J'ai buggé une longue minute sur ses jambes fines, puis tous mes sens se sont rivés sur son cul. J'ai perdu la notion du temps et n'ai récupéré mes facultés mentales que lorsqu'elle a passé la porte d'entrée.

– Fêter votre victoire, *numéro douze*. À moins que tu aies d'autres plans?

Elle fixe plus bas, et je vois très bien ce qu'elle regarde. Mon jean, où j'ai rangé le morceau de papier donné par la serveuse deux minutes plus tôt. Je bois une gorgée de mon verre en évitant d'examiner le reste de son corps.

– Jalouse ?

Je la regarde avec insolence, utilisant ses propres mots. Ceux qu'elle m'a dits la dernière fois qu'on a fait de la merde, elle et moi. Parce que quand je la vois devant moi, je ne pense qu'à ça et ça fout en l'air toutes mes bonnes résolutions.

– Intriguée, réplique-t-elle.

J'esquisse un sourire.

Elle n'a rien oublié non plus.

– Je suis célibataire, tu vas faire quoi ? Foutre en l'air mes plans comme quand on avait 15 ans ?

Elle rigole, et je me prends en pleine face la sensation que ce son provoque dans ma poitrine. J'avale d'autres gorgées, encore, sifflant mon verre à une vitesse déconcertante.

Putain, Scarlett, mais qu'est-ce que tu es en train de me faire ?

– Je passe mon tour. Je n'ai *plus* 15 ans.

Je sais.

– Et à ce que je vois, tu es déjà sur les rails aussi, fais-je sans me retenir.

Je scrute un point invisible, ignorant la réaction que ma remarque provoque chez elle. J'ai loupé une occasion de fermer ma gueule, mais en voyant la table avec l'autre type plus loin, c'est sorti tout seul.

Bien joué, Nolan. Très discret comme réflexion.

– Jaloux ?

Je ricane, parce que ça devient une habitude de poser *cette* question. Une sorte de jeu. Un test, juste pour voir comment l'autre réagit. Niveau remarque de merde pour emmerder l'autre, elle et moi sommes plutôt doués. Sauf qu'ici, c'est étrangement rhétorique. Oui, je suis jaloux. Et je ne préfère même pas savoir pourquoi, comment ou depuis quand. Je pose un coude sur le bar pour me tourner davantage dans sa direction et l'observe une seconde. Elle s'est penchée en avant pour passer une commande rapide auprès de la barmaid. Les mains sur le bar, son cul est légèrement surélevé et le constat est brutal.

Jean Levi's.

Haut blanc.

Elle est bandante.

Je suis dans la merde.

Je détourne les yeux aussitôt, me concentrant sur la serveuse dont je surprends quelques œillades appuyées.

– Ici !

Scarlett lui claque les doigts sous le nez et j'étouffe un rire en voyant Miss Numéro sursauter. Elle fronce les sourcils, mord sa joue et prend la commande.

– Tu fais chier, grince-t-elle. Je suis certaine qu'elle n'a pas écouté la moitié de ce que je lui ai demandé.

– Je n'y peux rien si mon charme légendaire en fait baver plus d'une.

– Sois charmant plus loin, le temps qu'elle fasse mes verres !

Je me marre en croisant les bras. Nos épaules se frôlent mais ni elle ni moi ne bougeons.

– Tu voulais quoi ?

– Deux gins, un mojito et un Coca.

– T'es au soft ?

– Paige. C'est elle qui nous ramène.

Je hoche la tête, jette un œil à la serveuse et veille à ce que la commande soit bien faite. Ignorant la chaleur de nos bras qui se touchent, je tente de faire abstraction de la présence de Scar tandis qu'elle remue de plus en plus au rythme de la musique. Un truc latino qui me donne envie de l'amener sur la piste de danse juste pour voir son cul se déhancher dans son jean.

– D'ailleurs je suis contente, lâche-t-elle de but en blanc. Pour toi et moi.

Je lui lance un coup d'œil confus, elle sourit.

Ne regarde pas plus bas.

– Zéro malaise depuis l'autre fois.

Je fronce les sourcils encore plus.

– Tu as oublié ? Sur le canapé.

Mon cœur arrête de battre quand je comprends où elle veut en venir et j'esquisse une moue que je veux nonchalante.

Zéro. Malaise.

– J'avais oublié, mens-je. Mais tant mieux si c'est OK pour toi.

Son sourire disparaît et son visage se crispe imperceptiblement.

– Ouais, dit-elle. Aussi insignifiant que la première fois.

Je manque de faire tomber mon verre. Tout mon corps se tend face à sa remarque et je la jauge de biais.

Insignifiant.

C'était ce que je lui avais balancé suite à sa tentative foireuse, bourrée, de m'embrasser. J'avais été un peu brutal dans mes mots, parce que sur le coup ça n'avait aucune importance pour moi. Ce soir ? J'ai envie qu'elle utilise tout sauf ce qualificatif pour ce que nous avons échangé sur le canapé.

Chaud. Fougueux. Torride. Déstabilisant. Interdit.

Mais pas insignifiant.

Car ça ne l'était pas pour moi.

– Au moins on est sur la même longueur d'onde.

– Oui, confirme-t-elle. Ça ne se reproduira pas.

Si la musique n'était pas aussi forte, je jurerais que ma voix est devenue cassante, du moins autant que la sienne. Sauf que le

DJ s'acharne à mettre le son de plus en plus fort, m'empêchant d'analyser le timbre de Scarlett.

Qu'est-ce que je peux bien en avoir à foutre de son timbre?

Vexée ou pas vexée, les baisers torrides sur le canapé, ça doit s'arrêter.

Plus jamais.

La serveuse dépose les verres de Scarlett sur le bar et j'examine la blonde à mes côtés qui m'évite du regard désormais. Ses cheveux coupés court, sa poitrine qui monte et descend à un rythme régulier, la rougeur de ses joues…

– J'espère que tu trouveras moins *insignifiant* ce soir, grince-t-elle. Si tu veux mon avis, Coyote Girl derrière le bar sera un excellent choix. Vous deux dans un lit, ça risque d'être chaud bouillant.

Elle me fait un clin d'œil forcé avant de disparaître en vitesse parmi la foule qui s'amasse autour du comptoir, les mains chargées par les quatre consommations. Je la suis du regard, à la fois agacé par sa remarque, et loin d'être capable de me défaire de l'image d'une nuit *caliente* dans mon pieu.

Avec elle.

Je fronce les sourcils en grognant et termine mon verre cul sec. Je n'ai pas le temps de le reposer sur le bar que Miss Numéro m'en sert un second, *offert par la maison.* Je lui souris et me casse. Pas envie de jouer avec elle ce soir. Non, là, j'ai envie d'autre chose de *moins insignifiant* et qui vient de faire grimper une tension dans ma gorge, mon estomac et ma bite. Scarlett Martin me cherche, et quand j'arrive à la table où sont installés mes potes, je tombe sur un spectacle qui me rend encore plus… irritable.

Mes yeux dévient vers la piste de danse. Vers une silhouette, un regard qui m'obsède et un déhanchement lascif. Je reste complètement obnubilé par le spectacle. Elle ne me lâche pas du regard, continuant à danser comme si la boîte de nuit lui appartenait, comme si elle faisait ça juste pour *moi*, pour me rendre fou, pour me faire rager, pour me faire *agir*.

Je secoue la tête, refusant silencieusement de me laisser séduire, de perdre le contrôle et de la rejoindre. D'attraper ses hanches, de me coller à elle et de profiter de ses mouvements contre moi, de son regard espiègle, de sa bouche taquine, de ses mains joueuses.

– Alors, la serveuse ?

Je détourne aussitôt mon attention, espérant ne pas avoir été surpris par mon coloc. Léo me scrute en souriant, un verre à la main qu'il sirote de bon cœur en jetant quelques coups d'œil autour.

– Pas intéressé.

– Toujours Harriet en tête ?

Je hausse les épaules, ignorant la douleur dans ma poitrine que cette mention provoque.

Je n'ai pas pensé à Harri de la soirée.

– Y a des centaines de nanas ici ce soir, trouve-toi une meuf et pionce chez elle !

J'ai bien une idée là tout de suite, mais je crois qu'il y a une ou deux règles qui m'en empêchent. Si ce n'est pas trois, dont une particulièrement importante : le *bro-code*. Et d'un coup ça me fait tilt. Si ce soir je veux être tranquille, être concentré sur autre chose que la blonde qui me rend fou, me fait perdre mes moyens et commence à prendre beaucoup trop de place dans ma tête, je dois me trouver une fille.

Sinon je vais partir en vrille.

Et même si la serveuse est une proie facile, il y a un léger contretemps : elle bosse, et je n'ai pas toute la nuit.

– T'inquiète, fais-je avec entrain, je vais m'en trouver une !

Je détourne de nouveau mon attention, observant la piste de

danse pour m'arrêter sur la première cible possible. Léo à mes côtés se marre, et moi j'entre dans le plan de chasse le plus rapide de l'histoire. La brune qui se déhanche à quelques pas de mon *trouble* me zieute en souriant.

Trop facile.

Je pose mon verre et m'avance vers elle d'un pas décidé, la laissant me détailler de la tête aux pieds d'un air entendu. Quand j'arrive à sa hauteur, je n'ai pas besoin de faire quoi que ce soit, ses bras s'enroulent autour de mon cou et ses lèvres se collent à mon oreille.

– T'en as mis du temps, roucoule-t-elle. Ça fait une heure que j'essaye d'attirer ton attention.

Je mets une main sur sa hanche et déplace une mèche derrière son oreille avec délicatesse.

Un vrai gentleman.

Je sais que je n'ai même pas besoin de me prendre la tête avec elle, de la draguer en bonne et due forme, de lui promettre monts et merveilles, elle est déjà séduite. La bouche en cœur, la poitrine pressée contre mon torse, elle bouge ses hanches de façon à se frotter à moi. Je suis déjà au garde-à-vous. Pas pour elle, pas grâce à elle, mais ses doigts glissent au niveau de la lisière de mon tee-shirt et ça suffit à me confirmer ce que je sais déjà : Scarlett peut aller se faire voir.

Ce soir, je baise.

Le *bro-code* restera intact.

25

Scarlett

Je fulmine.

Fixant sans aucune retenue la brune qui est en train de se frotter à Nolan comme une chienne en chaleur. Les mains sur son cou, elle s'est mise de dos de sorte que ses fesses se trémoussent contre lui. J'ai envie de vomir, de la tirer par les cheveux et de pousser Nolan hors de cette fichue piste de danse.

Il ne danse jamais.

Et il faut que ce soir il me foute sous le nez son plan cul. Il est célibataire, il a été très content de me le rappeler. Autant que son oubli monumental de ce que nous avons échangé sur le canapé.

Putain.

Mais il ne peut pas avoir oublié. Pas après m'avoir posé cette exacte même question, celle qui a précédé notre baiser. Alors pourquoi dire qu'il ne se souvient pas de m'avoir embrassée? De m'avoir caressée comme si j'étais la plus belle chose qu'il ait vue. J'entends encore son souffle dans mon oreille, les picotements dans ma poitrine, sur ma peau, le feu entre mes jambes. Je sens encore la bosse entre ses cuisses qu'il faisait buter contre mes fesses.

Il n'a quand même pas réellement tout oublié, si?

Et ce soir il me tue un peu plus en s'affichant avec *elle*. Une parfaite inconnue qui n'a pas arrêté de le mater depuis que je suis arrivée. Comment je le sais? Parce que j'ai été incapable de détacher mes yeux de lui à la seconde où il est entré dans cette boîte de nuit. De son jean kaki – en première place dans la liste des « pantalons qui font un cul d'enfer à Nolan Jones » – et de son tee-shirt blanc légèrement retroussé sur ses biceps. Sa peau paraît plus bronzée encore, ses bras plus musclés, son torse plus dur. Dès que je l'ai vu partir vers le bar, je n'ai pas pu m'empêcher de le suivre. Idée à chier? Complètement. Surtout quand je pense que malgré toutes ces années, je ne m'habitue toujours pas à *ça*. Toutes ces filles qui lui mangent dans la main, qui ne demandent qu'une chose: partager un moment avec lui. Je n'ai jamais remarqué si c'est comme ça avec *tous* les hockeyeurs, si mon frère aussi a son harem. Mais en ce qui concerne Nolan, ça me saute à la gueule à chaque fois. Et pire encore depuis que la nouvelle de son célibat a traversé le campus comme une traînée de poudre à canon.

Ça ne fait que deux jours, merde!

– Respire!

Les doigts chauds de Paige m'agrippent le poignet. Je détourne mes yeux vers elle, me rendant compte que je retenais ma respiration et que j'enfonçais mes ongles dans mes paumes.

– Je le déteste! dis-je.

– Je sais. C'est un connard.

– Arrête de faire une fixette sur lui ce soir, lâche Carol tandis que son mec du soir est en train de danser juste derrière elle. Il n'en vaut pas la peine.

Nous avons officiellement fait la connaissance de Mitch, son étudiant en médecine rencontré sur une application. Et dès qu'il a ouvert la bouche pour nous raconter tout un tas d'anecdotes toutes plus hilarantes les unes que les autres, j'ai su qu'il était juste parfait pour Carol. Drôle, plein de vie, sûr de lui et vraiment attentionné. Je crois d'ailleurs qu'il nous a payé les deux premières tournées et n'a pas lâché sa conquête de la soirée. Il aurait pu papillonner, graviter autour des nanas présentes ce soir, mais il n'en a rien fait. Et ça me fait vraiment plaisir pour elle.

– C'est plus fort que moi !

– Tu sais quoi ? ajoute Mitch en se penchant dans ma direction. Tu devrais le rendre jaloux.

Je ricane, ignorant le tourbillon dans mon ventre à la simple mention de Nolan *jaloux*.

– Pour être jaloux, faut être intéressé. La seule chose que je vais récolter, ce sont les foudres de mon frère.

– Le blond là-bas ?

Il fait un signe de tête vers le fond de la salle où je surprends Edgar en train de tripoter une fille sur l'un des canapés.

Dégoûtant.

– Je crois qu'il a autre chose en tête !

– Quand bien même, ça fait franchement la fille désespérée si je fais ça.

– Non, ça va surtout te permettre de voir si c'est vraiment foutu avec ce mec. Il t'a embrassée, non ?

Je hoche la tête, incapable de savoir pourquoi je lui ai raconté cette partie de l'histoire alors que je ne le connais que depuis trois heures.

– Si tu veux mon avis, il est tout sauf insensible.

Il jette un coup d'œil par-dessus mon épaule.

– Et vraiment, t'es bien plus belle que cette fille !

– Merci du soutien.

– Pourquoi pas ce type-là ?

Paige fait un signe discret vers un gars pas loin, qui, avec un style différent, pourrait être beau. La chemise en boîte de nuit, ce n'est vraiment pas mon délire. Il ressemble surtout à un mec qui se prend pour Bill Gates.

– Fils à papa, grogné-je.

– On s'en tape, ajoute Carol. Il fera très bien l'affaire.

Je n'ai pas le temps de protester que les filles se mettent à danser de plus en plus énergiquement, faisant quelques mouvements pour me décaler dans les pattes de Bill Gates Junior. Je suis à deux doigts de me barrer d'ici, mais lorsque ses mains s'enroulent autour de ma taille dans mon dos et que mon regard rencontre les yeux sombres de Nolan, j'ai l'infime espoir que ce plan foireux fonctionne un peu.

– Tu veux danser?

La voix grave dans mon oreille me rappelle à l'ordre, m'obligeant à détacher mon attention de Nolan. Je me détourne et fais le plus beau sourire au gars devant moi.

– Je m'appelle Joe.

– Scarlett!

– Jolie. Le prénom aussi, d'ailleurs.

Il me fait un clin d'œil, je rigole. Puis tout va très vite. Un remix de « Shape of You » d'Ed Sheeran grésille dans les enceintes et toute la foule se met à se trémousser. Joe attrape ma main et me fait virevolter plusieurs fois, jusqu'à ce que je me retrouve le dos pressé contre son torse. Les bras enroulés autour de mes hanches, il bouge derrière moi, m'entraînant dans un rythme lascif et terriblement sensuel. Sauf que voilà, dans cette position – que j'avais en horreur il y a quelques minutes à cause de Nolan et sa *target* – je suis de nouveau mise face au problème. Nolan n'a pas bougé, toujours agglutiné avec sa pétasse qui fait des mouvements de plus en plus séducteurs, faisant presque un *lap dance* personnalisé en plein milieu de la piste de danse. Mais au lieu d'être concentré sur le petit show qu'elle est en train de faire avec minutie, il m'observe sans ciller. Les sourcils froncés et le regard perçant, il me détaille de la tête aux pieds avant de venir poser ses yeux sur les mains de Joe. Sa mâchoire se serre, mes jambes vacillent et tout mon corps explose. Mes fesses, coincées contre le corps dans mon dos, se réveillent et bougent avec entrain. Je me déhanche, le regard rivé sur un Nolan qui n'a pas l'air d'apprécier le spectacle et qui ne fait, par conséquent, plus du tout attention à son plan cul du soir.

Je jubile et me retourne pour faire face à Joe, le sourire jusqu'aux oreilles, mais n'ai pas le temps de terminer ma danse que son corps est projeté loin de moi. Une main rêche agrippe mon poignet et je suis tirée sans aucune délicatesse hors de la piste de danse. Mes pieds trébuchent, mais je me retiens au dos devant moi, qui déambule parmi la foule. J'observe la nuque droite de l'homme, ses cheveux coupés court et ses épaules carrées, moulées dans un tee-shirt blanc que je ne reconnais que trop bien. Mon cœur dévale ma poitrine. Nolan passe une porte au fond d'un couloir sombre et nous nous retrouvons sans aucun mal dans l'arrière-cour du bâtiment. Le choc de température me fait frissonner, mais aussi la colère que je laisse échapper.

– Je peux savoir ce que tu fous? craché-je.

– Je fous en l'air ton petit show. C'était quoi, au juste? Un *lap dance* personnalisé?

Je retiens mon rire devant les mots qu'il emploie, parce que ce sont exactement les mêmes qui m'ont traversé l'esprit quand la brune se collait à lui.

– Je suis célibataire, je fais ce que je veux. Tu veux faire quoi? Foutre en l'air mes plans comme lorsqu'on avait 15 ans? l'imité-je.

– Joue pas à ça, Scar!

– Je ne joue pas, Jones!

Je le fusille du regard, inspectant enfin autour de nous pour constater que nous sommes entourés de caisses pleines de bouteilles d'alcool et que la porte que nous venons de passer a claqué derrière nous, nous enfermant dans cette cour sombre, étroite et loin d'être ouverte au public.

– Tu sais qu'on peut se faire virer si on nous trouve ici?

– J'en ai rien à foutre.

Sa rage est palpable et je fronce les sourcils, croisant les bras contre ma poitrine tandis qu'un léger vent nous enveloppe.

– Pourquoi tu m'as amenée là au juste?

– Pour te retirer des pattes de ce pervers, lâche-t-il avec une facilité déconcertante.

Les poings serrés, il garde les bras le long de son corps et sa poitrine monte et descend de manière très irrégulière. La mâchoire contractée, il me sonde avec une lueur indéchiffrable dans le regard. Ce n'est qu'en voyant sa posture et la ligne entre ses sourcils que je prends conscience de la chose.

Nolan est irrité.

Pas comme mon frère lorsqu'il me surprend avec un mec. Non.

Comme un mec qui vient d'assister à quelque chose qu'il aurait préféré éviter.

Comme quand *moi* je le vois avec une fille.

Mais Nolan ne peut pas être jaloux.

– C'est quoi, ton problème?

Ma voix est plus calme et j'avance vers lui, m'arrêtant à seulement quelques centimètres de là où il est positionné. Son souffle chaud me brûle le visage et la douce odeur de sa peau picote mes narines. Mon cœur fait un bond dans ma poitrine quand ses yeux glissent sur mes lèvres.

– Je te protège, c'est tout, cingle-t-il. Des tocards de boîte de nuit qui ne pensent qu'à baiser.

– Arrête-moi si je me trompe mais… Ce n'est pas ce que tu t'apprêtais à faire avec ta prise du soir?

Il tique en levant un sourcil.

– Pardon, c'est vrai que je ne suis pas précise. Entre la serveuse et la brune de la piste de danse, ça commençait à s'amasser au portillon de Nolan Jones.

Ma voix est franche, agacée. Je suis jalouse et je ne cache pas mon trouble. Je crois que je suis arrivée à un point où quoi que je fasse, tout mon être transpire pour *lui*. Mes sens, ma peau, mon cœur. Je veux ce mec. Fort. Chaque parcelle, fibre, muscle, veine de mon corps le veut.

– Moi, ce n'est pas pareil.

J'explose de rire, son visage se détend. Il me scrute et le trait entre ses sourcils disparaît peu à peu.

– Tu es comme tous les autres. Faible face à une femme qui bouge son cul. Si ce n'est que ça, je peux très bien te faire une danse ici, si tu veux.

Ses épaules se tendent.

– Il te prend quoi?

– Tu n'as toujours pas compris?

Ma voix part dans les aigus et je ne reconnais pas mon timbre. J'ai l'air hystérique.

– T'es bourrée.

Il soupire et passe une main lasse dans ses cheveux.

– Écoute, je vais oublier ce que tu as fait sur la piste avec l'autre guignol. Je ne dirai rien à ton frère, on va faire comme si de rien n'était et toi de ton côté tu vas arrêter de boire.

– La spéciale Nolan Jones, fais-je, amère. Tout oublier.

Il sourcille en se reculant légèrement.

– Tu sais que tu ne vas pas toujours pouvoir fuir? Faire semblant que rien ne se passe, que rien ne s'est jamais produit sur ce putain de canapé. C'est ça le problème, en fait. C'est de ça dont il devrait être question là tout de suite, Nolan.

– Scar.

Sa voix grave provoque une nuée de papillons dans mon ventre, mais son avertissement sonne creux et je m'avance encore plus. La tête légèrement redressée, je l'oblige à baisser la sienne pour garder nos yeux ancrés. Il me surplombe de toute sa hauteur et j'entends d'ici son cœur battre dans sa poitrine. Ou alors c'est le mien qui s'acharne à mesure que mes sens s'emplissent de *lui*.

– Jure-moi que tu as oublié, murmuré-je. Jure-moi que ça n'a eu aucune importance pour toi. Jure-moi que tu n'y penses plus le soir quand tu vas te coucher. La journée quand tu passes devant ce canapé.

– Scarlett.

Sa voix est basse, il ne bouge pas, me fixe, et cette fois sa respiration change. C'est imperceptible, comme la lueur dans ses iris. Mais c'est là, je le sens. Comme le changement dans l'air. C'est lourd, chargé, électrique.

– Moi, j'y pense tout le temps. Je pense à ta bouche. À tes mains sur mon corps. À l'odeur de ta peau, la chaleur de tes doigts. La sensation entre m…

Sa bouche s'écrase sur la mienne et me fait taire avec force. J'étouffe un gémissement, agrippant son tee-shirt pour ne pas tomber à la renverse alors que sa main plonge vers ma nuque. Sa langue titille ma lèvre un moment, puis force le passage pour rejoindre la mienne. Son goût est le même. Légèrement plus sucré, mais toujours aussi addictif. Il enroule un bras autour de ma taille et me hisse contre lui. Mes jambes se serrent sur ses hanches et il marche quelques pas avant que mes fesses butent sur une surface dure sur laquelle il me pose. Il se colle davantage à moi, entre mes cuisses écartées, sans lâcher ma bouche qu'il malmène avec dextérité. Les assauts de sa langue se font francs, langoureux. J'ai l'impression que sa colère se déverse entre nous, tout comme ma frustration, mon désir, son envie. Il me tire un peu plus vers lui, faisant entrechoquer nos deux corps. La bosse dans son pantalon est énorme, et un son plaintif s'échappe de ma gorge quand je la sens contre mon sexe.

– Nolan.

Ma voix meurt dans son baiser. Il ne dit rien, passe une main sous mon haut et englobe mon sein d'une main experte. Ma tête bascule en arrière. Il en profite pour enfouir son visage dans mon cou. Il suce ma peau, l'embrasse, la lèche. Tout tourne autour de moi et mes reins bougent d'avant en arrière, cherchant plus de contact. Tandis qu'il s'acharne sur ma clavicule, la chaleur entre mes jambes ne faiblit pas et je me laisse glisser de la caisse en bois. Nolan recule, abandonnant sa prise pour me fixer d'un œil confus. Je pose ma main sur son torse, l'obligeant à faire un nouveau pas en arrière puis, sans le lâcher des yeux, je me mets à genoux. Je vois l'exact moment où il comprend ce que je veux faire. Ce que je *vais* faire. Il déglutit et me regarde défaire sa ceinture. Ses yeux se ferment une seconde au moment où je baisse son caleçon en même temps que son jean. Il se retrouve presque nu et ce n'est que lorsque son sexe se dresse fièrement devant moi que je prends conscience de ce qu'il se passe. J'ai un moment de doute, infime et il le sent.

– Tu n'es pas obligée de…

Il ne termine pas sa phrase, son timbre est enroué, ses yeux luisants et j'empoigne sa verge d'une main ferme avant d'y dérouler le préservatif qu'il me tend.

Même si ça ne doit être qu'une fois, juste cette fois, je veux qu'elle soit au-delà de mes espérances. Parce que lui et moi, comme ça, j'en ai toujours rêvé.

J'enfouis son gland entre mes lèvres et son gémissement se répercute jusqu'entre mes cuisses. La bouche entrouverte, il ne me lâche pas du regard. La tête baissée, il m'observe le sucer, mordant ses joues dès que j'accentue un peu ma prise. Je m'applique. Lèche son gland, aspire ses boules, titille sa verge dans toute sa longueur. Il soupire fort, bouge les hanches d'avant en arrière pour me donner un rythme.

– Putain, c'est tellement bon.

Je gémis, et la vibration que cela provoque contre son érection le fait tressaillir.

– Scarlett.

Ses doigts s'enfouissent dans mes cheveux, et je l'aspire encore plus. Il appuie sur ma tête pour s'enfoncer plus profondément et la sensation de savoir qu'il gère la cadence chatouille le bas de mon ventre. J'aime le voir comme ça, les yeux emplis d'un désir brut dont je vais avoir du mal à me défaire. Ce mec est sublime, même dans cette position.

Surtout dans cette position.

Alors que je suis à genoux, lui faisant une fellation qui est en train de le rendre dingue.

Il attrape quelques mèches et me décale en grognant. Je me redresse sur mes jambes, embrassant à pleine bouche ses lèvres rondes. Il me pousse contre les caissons, déboutonne mon jean et plonge ses doigts dans ma culotte. Mon corps tremble, mes yeux se ferment et ma tête tombe en arrière.

Merde. C'est vrai que c'est bon.

Trop bon.

Il effectue des cercles sur mon clitoris, enfonçant un doigt, puis deux, dans mon sexe trempé et je ne retiens pas mes bruits hachés. Il joue avec moi, tantôt rapide, tantôt lent, sa main s'active en moi, s'amusant de mon désir. J'ai juste envie qu'il me prenne, là tout de suite. Alors, prise d'une frénésie, je dégage mes jambes de mon jean et lui attrape la queue. Écartant mes cuisses nues, je m'assois sur les boîtes derrière moi et emprisonne ses lèvres. Je le branle avec vigueur, suçant l'un de ses doigts qu'il glisse entre mes lèvres. Il grogne, admirant ma bouche qui goûte son index avec envie.

– Tu es tellement sexy, dit-il d'une voix rauque. Tu le sais, pas vrai?

Je mords son doigt et il profite de cet instant pour s'enfoncer jusqu'à la garde entre mes cuisses, dans un coup de reins mesuré. Nous gémissons en même temps, sans nous lâcher des yeux. La sensation de son sexe en moi fait monter une émotion dans ma poitrine. Un truc dévastateur, qui dégringole jusqu'entre mes jambes où il est enfoui. Je ferme les yeux une seconde, parce que c'est juste beaucoup plus fort que dans mes fantasmes. La tension qu'il y a entre nous, cette atmosphère palpable qui gravite depuis plusieurs jours, cette attirance qui explose fois mille dans cette arrière-cour sans que ni lui ni moi ne l'ayons anticipée.

Ça me paraît surréaliste, pourtant quand il se retire et me pénètre plus profondément encore, dans une plainte lascive, je sais que ce qu'il se passe est réel. Lui et moi, ici.

– Ne t'avise surtout pas de t'arrêter, fais-je, le souffle court.

– Sinon quoi, *Scar*?

Un sourire suffisant lui barre le visage et je plante mes dents dans sa lèvre en tirant sur ses cheveux. Son rire grave fait vibrer mon clitoris.

– Prends-moi plus fort, geins-je.

Il embrasse mon cou et mordille mon lobe, puis attrape mes hanches fermement pour s'enfoncer de nouveau. Cette fois il ne s'arrête plus, continuant à entrer et à sortir à un rythme effréné. Je tiens de justesse sur les caissons, la peau brûlée par le bois qui frotte mes fesses à chaque pénétration de Nolan. Je m'allonge un peu plus, tirant sur son tee-shirt pour l'obliger à venir sur moi.

– J'ai une meilleure idée, lâche-t-il.

Il me redresse, enroule son bras autour de ma taille et me tourne, collant mon ventre sur les boîtes. Son sexe bute contre mes fesses et sa bouche se colle à mon oreille.

– J'ai envie de te prendre comme ça. D'admirer ton cul.

– Vous avez quelque chose à avouer sur mon cul, monsieur Jones?

– Il me rend dingue.

Sur ces mots, il enroule ses mains autour de mes hanches alors que je pose les miennes devant moi. Les fesses offertes, je sens son gland ouvrir l'entrée puis s'enfoncer dans mes chairs. Il gémit. Un son rauque et chaud. Un truc bestial qui me retourne le bide. Il me pénètre une première fois lentement, puis n'y tenant plus, il reprend ses assauts frénétiques et puissants.

– Je ne vais pas tenir longtemps, Scarlett.

J'ai envie de lui dire que moi non plus, mais j'en suis incapable. Tout mon corps brûle, mes muscles se tendent, et la sensation entre mes cuisses, alors que Nolan me pilonne sans relâche, est divine. Étourdissante. Je jouis sans m'y attendre. L'orgasme est grisant, foudroyant, et je me mets à trembler dans ses bras jusqu'à ce qu'il s'effondre à son tour dans un râle libérateur. Je suis trempée de sueur, j'ai le cœur en tachycardie et un mal de chien à reprendre mon souffle. Il se retire enfin et remet son pantalon après avoir enlevé la capote en vitesse. Je me relève à mon tour, les jambes flageolantes, et me rhabille, récupérant mes baskets tombées au sol durant notre étreinte. Nos regards s'accrochent et ce n'est qu'une fois habillés, sortis de notre léthargie, que nous prenons conscience tous les deux de ce que nous venons *vraiment* de faire.

Je tente un sourire, il ne réagit pas du tout. Ses cheveux sont en désordre et son tee-shirt s'est légèrement froissé durant la bataille. Sauf que là, je crois qu'il mène une autre bataille, intérieure cette fois, et j'ai peur de savoir ce qu'il va laisser gagner.

Le regret ou l'acceptation.

– C'était inévitable, dis-je pour tenter de le rassurer. Toi et moi, ça !

Je fais un signe de tête vers l'objet du crime. Des caissons pleins qui risquent de me laisser des marques affreuses durant des jours. Mais putain, l'orgasme que je me suis tapé dessus vaut tous les maux du monde.

– C'était une erreur, reprend-il.

Mon cœur se serre.

Le regret.

– Inévitable, certes. Mais faut qu'on arrête maintenant avant que ça ne devienne plus.

Je reste silencieuse, croisant mes bras pour me protéger de ma brusque envie de lui sauter au cou. De le faire revenir à quelques minutes plus tôt, revoir dans ses yeux ce désir, cette envie, cet élan de fougue qu'il a assouvi avec moi.

Ce coup de folie.

– On n'aurait jamais dû, continue-t-il. Le baiser, le canapé, maintenant *ça* ! C'est n'importe quoi. On se connaît depuis qu'on est gosses, Scar. T'es la sœur de mon meilleur pote, on est en colocation ensemble. Toi et moi, c'est…

Il soupire mais ne continue pas. Me laissant imaginer mille et un mots qu'il ne dira jamais mais qu'il pense très fort. Impossible. Irréaliste. Incompatible. Inconcevable. *Interdit.*

– Alors c'est tout ?

Ma voix se casse dans une question pathétique que je n'ai pas pu retenir. C'est tout. C'est fini. Nolan a tout juste craqué qu'il se referme de nouveau. Brisant mon cœur, mes rêves et tout ce qu'il avait fait naître d'espoir.

– Oui.

Il passe une main rapide sur son tee-shirt et me contourne en vitesse pour aller vers la porte. Je me sens sale. Une vieille chaussette utilisée une fois puis jetée par la suite. Alors c'est ça la sensation que ça fait de coucher avec un mec qui se barre juste après? Qui nous abandonne quand il a eu ce qu'il voulait?

– C'était si insignifiant?

Il s'arrête sur sa lancée, restant dos à moi une seconde avant de me faire face. Les traits tirés, il renifle tout en m'observant.

– Crois-moi, j'aurais préféré que ça le soit, Scar.

Puis il disparaît en vitesse, me laissant seule avec son aveu.

26

Scarlett

– Tu veux de l'aide, Meredith?

Je me retourne en même temps que ma mère vers cette voix familière et tombe nez à nez avec le sourire le plus fier que je connaisse. On vient tout juste de finir de manger et alors que tout le monde est toujours dans le séjour à discuter, je me suis éclipsée avec ma mère dans la cuisine.

– Fais pas le fayot, Jones! râle mon frère qui le suit de près.

– Toujours à faire le gamin parfait, sérieux, t'as plus 10 ans. Les Martin *savent* quel genre de spécimen tu es devenu, enchaîne Léo.

Ma mère rigole et je lève les yeux au ciel en voyant les gars se chamailler une nouvelle fois autour du plan de travail. Natalie, Tom, Anya et James sont arrivés il y a un peu moins de deux heures, tandis que leurs fils, Léo et Nolan, eux, sont venus squatter la maison depuis la fin de matinée. Comme si ce n'était pas suffisant d'habiter tous les trois ensemble, il faut aussi qu'ils passent leurs week-ends fourrés les uns chez les autres. Ce week-end, c'est encore ici. Et c'est ici depuis *trop* longtemps. Je soupire, dégageant les cheveux de ma nuque d'un mouvement de main rapide. Je referme du bout du pied le lave-vaisselle, ignorant le regard brûlant que je sens sur mon profil. Il fait ça lorsque je ne le regarde pas, quand il *croit* que je ne le vois pas. Il m'observe à la dérobée, agissant avec moi de la même façon que d'ordinaire : les piques, les blagues et les chamailleries. Ça, c'est quand nous ne sommes pas seuls, que nos parents sont dans le coin et que nous n'avons d'autre choix que d'agir ainsi pour ne pas éveiller les soupçons. Lorsque nous sommes seuls ? C'est silence radio, il m'évite, ne me regarde pas dans les yeux ou bien me jette des coups d'œil rapides comme celui qu'il fait en ce moment même. Je me décale, capte son attention qu'il détourne aussitôt, puis quitte la cuisine.

Retour à la case départ.

Avec encore plus de souvenirs en prime que la dernière fois.

Nolan dans mon dos. Moi à genoux. Son souffle dans ma nuque. Sa voix dans mon oreille. Son regard lubrique.

Bref. Il fait exactement ce qu'il avait promis : comme si rien n'avait existé.

Et ça me fait mal. Vraiment.

– Scar, une partie de NHL dans le sous-sol ?

Je reste assise autour de la table du salon, où les parents sont installés, et regarde mon frère planté au milieu de la pièce.

– Vous ne voulez pas de dessert, les garçons ? demande ma mère qui arrive à son tour depuis la cuisine. C'est un gâteau au chocolat.

– Tu le sors quand ? l'interroge mon frère.

– D'ici quinze minutes.

– On reviendra quand ce sera prêt.

– Tu veux aussi que je te borde pour dormir ? lâche notre père.

Léo fait une blague à voix basse que je n'entends pas, mais que j'imagine sans mal être à caractère sexuel vu la réaction de mon frère et le rire étouffé de Nolan derrière eux.

– Ta gueule, grince Edgar. On sera là pour le dessert, c'est bon ! Je veux juste défoncer Nolan histoire de le faire descendre de son piédestal.

– Tu peux toujours rêver.

Les parents se marrent en fixant les gars se battre pour une partie de PlayStation. Ils dévalent l'escalier qui mène au sous-sol avant même que la conversation ne prenne fin et je soupire en entendant leurs voix s'élever depuis le haut de l'escalier.

– Scarlett, chérie, tu sais que tu n'es pas obligée de les suivre, rigole Anya. Tu vaux mieux que ça !

– Si je descends, ils vont pleurer ! Je leur laisse une longueur d'avance, blagué-je vers la mère de Nolan. Je suis bien meilleure que ton fils à la NHL, mais ça, il ne veut pas se l'avouer.

Elle me fait un clin d'œil conspirateur et je reste un moment avec eux, écoutant leurs conversations avant de me décider à rejoindre les gars en bas. Après tout, à quoi sert de fuir quand de toute façon, la seule personne que je veux éviter habite avec moi *tout le temps*. Puis, contrairement à lui, je ne regrette rien.

Juste son comportement.

Mais c'est Nolan.

Et je lui passe toujours tout.

Quand j'arrive au sous-sol, les mecs sont en train de s'acharner sur une partie et je soupçonne Nolan de mettre la misère à mon frère. Je me marre en m'affalant sur le siège vacant, constatant que je ne me suis pas trompée. 2-0. Mon frère se prend une branlée.

– T'es mauvais, Ed, dis-je.

– Fais la maligne, Scar. Tu passes après et je vais bien me marrer quand ce connard t'aura foutu une taule.

– Tiens, voilà ce qu'il te dit, le connard !

Dans un lancer parfait, Nolan tire un but magistral, faisant hurler Léo de joie et grogner davantage mon frère. J'explose de rire, rencontrant au passage le regard rapide du brun dans ma direction. Il fait comme si je n'avais pas surpris son coup d'œil et retourne au jeu, ses doigts s'activant avec acharnement sur la manette jusqu'à la dernière seconde.

– Putain ! Je suis sûr que ma manette déconne, râle mon frère.

– Bien sûr, ricane Léo. La *manette*.

Nolan se marre, récupère l'objet du délit et me file celle qu'il avait entre les mains.

– Voyons voir ça.

Sans me regarder, il active le jeu, me donnant les Canadiens de Montréal tandis qu'il prend toujours la même équipe. Les Bruins de Boston.

Prévisible.

– Quel est l'enjeu ? demande Léo.

– Quoi, l'enjeu ? fais-je, confuse. Vous avez parié un truc juste avant ?

– La vaisselle de la semaine.

Mon frère bougonne dans son coin et je comprends mieux pourquoi il a tant cherché à gagner. Cette semaine ils sont deux à se partager les tâches ménagères, nous alternons régulièrement, et à ce que j'ai compris… Edgar va avoir du pain sur la planche.

– Pas le ménage. C'est pour les losers ce genre de pari.

Nolan esquisse un sourire et je sens une petite claque derrière ma tête.

– T'es qu'une pisseuse.

– T'es qu'un débile, réponds-je sur le même ton à mon frère.

– Allez, Miss Parfaite, raille Edgar. J'ai hâte de voir comment tu vas te démerder cette fois. Pas de ménage en prime, alors que dis-tu si le perdant doit un gage au gagnant ? N'importe lequel.

– Comme du ménage ! s'exclame Léo en riant.

– N'importe quel gage ?

Je me tourne vers Nolan et, en le voyant crisper ses épaules, je sais qu'il a compris le sous-entendu de ma question. Elle lui était adressée, et là tout de suite, je sais ce que je rêve de lui demander si je gagne. Un gage est un gage, et Nolan Jones n'a qu'à faire attention, parce que je risque d'être *très* inspirée.

– Tu vas perdre, mini Martin. C'est moi qui te le dis.

Sa voix grave fait vibrer mon ventre et il lance la partie avant même que je ne sois remise de mes émotions. Le jeu commence sur les chapeaux de roue, et tandis qu'il s'acharne pour ne pas perdre le palet, il tente une action entre ma ligne de défense, sans succès. Mon gardien intercepte le tir sans encombre et mes joueurs reprennent l'avantage.

– Le dessert est servi !

Ma mère hurle du haut de l'escalier et Edgar et Léo se précipitent hors du canapé.

– Vous mettez sur pause ?

– Non, coupe Nolan. On termine !

Il est concentré. Ses doigts jouent avec les boutons de sa manette et ses yeux ne lâchent pas une seule seconde l'écran devant nous. Je n'en mène pas large, il est bon. Très bon même. Depuis toujours. Et l'enjeu du pari est de taille. Je peux lui demander n'importe quoi si je gagne, il ne pourra rien me refuser. Il le sait, et il est en train de me montrer qu'il ne va pas si facilement se laisser faire.

– Vous nous rejoignez !

Edgar monte en suivant Léo et on se retrouve rapidement seuls dans ce sous-sol aménagé. Assise sur le fauteuil en cuir, je suis de profil par rapport à la télévision mais j'ai une vue parfaite sur Nolan. Son visage tendu, ses coudes bloqués sur ses cuisses et ses jambes légèrement écartées. J'essaye du mieux possible de ne pas perdre le fil du jeu, mais avec sa présence à quelques mètres de moi, c'est loin d'être une tâche simple. Le deuxième tiers-temps écoulé, le jeu nous offre une pause de quelques secondes et j'en profite pour me lever sous son regard confus.

– Tu fais quoi ?

– Je viens là, réponds-je. Tu es mieux installé ici, et je ne voudrais pas que tu sois en meilleure condition que moi.

Il rigole et alors que je m'assois sur le canapé, j'en profite pour me mettre un peu *trop* proche de lui. Nos bras se frôlent, il se décale. La partie reprend, et je soupire malgré moi. Il n'est pas facile à faire plier.

– Tu te ramollis, Jones.

– Tu ne vas pas m'avoir comme ça, mini Martin.

Je rigole et bouscule son coude.

– Tricheuse !

– Mauvais joueur !

Il se marre, et voir son sourire se dessiner sur ses lèvres pleines provoque une embardée dans mon estomac.

– Tu essayes de me déconcentrer, ça ne marchera jamais !

– Bien sûr, tu cherches surtout une excuse pour justifier ton jeu de merde.

Il me donne un coup de coude à son tour et je pousse un cri de surprise parce que je perds le palet et qu'il le récupère avec une facilité déconcertante.

– Tu veux jouer à ça, vraiment ? le menacé-je.

Il rigole et je ne peux m'empêcher d'apprécier ce moment. Sans gêne, comme avant. Nous ne sommes que tous les deux, et pourtant il ne m'ignore pas, agissant de manière naturelle malgré tout ce qu'il s'est passé.

– Tu peux toujours essayer. Tu serais devant en sous-vêtements que ça ne changerait rien. Je vais gagner, Scar.

Je ne sais pas si c'est sa remarque qui fait grimper la tension dans la pièce ou bien nos cuisses qui se frôlent à ce moment-là, mais une électricité se propage entre nous et ma peau frissonne.

Je déglutis, incapable de penser à autre chose que lui et moi, presque nus. Je lance un coup d'œil dans sa direction, il semble imperturbable, pourtant sa réflexion l'a surpris autant que moi, car ses épaules sont moins voûtées que tout à l'heure. Son dos s'est crispé et je sais qu'il n'est pas aussi concentré qu'il en a l'air.

– Et si je te suce? reprends-je d'une voix rauque. Ça non plus, ça n'aura aucun effet sur ta concentration?

Il loupe une passe à ce moment précis et je réussis à retourner le tir, plongeant le palet entre les jambes de son gardien et marquant ainsi le premier but du match. La sonnerie annonçant la fin résonne depuis la télévision, et les couleurs des Canadiens de Montréal illuminent l'écran. Nolan grogne et balance la manette sur le canapé. J'explose de rire, me relevant fièrement pour faire une danse de la joie ridicule. Les bras croisés contre son torse, il fulmine.

– C'est déloyal.

– Je croyais que *rien* ne te déconcentrait.

Je me penche légèrement vers lui en souriant.

– Et je n'ai même pas eu besoin de me mettre en sous-vêtements.

Cette fois, je la distingue parfaitement, la lueur dans ses yeux, le truc qui brille et qui me rappelle que ce que nous avons partagé vendredi soir en boîte de nuit n'est pas le fruit de mon imagination. Ça a bien existé. Lui et moi, dans cette arrière-cour, et ce, quoi qu'il essaye de faire.

– Non, il a simplement suffi que je te rappelle *ce* moment.

Ma voix n'est qu'un murmure et je me penche encore plus, posant mes mains sur l'appuie-tête derrière lui. Je suis presque à califourchon sur ses genoux et je le vois loucher sur ma poitrine avant de continuer sa route vers ma bouche puis mes yeux.

Il se souvient *très bien*.

– Tu me cherches?

– Peut-être.

Il soupire, me bouscule légèrement et se lève du sofa en vitesse. Je le surprends qui détend son jean, entre ses cuisses, et j'imagine très bien la bosse dure dans son caleçon. J'avale ma salive avec difficulté.

– Tu devrais arrêter ça, Scar.

– Quoi ?

– Parler de choses dont on ne devrait pas.

Il reste en plan au milieu de la pièce et me fait face, le visage sévère. Je m'approche de lui et il ne bouge pas, pas même lorsque nos corps se frôlent. Mon visage est levé dans sa direction, le forçant à baisser légèrement le sien. Comme l'autre soir. Il me suffirait de me mettre sur la pointe des pieds pour que mes lèvres touchent les siennes. Mais je ne fais rien.

– Tu n'as pas aimé ?

Il ne répond pas, gardant les yeux dans les miens. Pourtant sa mâchoire tique et je sais que cette conversation le rend fébrile.

Tant mieux, c'est exactement ce que je veux.

– Tu sais que tu me dois un gage.

Il soupire et passe une main dans ses cheveux.

– Tu ne vas pas me rendre la tâche facile, hein ?

Je secoue la tête en haussant les épaules.

– Très bien. Tu veux quoi ?

– Tu sais ce que je veux.

Il fronce les sourcils en se mordant la lèvre.

– Embrasse-moi.

– Scar.

J'attrape les bords de son tee-shirt et le tire un peu plus vers moi.

– Embrasse-moi.

Il me repousse légèrement.

– Non.

– Un gage est un gage. Tu le sais très bien.

Sa tête bascule en arrière et il contemple le plafond une longue seconde en soufflant. Il finit par se redresser, pose une main derrière ma nuque et penche sa tête. Alors que je pense le voir poser ses lèvres sur les miennes, il s'arrête plus haut. Embrassant mon front dans un baiser doux et froid. Son souffle ricoche sur ma peau puis il se décale, gardant ma nuque dans sa main chaude.

– Tricheur, chuchoté-je.

Il rigole.

– Tu joues avec le feu, Scarlett.

– Et si j'ai envie de me brûler ?

– On ne peut pas faire ça. Tu le sais très bien.

Sa voix est redevenue franche et il se recule vivement. Des pas à l'étage nous ramènent tous les deux à la réalité. La porte en haut de l'escalier s'ouvre et Edgar balance :

– Vous venez ?

– On arrive ! répond Nolan en continuant à me fixer.

Edgar referme et le silence nous enveloppe de nouveau. La tension a grimpé, moins sexuelle, elle est surtout très oppressante. Faite de non-dits, d'interdits et de frustration.

– Edgar est mon *frère*. Tu le sais mieux que personne. On ne peut pas continuer à faire ça. Se laisser aller. Ça va tout foutre en l'air et je ne veux pas vous perdre tous les deux. T'es ma famille, Scarlett.

Je grimace.

– Ce n'est pas ce que j'ai eu l'impression d'être, vendredi soir.

Sa respiration devient lourde et sa mâchoire se serre.

– Vendredi soir était une *erreur*.

– Il y a beaucoup d'erreurs dans ta vie, Nolan, et beaucoup d'excuses.

– Ne me cherche pas. Tu sais comme moi que rien de bon ne peut sortir de tout ça. S'il te plaît.

Cette fois il n'y a plus aucune trace de colère dans sa voix, mais une douleur vive et intense qui traverse ses iris. Mon cœur se serre.

Nolan ne supplie jamais.

Et à cet instant, je sais que nous sommes allés beaucoup trop loin pour lui.

27

Scarlett

Quinze jours.

Quinze jours que Nolan et moi avons couché ensemble dans cette arrière-cour et que nous avons de loin dépassé le stade du dérapage contrôlé. Un baiser, c'est un accident, deux baisers, c'est une envie.

Baiser tout court est inqualifiable. Je pensais qu'on allait apprendre à faire avec, on n'était pas à notre premier coup d'essai. Pourtant, je n'ai jamais eu aussi tort de ma vie. Pourquoi ? Parce que Nolan est pire qu'avant. Plus froid. Plus distant. Et ses remords ont l'air à leur paroxysme.

Moi ? Je subis, refoule. Et ce soir ? J'abandonne.

Qu'il aille au diable.

Installée sur une chaise en bois, sirotant une bière offerte par une nouvelle recrue des Terriers, j'observe le bar où nous avons élu domicile. Juste après l'entraînement, j'ai reçu un appel de mon frère qui me proposait de sortir avec lui et quelques joueurs pour boire un coup. J'ai accepté tout de suite, me disant qu'une soirée avec du monde, ça ne pouvait pas me faire de mal. Les filles étant coincées à la bibliothèque pour un devoir que j'ai fini depuis une semaine, je n'avais d'autre choix que de suivre Edgar si j'avais envie de prendre l'air. Sauf que voilà, ce *choix* a aussi été orienté par une circonstance non négligeable : la présence de Nolan. Il est adossé contre le comptoir et discute avec une blonde au décolleté outrageusement pigeonnant. Visiblement c'est l'uniforme de la maison, parce que quand je regarde les serveuses qui déambulent parmi les tables, je constate qu'elles ne sont pas très vêtues. Des filles en microshort, ça fait vendre. Il y en a un qui mord à l'appât depuis plusieurs minutes et je rumine dans mon coin. J'avais espéré trouver une faille pour lui parler, forcer *la* conversation qu'il évite depuis plusieurs jours. Je ne le croise plus le soir, lorsque je passe une nuit sur le canapé, il ne quitte pas sa chambre, ne m'amène plus à la fac lorsque nous avons les mêmes horaires, ignore mes tentatives de le faire rire quand je le croise et commence à éveiller les soupçons de mon frère.

J'abandonne, j'ai dit ? Ça serait plus simple si la jalousie ne bouffait pas tout sur son passage.

– Ça va, Scar ?

Léo s'affale sur la chaise et boit une gorgée dans son verre en affichant un sourire de débile sur son visage. Je rigole rien qu'en voyant sa bonne humeur contagieuse.

– La vie est belle, hein ? Une bière, des potes, des beaux mecs à perte de vue.

Il hausse les sourcils fièrement et je le bouscule, certaine qu'il mentionne ça juste pour me faire chier. Les hockeyeurs ont la réputation d'être des canons, il le sait. Être la petite sœur du capitaine me donne le privilège de côtoyer la bande, et j'avoue que quand je remarque les coups d'œil de certaines filles, difficile de ne pas voir leur jalousie.

– Ça peut aller !

– C'est les beaux mecs, ça, ça fait toujours son effet, vanne-t-il. T'es comme ton frère ! Dès qu'il y a de quoi mater, tu kiffes ta soirée !

Je lève les yeux au ciel, parce que, contrairement à Edgar, je n'ai qu'une seule personne qui m'intéresse ce soir – et depuis des années – mais elle est occupée à draguer une blonde plus loin. Je lance un regard rapide puis me ravise, sentant la douleur dans ma poitrine se propager pour former une boule désagréable dans ma gorge. Je bois dans mon verre.

Allez, Scarlett, si tu as échoué toute ta vie, tu peux au moins l'ignorer ce soir.

– Je peux te poser une question?

Je hoche la tête et je vois Léo soupirer une seconde, fixer un point puis se tourner pleinement dans ma direction.

– Il se passe un truc avec Nolan?

Je manque de m'étouffer avec ma bière, faisant preuve d'un sang-froid exceptionnel pour garder un visage impassible tandis que mon colocataire me scrute avec attention.

– Comment ça?

Je feins l'ignorance, mais au fond de moi c'est la panique.

Il sait?

Depuis quand?

C'est écrit sur ma tête?

Putain. De. Merde.

– Je ne sais pas, dit-il en posant son coude sur le dossier derrière lui. Vous ne vous parlez plus comme avant. Je veux dire, tu as l'air distante et j'ai l'impression de ne pas vous avoir vus ensemble depuis des jours.

Quinze.

– Non… tenté-je. Enfin, je n'ai pas l'impression que… Je ne sais pas.

Il me regarde avec insistance un long moment, l'air dubitatif. En même temps, niveau explication j'ai déjà fait mieux.

– Il n'y a rien.

– Tu n'as jamais su mentir, tu le sais, ça?

Je fronce les sourcils, sur la défensive.

– Ton frère est peut-être dupe ou il préfère fermer les yeux sur certaines choses, mais je sais que tu en pinces pour Nolan.

Je ne sais pas si c'est parce que le verre glisse, que ma main s'est crispée ou parce que l'annonce de Léo fait exploser quelque chose en moi, mais ma bière s'éclate sur le sol avec fracas, éclaboussant tout sur son passage. Plusieurs personnes se tournent vers notre table et le rouge me monte aux joues quand un regard sombre près du bar nous percute. Je n'ai pas le temps de me dépatouiller avec ma maladresse qu'un serveur me rejoint pour ramasser les morceaux par terre et essuyer le liquide qui colle.

– Je vous en apporte une deuxième.

– Merci, lâche Léo à ma place.

Puis, lorsque nous nous trouvons enfin seuls, j'ose une œillade dans sa direction et comprends que quoi que je dise, rien ne le fera changer d'avis.

C'est écrit sur ma tête.

– Il n'est pas au courant, fais-je. Tu ne diras rien?

– Je ne suis pas suicidaire, rigole-t-il. Je te laisse le dire à ton frère.

Je souffle et passe une main nerveuse dans mes cheveux.

– Je parlais de Nolan.

Léo pince les lèvres dans une moue désolée.

– Tu sais qu'il ne te verra jamais comme *ça*.

Ma poitrine se serre et je cherche malgré moi Nolan au bar, constatant qu'il a déserté la salle.

– Je sais.

Et les derniers jours n'ont fait que renforcer cette conviction. Dérapage ou pas. Nolan est Nolan.

Je suis comme une sœur.

Celle de son meilleur pote.

– Tu l'as su comment?

– Je n'étais pas sûr, reprend-il avec sérieux. Disons que tu viens simplement de me le confirmer.

Il fait un signe de main vers l'endroit où j'ai fait tomber mon verre et je le fusille du regard.

Il a bluffé et j'ai foncé, tête baissée.

– Me regarde pas comme ça, ricane-t-il. J'avais des doutes. Tu avais l'air distante ces derniers temps, et tu ne serais pas la seule à avoir succombé au charme Jones.

Sa blague est censée détendre l'atmosphère, mais elle provoque en moi une montée de rancœur plus grande encore. Contre lui, pour m'avoir piégée, et contre Nolan, pour tout le reste. Il n'a pas le temps d'ajouter quoi que ce soit qu'un groupe de mecs bruyants contourne notre table et qu'une main se pose sur mon épaule. Je sursaute en me tournant vers l'intrus et un visage familier – que je ne replace cependant pas – me fait face.

– On se connaît, non?

Il me sourit de toutes ses dents, se tourne vers Léo qui est resté silencieux et retire sa main.

– Désolé, *man*, c'est ta nana?

– Sœur, rectifie-t-il. Et tu es?

– Andrew Peals.

Il lui tend une poigne ferme, ne décrochant pas son sourire avenant. Je fronce les sourcils, n'arrivant toujours pas à comprendre la raison qui le pousse à se joindre à nous comme si nous étions de vieilles connaissances. Il est canon, je ne peux pas lui retirer ça: cheveux bruns coupés très court, torse musclé, grandes jambes fines, sourire Colgate. Mais vraiment je ne vois pas qui il est.

– On a un cours ensemble, reprend-il en se rapprochant de moi. Avec Mme Ellen. Droit des contrats.

Je percute tout de suite et hoche la tête en réalisant enfin pourquoi son visage me disait quelque chose.

– Exact.

– Je peux t'offrir un verre? propose-t-il. À moins que ton frère préférerait que je me tienne le plus loin possible?

Il reporte son attention sur Léo et je ne peux m'empêcher de rigoler. Il n'a aucune idée de la personne à qui il s'adresse et j'adore ça. J'ai l'impression de revoir Corey quelques mois plus tôt et à l'époque ça m'avait fait le même effet.

– Le frère accepte, se contente de dire Léo d'un ton neutre. Par contre, évite le grand blond au bout de la salle. Lui, il risque d'avoir envie de te refaire le portrait.

– Le capitaine des Terriers?

Andrew fronce les sourcils en fixant Edgar de loin.

– C'est son *vrai* frère, lâche Léo avec désinvolture. Je suis le coloc, mais si tu lui fais du mal je t'explose la gueule quand même.

Il se redresse de sa chaise et lui tape sur l'épaule, faisant sursauter Andrew. Je pouffe en le voyant me faire un clin d'œil rapide, puis disparaître de mon champ de vision. Andrew reste debout devant moi, l'air un peu étonné par la tournure de cette conversation.

– C'était quoi, ça?

– Mon chien de garde, blagué-je.

– Je crois que je me suis lancé dans une épopée chevaleresque. Tu ne vas pas être facile à courtiser, je me trompe?

Je glousse, scrutant malgré moi dans la direction du bar où Nolan était quelques minutes plus tôt. Il n'est toujours pas revenu et je reporte finalement toute mon attention sur la table. Andrew s'est installé sur la chaise à mes côtés, posant son verre tout en ignorant ses potes dans mon dos qui l'appellent.

– Je crois que tu es attendu.

– Ils veulent juste me casser mon plan.

Je rigole, passe mes doigts dans mes cheveux et fixe mes mains vides.

– Je t'offre quoi?

– Le serveur est censé m'apporter un truc, dis-je en me tortillant sur ma chaise.

Je regarde tout autour de moi, espérant repérer le gars qui était venu ramasser mes conneries, mais au lieu de ça, c'est *lui* que je vois. Il est adossé contre le mur pas loin d'Edgar et plutôt que d'être concentré sur ce qu'a l'air de raconter mon frère, il m'observe, les bras croisés. Mon ventre se tord et je détourne aussitôt les yeux.

– Il ne va sûrement pas tarder.

Ma voix tremble et j'ai un mal fou à ne pas continuer à loucher sur ma droite. Je sens qu'il a toujours les yeux braqués dans ma direction. La sensation que ça provoque en moi est indescriptible, à tel point que je ne sais pas du tout ce qu'est en train de me raconter Andrew.

Qu'est-ce que je fiche avec lui, déjà?

Je croise une jambe sur l'autre, tentant de prendre une position plus confortable tout en tapotant la table du bout des doigts.

Il faut que je me calme, que j'arrête de penser à lui, de le chercher du regard. Si Paige était là, elle me dirait de m'ouvrir aux autres, de laisser les mecs me parler, d'arrêter de me bloquer.

Mais elle n'est pas là, et je suis seule avec tous mes doutes.

– Tu es sûre que ça va?

– Un coup de chaud, feins-je. Tu m'excuses? Je vais passer aux toilettes!

Je me redresse sans crier gare et me précipite loin de la table. Je me dirige avec rapidité vers le fond du bar, trouvant les toilettes sans encombre. Une odeur nauséabonde d'urine me pique le nez, et je tire la grimace avant de passer mon visage sous l'eau. Essuyant mon maquillage qui a coulé dans la bataille, je prends quelques secondes de plus pour souffler.

J'avais besoin de sortir, de rencontrer du monde.

Pas d'assister au flirt de Nolan.

Pas de me faire surprendre par Léo.

Pas de devoir faire la conversation avec un mec que je ne connais pas.

Je ne devrais même plus être ici.

Je souffle un coup et ressors des toilettes, prête à quitter ce bar pour rentrer à la maison. Mais je bute sur un corps dès que je passe la porte et un parfum musqué beaucoup *trop* reconnaissable fait battre mon cœur.

Nolan.

Je lève les yeux vers son visage crispé et le fusille du regard.

– Je peux savoir à quoi tu joues avec Peals ?

J'arque un sourcil devant sa mine grave.

– Tu le connais ?

– Il était dans ma promo l'an dernier. Il a redoublé.

Je hausse les épaules.

– Il est avec moi en cours.

Nolan croise les bras contre sa poitrine, continuant à me fixer avec sévérité. Il ne recule pas, ce qui fait que son mouvement nous rapproche un peu plus et l'air devient irrespirable. J'ai envie de fuir ses yeux, fuir son odeur, fuir tout ce qu'il fait naître en moi. Tout ce qu'il me rappelle sans même parler. Ses avant-bras contractés, les veines qui se dessinent sous sa peau, son souffle chaud qui ricoche sur mon visage.

– Arrête de parler avec lui ! s'exclame-t-il. Ce mec est un connard.

– Pardon mais tu es qui pour me dire qui je dois fréquenter ?

Sa mâchoire se serre et je recule de plusieurs pas.

C'est quoi, son délire? Il me jette, m'ignore, mais croit encore avoir le droit de jouer au protecteur?

– Va te faire foutre, Nolan, grincé-je.

– Je t'interdis de traîner avec ce type!

– Je t'emmerde, en fait, continué-je. Je traîne avec qui je veux.

– Il veut juste te sauter.

– Et alors? m'emporté-je. J'en connais d'autres qui s'en sont donné à cœur joie aussi!

Ma remarque a l'air de le blesser, j'ai l'impression de percevoir une lueur dans ses iris, mais elle est fugace car son impassibilité reprend le dessus. Son torse se bombe davantage et il me fixe avec suffisance.

– Très bien, grogne-t-il. Si tu as envie de te choper une merde avec ce bouseux, vas-y!

– T'inquiète pas pour moi, ce ne sera pas le seul avec qui je regretterais d'avoir couché.

Il s'avance vers moi, fronçant les sourcils tellement fort que la ride entre ses deux yeux s'accentue encore plus que d'habitude. Je ne bouge pas, le laissant se coller contre moi tout en me scrutant avec agacement. Ma tête se redresse légèrement alors que je garde mes yeux plongés dans les siens dans un duel silencieux.

– Viens pas pleurer si tu te fais jeter dans trois jours.

Je rigole jaune et son visage se crispe sous l'effet de mon rire. Il transpire la colère et moi je n'ai qu'une envie, lui foutre une claque tellement énorme qu'il redescendrait de son piédestal.

Il se prend pour qui à me faire la morale comme ça, sérieux?

Il m'a sautée.

Il m'a jetée.

Il me fait pleurer.

– Occupe-toi de ton cul, Nolan, et ne viens plus emmerder le mien.

Je le contourne en vitesse pour mettre une distance entre lui et moi avant que tous mes sens s'enivrent trop. La colère, l'amertume, sa bouche, son odeur, son regard… Mais il me rattrape par le bras et me force à lui faire face une nouvelle fois. Je manque de le percuter et il plonge son visage près de mon oreille pour chuchoter :

– S'il te touche, je le bute.

Je le bouscule, dégageant sa prise avec force.

– Ce n'est pas parce que tu ne veux pas de moi, Nolan, que les autres ne peuvent pas m'avoir. Va sauter ta serveuse et fous-moi la paix.

Cette fois je me mets presque à courir dans le couloir pour l'empêcher de me retenir et me rue dans la salle du bar pour rejoindre Edgar. Pas d'Andrew à l'horizon, et quoi que j'aie pu dire, je suis soulagée d'être débarrassée de lui.

Mais surtout de *lui*.

28

Nolan

Mon poing se fracasse contre le premier mur que je croise et une douleur fulgurante irradie dans ma main.

– Eh, mec, ça va?

Un gars se place près de moi en évitant de me toucher. Il ne bouge pas, attendant que je me tourne vers lui. Je remue les doigts qui ont percuté la surface dure, vérifiant que je ne me suis pas pété bêtement une articulation, et jauge le blond qui se tient debout à côté.

– Tu t'es fait mal?

– Rien de cassé, dis-je.

– C'était ta nana?

Je le fusille du regard, il se recule légèrement, levant les bras devant lui pour m'empêcher de me jeter sur lui. Visiblement, j'ai l'air assez en colère pour le dissuader de toute tentative pour me calmer.

– Désolé, mec, je m'occupe de mes affaires! Juste, fais gaffe aux murs, les proprios du bar sont des potes à moi.

Je hoche simplement la tête, le contourne et quitte le couloir dans de grandes enjambées. Ma main me brûle, mais ce n'est rien comparé à ce qui fait rage dans ma poitrine. Je suis énervé, frustré, blasé. J'en ai marre de fuir, marre de tout ce que je ressens quand *elle* est là, marre de chercher à l'éviter, marre de lutter contre tout.

Mes souvenirs.

Mes nouveaux fantasmes.

Mes *putains* de sentiments.

Scarlett me plaît, et plus je tente de m'éloigner d'elle, plus ça me saute à la gueule avec force. La voir ce soir avec l'autre morveux de Peals, ça m'a saoulé. La serveuse n'a même pas réussi à m'occuper plus de deux minutes. J'avais une trop grande conscience de la présence de mon *trouble* dans mon dos. Je me sentais misérable de faire ça devant elle, de provoquer ça alors que je n'en avais même pas envie.

J'avais simplement besoin d'arrêter de penser.

Échec cuisant, vu ce que j'ai fait ensuite.

J'ai été le pire des enculés. La mettre en garde, la menacer, l'insulter. Je l'ai blessée plus d'une fois, alors que je me suis battu toutes ces années avec Edgar et Léo pour qu'elle ne tombe pas sur le genre de type que je suis avec elle : un connard qui se fout de sa gueule.

Si j'en étais humainement capable, je me foutrais une dérouillée moi-même. À moins de tout balancer à Edgar et de laisser le sort faire son travail.

Quelle putain d'ironie.

Je ne veux pas être avec elle de peur de devoir affronter son frère, et mon comportement mériterait qu'il me refasse le portrait.

Je fais n'importe quoi.

Je traverse le bar en vitesse, récupère ma veste sur la table qui a été prise d'assaut par quelques mecs de l'équipe et vois Léo plus loin. Je ne cherche pas ailleurs, ignorant où se trouve Scarlett, et me rue vers mon pote.

– Je me casse.

Léo me retient avant que je ne le contourne et me fixe une seconde.

– T'es vénère?

– Besoin de pioncer, mens-je. Je prends un taxi.

Il n'ajoute rien et lâche mon bras pour me laisser quitter le bar en silence. Je hèle le premier taxi que je trouve et lui indique l'adresse de l'appartement. Quand j'arrive devant l'immeuble, la course n'a pas fait descendre la pression et l'agacement bout toujours autant dans mes veines. Je monte les escaliers deux par deux et me précipite dans ma chambre. Larguant ma veste et mes fringues au sol, j'enfile un marcel difforme et un short de sport gris avant de me laisser tomber sur mon lit. Je scrute le plafond, essayant de calmer ma respiration, en vain. Ma main me démange, mais je préfère encore sentir la douleur lancinante qui me rappelle à quel point j'ai été con, plutôt que d'y mettre de la glace.

Je devrais appeler Harriet, lui demander pardon et la récupérer. J'étais bien avec elle, elle était drôle, pétillante, intrépide et franche. Parfois prise de tête, mais je l'aimais bien.

J'aurais dû rester avec elle. Malgré ce qu'il s'est passé avec Scarlett.

À cause de ce qu'il s'est passé avec Scarlett.

Je soupire, attrape mon téléphone, prêt à lui envoyer un message pour la voir, puis me ravise. Il est deux heures du matin. Tenter de reconquérir une fille pour en oublier une autre, je suis quel genre de pauvre mec? Je balance mon portable à l'autre bout du lit puis me relève, tourne en rond dans la pièce pendant plusieurs minutes avant d'aller au seul endroit que je devrais éviter. J'entre dans la chambre voisine de la mienne et l'odeur de jasmin, caractéristique de Scarlett, retourne mes tripes. Je hume, inspire, m'enivre, tout en regardant autour de moi. Je suis venu ici des tonnes de fois quand c'était encore la chambre de Milo, mais depuis que Scarlett a emménagé, je n'y suis entré qu'une fois.

Quand j'avais deux grammes et que j'ai eu envie de coucher avec ma meuf.

Je rigole en repensant à Scarlett. La colère qu'elle a ressentie quand elle nous a surpris, son regard meurtrier et le mouvement de panique qu'elle a effectué pour cacher sa poitrine sous le tee-shirt qu'elle avait porté toute la soirée.

Sous-vêtement rouge.

Je m'en souviens comme si c'était hier, parce que c'est à partir de ce soir-là que j'ai compris une chose : Scarlett avait changé. La gamine insupportable avait laissé place à une fille sexy et pleine de vie, au cul d'enfer et aux jambes interminables. Mon désir n'a fait que grimper au fil des semaines jusqu'à me submerger de tous les côtés.

L'odeur dans sa chambre fait monter en moi tout un tas d'émotions et je ferme les yeux pour tenter de réguler les soubresauts dans ma poitrine. Puis je repense à ce soir-là, à ce qui m'a amené à craquer, à laisser parler mon désir, mes pulsions, et lui faire l'amour dans l'arrière-cour miteuse de cette boîte de nuit. Quand je l'ai vue danser avec le mec sur la piste, j'ai pété un câble. Ça faisait des jours que rien n'allait entre nous, des jours qu'on s'évitait malgré les moments où se croiser était inévitable : dans le couloir, lors des repas ou à la sortie de la salle de bains. Je ne sais pas ce qui était le pire, vivre avec alors que je ne pouvais pas l'avoir ou faire semblant que ça ne me touchait pas.

Parce que, *putain*, ça m'a foutu en l'air et avec ce qu'il s'est passé ce soir, je crois qu'il est juste temps que j'arrête de lutter. Si j'avais rêvé de lui faire l'amour des tonnes de fois ces derniers temps, je ne m'attendais pas du tout à *ça*. Je revois son regard, sa bouche autour de ma queue, ses lèvres en forme de cœur, les mouvements de son bassin. J'entends à nouveau les bruits de sa respiration.

Ma gaule se réveille et je sursaute quand la porte de la chambre derrière moi s'ouvre. Scarlett se fige en me voyant, puis fronce les sourcils d'agacement.

– Qu'est-ce que tu fous là ?

Je passe une main nerveuse dans mes cheveux. C'est le moment d'assumer, de lui dire qu'elle me plaît, que quand je la vois avec d'autres types je suis dingue, que je la veux et que je n'arrive juste plus à l'ignorer.

– Faut qu'on parle.

– Les gars ne vont pas tarder.

Elle passe la porte, retire sa veste et la pose sur le dossier de sa chaise. Savoir qu'on ne sera pas seuls longtemps, qu'Edgar va bientôt débarquer, qu'il pourrait nous surprendre, nous entendre, ça devrait me retenir. Mais au lieu de ça, je bronche :

– T'es rentrée toute seule en taxi ?

– J'ai pris la voiture de Ed.

Je pince mes lèvres, empêchant une nouvelle bouffée d'inquiétude de me faire parler trop vite. Elle n'aurait pas dû prendre la route après les quelques verres qu'elle a bus. Les mecs auraient dû rester avec elle et j'en veux à son frère de ne pas avoir été plus attentif.

– J'ai besoin de dormir, tu en as pour longtemps ?

Elle croise ses bras contre sa poitrine et je lorgne d'un coup d'œil rapide ses seins qui remontent avec le mouvement. J'inspire et me lance :

– Je suis désolé pour ce que je t'ai dit tout à l'heure. J'ai été con.

Elle ricane.

– Je suis un con.

– Ouais. Super.

– Scar, je le pense vraiment. Je suis désolé, d'accord?

Je m'approche d'elle d'un pas lent, elle se recule.

– OK. Si c'est tout ce que tu veux me dire, alors tu peux te casser. J'ai sommeil.

Elle me contourne et dépose son téléphone sur sa table de chevet. Je ne bouge pas, luttant une longue seconde avec toutes les pensées qui m'assaillent. Rester, la retenir, partir. Arrêter de lutter.

– Je ne regrette rien, dis-je finalement en me tournant vers elle.

J'accroche son regard.

– Toi et moi. J'aurais voulu avoir des remords. Mais je n'en ai aucun.

Je me tais, jugeant sa réaction. Elle fait tout pour rester de marbre, mais je surprends sa respiration se couper et ses muscles se raidir. Alors je poursuis :

– J'ai menti quand je t'ai dit que j'avais oublié. Je n'ai rien oublié du tout. J'en avais envie tout le temps. Ce qu'il s'est passé en boîte de nuit, c'était inévitable.

– Tu as dit que c'était une erreur et que nous ne devions plus en parler.

Je m'avance vers elle.

– J'ai paniqué.

La porte d'entrée claque et je m'arrête sur ma lancée, jetant un coup d'œil dans mon dos pour vérifier que la porte est fermée derrière nous. Je ne sais même pas si celle de ma chambre est encore ouverte…

– Ouais, je vois, soupire Scarlett en voyant mon mouvement de recul. T'emmerde pas avec ça, Nolan, j'ai compris le topo. Toi et moi, c'est pas possible.

Je mords ma joue.

– T'as pas compris, non.

Elle lève un sourcil interrogateur et je contourne le lit pour la rejoindre. Je pose une main sur sa nuque, la forçant à garder les yeux rivés aux miens.

– Tu me plais, Scarlett. J'ai merdé plus d'une fois avec toi et je veux juste que tu saches que si je te repousse, *c'est* parce que ce n'est pas possible. Pas parce que je m'en fous, que je regrette ou que tu ne m'intéresses pas.

Je l'entends déglutir, le vois fixer mes lèvres un moment avant de reporter son attention sur mes yeux.

– Crois-moi, s'il n'y avait pas ton frère, s'il n'y avait pas cette colocation et que tu étais juste *cette* fille et moi *ce* gars, tu serais à moi.

Sa tête glisse sur le côté, se posant sur la main que j'ai placée sur sa joue. Elle ferme les yeux, soupirant sur ma peau.

– Tu ne rends pas la tâche facile, dit-elle. Me dire des choses pareilles, alors que tu n'arrêtes pas de me tenir éloignée.

J'attrape son menton du bout des doigts pour la forcer à me regarder.

– Ce n'est pas toi que j'éloigne. C'est moi. Parce que je sais que si je continue à laisser parler mes envies, je vais péter les plombs.

– Je ne comprends pas ce qui t'en empêche ! Mon frère ? Il ne le saura jamais ! Léo ? Il s'en tape !

Je me recule en l'observant de biais, confus.

– Ton frère est mon meilleur pote. Je ne peux pas lui mentir éternellement. S'il l'apprend, je suis un homme mort ! Tu oublies ses putains de règles !

– Et qui va lui dire ? Toi ? Moi ?

– Arrête *ça*, Scar.

Elle attrape mon tee-shirt pour m'obliger à rester près d'elle. Je secoue la tête, oubliant momentanément la raison pour laquelle je ne suis pas *sur* elle en ce moment même. Je crève d'envie de lui faire l'amour, et quand elle glisse une main sur mon ventre nu, je frissonne.

– On ne peut plus faire ça, soupiré-je, la voix enrouée. On n'a pas le droit.

Mon corps me crie le contraire. Elle colle sa poitrine sur mon torse et son bassin bute contre mon érection. Une lueur de désir illumine ses iris et j'avale avec difficulté la salive qui s'accumule dans ma bouche.

– Tu en meurs d'envie.

Je mords ma lèvre inférieure. Elle soupire en se mettant sur la pointe des pieds.

– Tu es venu dans ma chambre pour me dire quoi ? Que je te plais, mais qu'on ne peut pas ?

Je hoche la tête, plus très certain que ce soit justement ce dont j'ai envie, là tout de suite.

– Je te propose quelque chose, glisse-t-elle à quelques centimètres de mes lèvres. Reste. Juste cette nuit, et si demain matin tu décides que *ça* a assez duré, alors je te promets que *ça* n'aura jamais existé.

Mais ça a existé.

Ma bouche s'écrase contre la sienne sans retenue, parce que la distance entre elle et moi a mis mes nerfs à rude épreuve, parce que les souvenirs que sa chaleur ravive sont trop puissants et que le désir qui explose dans mes veines quand nos corps se percutent me fait oublier tous mes doutes.

29

Scarlett

Mon dos tombe sur le matelas et le corps de Nolan me rejoint, s'écrasant contre moi tandis que sa bouche continue à embrasser la mienne. J'ai les cuisses ouvertes et son érection chaude et dure se frotte contre moi dans des mouvements lascifs. Je mords sa langue, m'empêchant de laisser échapper un soupir de plaisir alors que sa lente torture est en train de faire monter la pression beaucoup trop vite. J'attrape ses cheveux et les tire, ondulant sous lui. Il se redresse sur les coudes et tire sur l'arrière de son débardeur pour le faire passer par-dessus sa tête. Je reste bloquée une longue seconde sur son torse, ses pectoraux, les abdominaux parfaitement dessinés sur son ventre.

– Tu aimes ce que tu vois?

Un sourire suffisant étire les traits de son visage et il emprisonne à nouveau mes lèvres.

– Je peux? souffle-t-il contre ma bouche.

Il a coincé mon haut entre ses doigts, le levant légèrement sur mon ventre. Je ne lui laisse pas le temps de faire quoi que ce soit et me contorsionne pour me déshabiller à mon tour, libérant ma poitrine enveloppée dans un soutien-gorge gris anthracite. Nolan fixe mes seins, la respiration difficile. Je rigole en l'observant.

– Tu aimes ce que tu vois ? répété-je.

Il me sourit et embrasse mon cou tout en attrapant mes mains pour les coincer au-dessus de ma tête. Ses doigts glissent entre les miens et les accrochent avec force. Il mordille mon oreille, suce ma peau et descend lécher la naissance de mes seins.

– Je rêve de tes nichons depuis des lustres. Salut, vous.

Il effectue des baisers mouillés sur l'un d'eux, tirant avec les dents le tissu de mon sous-vêtement pour délivrer mon téton. Il le mord, je me cambre.

– Encore.

Il soupire d'aise sur ma peau, titillant une nouvelle fois mon mamelon alors que je me dandine sous lui.

– Nolan, soufflé-je, la respiration hachée.

Il continue à me torturer du bout des dents avant de se redresser pour me regarder dans les yeux. Les deux mains plaquées de chaque côté de ma tête, tout son corps me surplombe.

– Je n'ai pas de capote.

Il fronce les sourcils, baisse les yeux vers nos deux intimités avant de fixer la porte de ma chambre. Il a l'air de réfléchir à tout un tas de possibilités, et je prie intérieurement pour qu'il ne se décide pas à arrêter ce que nous sommes en train de faire.

Je ne le supporterais pas.

– Je prends la pilule, dis-je dans une plainte.

Il se penche pour déposer un baiser sur mon nez, puis sur le coin de ma bouche.

– Putain, j'ai pas envie d'arrêter.

Il expire en embrassant mes lèvres.

– Je suis clean avec le hockey, chuchote-t-il.

– Je sais.

Je m'arc-boute, parce qu'il a passé sa main sous mon jean et qu'il me caresse par-dessus ma culotte. Ma tête bascule sur mon oreiller et je me mords la bouche pour empêcher un gémissement de sortir.

– Dis-moi qu'on peut le faire sans, Scar, murmure-t-il à mon oreille.

Il remonte sa main sur ma poitrine et pince mon sein.

– Oui. J'ai fait des tests il y a dix jours. Il n'y a eu personne après…

Le *toi* ne passe pas la barrière de mes lèvres, parce qu'il m'embrasse avec fougue. La main plongée dans mes cheveux, il me tire un peu plus à lui et j'agrippe ses épaules avec force. Son cœur bat la chamade dans sa poitrine, et je sens son souffle sur ma peau. Il est erratique, empressé, et le mien aussi.

– Tu sais ce que j'ai envie de faire, là, tout de suite?

– Me prendre? demandé-je, la voix rauque.

Son sourire fait palpiter mon cœur, et je sens mon clitoris pulser.

– J'ai toute la nuit pour ça.

Il se recule et tire sur mes jambes pour me mettre sur le bord du matelas. Il enlève mon jean en me fixant dans les yeux. Je comprends sans mal ce qu'il s'apprête à faire et dès qu'il retire ma culotte je me consume un peu plus. Il se penche, embrasse ma jambe, mon aine, puis sa langue remonte le long de mon sexe trempé dans une lente caresse. Je gémis et plaque une main sur ma bouche. Je le sens sourire contre moi et j'avance le bassin, l'obligeant à continuer ce qu'il est en train de faire. Ses lèvres se posent de nouveau sur mon clitoris et il l'aspire, le touche du bout des dents tout en le faisant rouler sous sa langue. L'un de ses doigts se mêle à la danse et il s'enfonce en moi. Mon corps tremble et ma main attrape ses cheveux. Il me goûte, me lèche, tantôt lent, tantôt rapide. Il joue avec mon plaisir, se délectant de ma respiration saccadée. Je sens déjà mon corps trembler et l'orgasme poindre, mais je n'ai pas envie de finir comme ça. Pas aussi vite, alors qu'il n'est pas en moi. Je touche sa mâchoire, lui faisant lever les yeux dans ma direction. Il passe sa langue sur ses lèvres et me rejoint, calant ses deux bras près de ma tête. Il m'embrasse, et je gémis en sentant mon goût. Il saisit mes cheveux, me soulevant légèrement. Je retire son short, constatant la *spéciale* Nolan : zéro boxer sous le jogging. Je plante mes ongles dans ses fesses nues et le tire vers moi pour faire entrer son sexe en collision avec le mien.

– T'es sûre de toi ? murmure-t-il.

Je sais qu'il me laisse le choix de tout faire cesser, d'éviter que les choses entre nous prennent un tournant qui risque de nous emporter dans une spirale infernale, lui et moi. Celle du secret et de l'interdit. Mais c'est déjà trop tard pour moi, parce que ça fait des années que ce secret me consume. J'empoigne sa verge pour la faire buter sur mon entrée. Il soupire de plaisir quand son gland glisse sur ma fente mouillée.

– Certaine.

Je mordille sa lèvre et il s'enfonce en moi jusqu'à la garde, étouffant son gémissement dans un baiser désordonné. Il se retire puis me pénètre de nouveau pleinement, je hoquette, sentant le désir monter de plus belle entre mes cuisses.

– Toute la nuit, murmure-t-il à mon oreille. T'es à moi *toute* la nuit.

J'ai envie de lui hurler que je suis à lui tout court. Pour aussi longtemps qu'il le voudra. Pour la vie. Mais je mords l'intérieur de mes joues, m'empêchant de dire quoi que ce soit. Il continue à s'enfoncer en moi par à-coups francs, entrechoquant nos peaux nues. Il attrape l'un de mes genoux et le remonte contre mes côtes afin de s'offrir un meilleur angle. Son bas-ventre frotte contre mon clitoris gonflé et les bruits rauques qui sortent de sa gorge à chaque fois qu'il s'enfouit en moi me font perdre la tête.

– Ne t'arrête pas. Jamais.

Son regard se plante dans le mien, la bouche ouverte, le bout de sa langue sort légèrement pour venir humecter sa lèvre inférieure. Il ne me lâche pas des yeux tandis qu'il me pénètre de plus en plus vite. Je passe mes bras autour de son cou, le basculant sur le dos pour le chevaucher. Mes cheveux détachés sont dans un désordre sans nom et il plonge la main dedans, les tirant pour approcher mon visage du sien. Il m'embrasse avec passion, les doigts accrochés à l'une de mes hanches. J'ondule sur lui, me délectant de ses soupirs. Il passe une main entre nous et coince mon clitoris entre son pouce et son index pour le faire rouler. Ma tête bascule en arrière et il englobe mon sein, se redresse et le mord. Son torse collé contre ma poitrine, il me laisse gérer la cadence, continuant à me toucher et à m'embrasser avec passion.

– Je vais jouir.

Ses doigts s'activent et je m'empale sur lui de plus en plus vite, provoquant un contact appuyé sur la main qu'il a gardée entre nous et coinçant sa tête dans mon cou. Il me lèche, me suce, me mordille et je perds le contrôle. Mon corps se met à convulser, déversant dans mes veines et mes muscles une chaleur intense. Nolan enroule ses bras autour de mes hanches et me serre contre lui alors que je me contracte autour de sa queue. Il jouit à son tour, murmurant mon prénom dans un râle sexy. Nous restons quelques secondes dans les bras l'un de l'autre, puis il se laisse tomber sur le matelas en m'emportant dans sa chute. Il a le visage dans mes cheveux, j'ai l'impression qu'il s'est endormi et, quand je me décale pour m'allonger à mon tour près de lui, nos regards s'accrochent.

– C'était une erreur? tenté-je d'une petite voix.

Ma respiration est lourde, j'ai du mal à reprendre mon souffle et, quand je vois son torse se soulever de manière irrégulière, je sais qu'il est dans le même état que moi.

Il ricane, passant une main sur son visage moite de sueur.

– La *meilleure* erreur de ma vie.

Il met son bras sous mon dos et me tire à lui, embrassant mon front dans un baiser furtif.

– La nuit n'est pas finie.

– Je sais, rigole-t-il. Je suis opérationnel d'ici quelques minutes !

Je pose une main sur son torse, respirant son odeur familière en fermant les paupières.

Apaisée.

***

J'ouvre les yeux d'un coup, réveillée par la lumière qui filtre à travers les rideaux. Je n'ai pas fermé les volets en rentrant et lorsque je jette un coup d'œil à l'heure sur l'écran de mon téléphone, je prends conscience que j'ai cours dans peu de temps. J'ai les muscles endoloris, le corps groggy et la tête lourde. La chaleur dans mon dos fait vibrer ma poitrine et je caresse du bout des doigts les bras qui encerclent ma taille. Nolan bouge légèrement, resserrant sa prise tout en enfouissant son nez dans mes cheveux.

– Il est quelle heure ? marmonne-t-il.

– Sept heures douze.

– Précis.

Je rigole, me tourne vers lui pour admirer son visage endormi. La nuit a été courte, et chaque parcelle de mon corps se souvient avec perfection des longues heures passées avec Nolan. Sur Nolan.

Le rêve est terminé.

Mon cœur se serre et je vois dans son regard qu'il *sait* à quoi je pense. Sa mâchoire tique.

– Je ne veux pas oublier, lâche-t-il avant même que je ne lui pose la question.

Il se place sur le dos, observant le plafond d'un œil absent. Il soupire durement.

– C'est une connerie monumentale, mais je ne veux pas perdre *ça*.

– Moi non plus, dis-je d'une voix mal assurée.

– Ton frère ne doit jamais savoir.

Il me fixe.

– Il faut que ça reste secret, Scar. Juste quelque temps, histoire qu'on sache ce qu'il se passe. On ne peut pas lui dire tout de suite.

– Personne ne le saura.

Il souffle un long moment, et je sais que ce n'est pas une situation qui lui convient. Pourtant ni lui ni moi ne sommes capables de gérer ce qu'il se passe. Ça se passe, c'est tout. C'était inattendu, c'était fort et improbable. Mais c'est arrivé et on ne peut plus revenir en arrière. Il le sait et il est en train de lâcher prise.

Pour moi.

– Promets-moi que ça va en valoir le coup, Scar.

Une lueur indéchiffrable brille dans ses iris et mon cœur se serre. Il avance son visage vers le mien et je caresse sa joue tendrement.

– On ne saura jamais si on n'essaye pas.

Il esquisse un sourire et se penche pour emprisonner mes lèvres.

30

Scarlett

Les coudes posés sur le plan de travail, je croque un morceau de pâte crue tout en fixant un article dans mon manuel de gestion des entreprises, essayant de déchiffrer les informations écrites sous mes yeux. Je marmonne en récupérant un second morceau et le fourre dans ma bouche au moment où une conversation me fait lever la tête. Mon frère et Léo débarquent dans la cuisine dans un courant d'air et leurs parfums me piquent le nez.

– Vous avez sauté dans un flacon ou quoi?

Je fais mine de m'essuyer le bord des yeux. Edgar se cale près de moi, tirant sur ma queue-de-cheval en rigolant.

– Et toi, t'as sauté la douche aujourd'hui? se moque-t-il. C'est légal une odeur pareille?

Il me détaille de la tête aux pieds, contemplant plus longtemps que nécessaire mon jogging informe.

– Je t'emmerde.

– Elle sort les crocs, la petite, se marre Léo. Vénère de ne pas venir à la soirée, on dirait!

Je le bouscule en gloussant et mon frère zieute mon livre, les bras croisés contre sa poitrine avec sérieux. Son pull blanc moule ses bras athlétiques et il a rasé de près sa barbe de quelques jours. Ça lui donne presque trois ans de moins.

– Tu es sûre que tu ne peux pas te libérer?

Je secoue la tête.

– J'ai encore plusieurs exercices sur lesquels j'aimerais m'entraîner. Il y aura d'autres soirées.

– De toute façon, tu sais où nous trouver si tu changes d'avis, lâche Léo. On garde nos téléphones allumés!

– Oui, papa, ironisé-je.

Puis, alors que je m'apprête à continuer à me moquer de lui, Nolan entre dans la cuisine. Si je n'étais pas déjà adossée contre un meuble, j'aurais certainement perdu l'usage de mes jambes tant le spectacle qu'il dégage fait fourmiller tous mes membres. Ses cheveux sont légèrement redressés sur le haut de sa tête, savamment coiffés de sorte qu'ils donnent l'impression d'être en désordre. Ses boucles brunes ne lui tombent pas sur les yeux, dévoilant un regard sombre qui me fixe à l'instant même où il passe la porte. Un tee-shirt noir à manches longues sur le dos, il a revêtu un jean coupe droite de la même couleur, qui tombe sur des Timberland délavées, offrant à son allure un côté froid et mystérieux que je ne lui connaissais pas. Sa gourmette autour du poignet, il a ajouté à son look une montre en cuir qui souligne ses veines saillantes. Je déglutis et quand je le vois me détailler clairement, je sens le rouge me monter aux joues.

Pourquoi je suis en jogging difforme, déjà?!

– Tu me mates, Scar?

Sa voix rauque provoque des papillons dans mon ventre et je fronce les sourcils, regardant autour de moi, gênée. Nolan se marre de sa blague et je rougis de plus belle.

– T'as de la bave juste là, ricane Léo.

Pour souligner sa vanne, il vient sécher une trace imaginaire au coin de ma bouche.

– Prends pas tes rêves pour la réalité, numéro douze !

Nous nous défions du regard une seconde et il finit par me faire un clin d'œil discret.

– Vous me saoulez, tous les deux, je vous l'ai déjà dit ? soupire mon frère. Deux gros gamins.

– Parle de ton pote, marmonné-je.

– Pardon, Scar, mais je crois que de nous deux tu es celle qui est la plus jeune.

Nolan plonge ses mains dans les poches de son jean en me scrutant d'un œil taquin et je lève les yeux au ciel.

– Un an. Douze petits mois et vous me faites passer pour l'adolescente prépubère à chaque fois. Je me demande si c'est moi qui ai *vraiment* besoin de grandir.

Les gars se marrent et Nolan rive son regard perçant sur moi. Je me liquéfie. Ça fait deux jours que nous avons *officieusement* accepté cette relation inqualifiable qui nous lie. Deux jours, ce n'est pas énorme, mais dans une colocation, garder un secret et maintenir une distance, ça relève d'un exploit. Plus le temps passe, plus je me dis qu'on s'en sort pas trop mal. Rien n'a changé entre nous, en apparence. Pourtant tout est différent : sa façon de me regarder, de s'adresser à moi lorsque les gars ont le dos tourné, de me toucher, de me faire rire, de m'embrasser. Il ne me fuit plus, ne m'ignore plus et se comporte comme si on était un couple quand on se retrouve en privé. Si je ne m'étais pas déjà pincée une bonne vingtaine de fois, je jurerais que tout ça n'existe que dans mon imagination. Mais les coups d'œil ne trompent pas. Les moments passés tous les deux sur le canapé du salon non plus.

Tout mon corps tremble au souvenir de ses caresses habiles et interdites. Je ferme les yeux et soupire.

– On va peut-être y aller, les mecs, et laisser ma sœur bosser !

– Surtout que les nanas nous attendent !

– Quelles nanas ? fais-je.

Ma bouche se pince toute seule mais je me retiens de paraître trop curieuse.

– Scar, tu es devant les trois célibataires les plus convoités de l'université de Boston ! s'exclame Léo. Nous sommes des Terriers, et un Terrier se doit d'être un tombeur ! Question de réputation.

Je mords l'intérieur de ma joue pour m'empêcher de jeter un regard vers Nolan qui n'a pas bougé d'un centimètre à l'entrée de la cuisine. Adossé contre le chambranle de la porte, il ne bronche pas, comme si cette conversation ne le concernait pas.

Trois célibataires convoités…

Mon cœur se serre et je lutte contre la bouffée de jalousie qui me pique la poitrine en pensant à la soirée qui les attend. Je ne suis pas *officiellement* sa petite amie et je n'ai pas le droit de lui faire une remarque, de paraître troublée ou inquiète. Je ne peux pas. Pas alors que nous ne sommes pas seuls, que nous venons tout juste de commencer quelque chose et que c'est encore instable. Même si j'ai peur, je reste de marbre, écoutant les mecs rigoler et ignorant avec force Nolan sur ma gauche. Si ça se trouve, il n'aura besoin que d'une soirée pour se rendre compte que ce qu'on fait est une erreur. Pour se dire que tout ça ne rime à rien, dès l'instant où il verra toutes ces filles accessibles. Des filles qu'il peut prendre dans ses bras sans risquer de *braquer* son pote. Des filles qu'il peut embrasser sans *attiser* les foudres de son pote. Des filles avec qui il peut sortir sans *perdre* son pote.

Je panique, mais ne dis rien. Ne réagis pas et plaque un sourire faux sur mon visage tout en regardant Léo dans les yeux.

– Cette soirée promet, visiblement.

Ma voix ne tremble pas. L'amertume que j'ai tenté de ravaler n'a pas teinté mon timbre et je reste impassible. Pourtant ma cage thoracique fait un boucan monstre et je manque de plus en plus d'air. Je n'ai pas le droit de revendiquer quoi que ce soit. De prétendre que Nolan n'est pas célibataire, parce que nous ne nous sommes collé aucune *vraie* étiquette.

Hormis celle d'un secret.

– Arrête un peu, Riley. Avec toi c'est toujours pareil, se moque mon frère. Plus tu parles moins tu en fais.

– Comme la fois où il nous a bassinés avec la blonde ! Elle ne lui a même pas adressé la parole alors qu'il se voyait déjà crécher chez elle pour la nuit.

Edgar et Nolan explosent de rire.

– Vous pariez ? dit Léo. Ce soir je le sens bien. T'as aucune chance, Jones, je vais te piquer *toutes* tes *targets*.

Cette remarque fait mal, plus encore en sachant que Léo connaît les sentiments que je nourris pour Nolan. Et au fond de moi, je suis persuadée qu'il essaye juste de me montrer que je n'ai aucune chance de voir naître des sentiments réciproques. Sauf qu'il ne sait pas tout ce qui a changé depuis, tout ce qu'on s'est dit et ce qu'on a fait. Parce que c'est un secret. Nolan ricane et je ne peux empêcher mon regard de glisser sur lui, nos yeux s'accrochent et il me sourit.

Est-ce qu'il essaye de me rassurer ?

Est-ce que c'est sa façon de me dire que je n'ai pas à m'inquiéter ?

Est-ce qu'il arrive à comprendre que j'ai peur ?

Il ne dit rien, se contente de m'examiner quelques secondes avant de reporter son attention sur ses potes.

– On y va ?

– Impatient de te trouver une meuf, Jones ? J'en connais un qui ne va pas rentrer ce soir, balance mon frère en rigolant.

Je leur tourne le dos, faisant mine que leurs vannes ne m'intéressent pas, tout en me concentrant de nouveau sur mon livre. Les voix se font lointaines et j'expire tout l'air contenu dans mes poumons. Les mains plaquées sur le plan de travail, je suis incapable de lire une ligne de ce que j'ai sous les yeux, le cerveau beaucoup trop focalisé sur la dernière conversation, sur la torture de voir à quel point un secret est lourd à porter, à subir, à garder. J'ai eu envie de hurler aux gars de se taire, d'arrêter de mettre Nolan dans les bras de la première venue parce que je suis là. J'ai eu envie de hurler que moi aussi je veux avoir *ça*, avec lui, pour de vrai, et que je n'ai pas envie qu'il aille voir ailleurs parce que je suis à lui.

Je l'ai toujours été.

Mais je ne peux pas. Je n'ai pas le droit de lui interdire les autres femmes, parce que même si nous nous sommes mis d'accord pour essayer, il ne m'a jamais promis la lune. Je sais qu'il peut partir aussi vite qu'il est venu et cette perspective serre davantage mon cœur. Je sursaute lorsqu'un corps chaud se plaque dans mon dos et que deux mains rejoignent les miennes sur la table. Une bouche se colle dans mon cou et un nuage de papillons déferle dans mon estomac quand une voix suave chuchote dans mon oreille :

– Je dors avec *toi* ce soir, attends-moi.

Puis il disparaît aussi vite qu'il est revenu et j'entends la porte d'entrée claquer dans un courant d'air. Je n'arrive plus à retenir mon sourire et la tension dans ma poitrine disparaît.

Il est avec moi.

***

Je m'étire sur ma chaise et la fais rouler sur le parquet, butant contre le tapis sur le sol. Tous mes muscles sont endoloris et je cligne plusieurs fois des yeux pour tenter d'humidifier mes pupilles. Je bâille, scrutant rapidement l'écran de mon téléphone qui indique déjà vingt-trois heures. J'ai terminé plus tard que prévu.

J'ouvre les quelques messages en attente des filles, ignorant la panique qui me submerge à l'idée que je ne leur ai toujours *rien* dit à propos de Nolan et moi. J'ai repoussé le moment à chaque fois que j'avais une brèche pour en parler, parce que j'appréhendais. J'appréhende de le dire à voix haute, que tout ça finisse par disparaître ou qu'elles jugent ce dans quoi je me suis lancée.

Une relation secrète.

Un mensonge.

Je sais que cette relation, ça va impliquer à un moment ou à un autre de la souffrance, et telles que je les connais, elles sauront me dire si j'ai fait une connerie. J'ai peur. Peur qu'elles me disent que j'ai fait une erreur. Celle de suivre mon désir plutôt que ma raison.

J'aime Nolan, depuis des années.

Mon frère l'adore et le considère comme un membre de notre famille.

C'est son meilleur pote.

Nous n'étions pas supposés nous rapprocher ainsi.

Et un jour ou l'autre, je *sais* au plus profond de moi que ça finira mal.

Je sursaute en entendant la porte d'entrée claquer et me précipite dans le couloir. Une silhouette sombre se matérialise sous mes yeux, s'arrêtant sur sa lancée. Le sourire espiègle, les bras croisés contre la poitrine et les cheveux en désordre, Nolan m'observe.

– Je vois que ça travaille dur par ici.

– Je vois que la soirée *épique* a déjà pris fin.

– Je suis rentré plus tôt.

Je lève un sourcil en le voyant approcher à pas lents.

– C'était si nul que ça ?

– J'avais envie de voir quelqu'un.

Il se poste à quelques centimètres de moi, plonge une main

dans mes cheveux et me force à lever la tête vers lui.

– J'ai pensé à cette personne toute la soirée, tu vois, et je me suis dit que des soirées, il y en aurait d'autres.

Il se penche un peu plus et mon cœur arrête de battre. Tous mes sens sont en alerte, embaumés par son odeur, son toucher, l'électricité qui se dégage de son regard.

– Mais des opportunités pareilles où je peux passer du temps avec ma *copine*, elles sont rares.

– Copine ? croassé-je.

– Je suppose que c'est ce que tu es, non ?

Sa lèvre se retrousse et laisse apparaître ses dents blanches parfaitement alignées.

– Je ne sais pas.

Si, je sais. Bien sûr que je sais ce qu'il est pour moi et ce que je veux être pour lui. Mais mon cœur bat trop fort dans ma poitrine et mon cerveau bloque. Obnubilée par les mouvements de sa bouche, je suis incapable de former une phrase cohérente, de réfléchir, de comprendre. Je me sens prisonnière de son emprise. Il peut bien faire ce qu'il veut de moi, là, tout de suite. Il rigole et le son de sa voix fait vibrer mon ventre.

Je suis foutue !

– Oui, reprends-je plus franchement. Enfin si, je sais.

Il rit une nouvelle fois et répète à voix basse :

– Oui. Enfin si. Tu sais.

Puis ses lèvres s'écrasent contre les miennes et j'oublie tous mes doutes.

31

Nolan

Je la plaque contre le mur du couloir, plongeant mes mains sur ses reins puis jusqu'à ses fesses. Je les presse et la hisse dans mes bras, enroulant ses cuisses autour de mes hanches. Elle cale ses mains sur ma nuque et continue à accueillir mon baiser fiévreux avec envie. Son bassin gesticule contre moi et ma queue tressaute dans mon pantalon. Je suis à l'étroit, mais je ne me sens pas la force de la lâcher pour me libérer. J'ai attendu ça toute la journée, toute la soirée à faire semblant que j'étais là où je devais être : avec mes potes. Mon corps y était, alors que tout mon esprit, lui, me hurlait de me barrer de là pour *la* rejoindre. Elle était seule et nous avions toute la nuit pour être ensemble. Pour profiter du calme, de la distraction de cette fête pour nous retrouver. La relation secrète dans laquelle nous avons officiellement sauté est la pire chose qui aurait pu m'arriver, parce que je mens, je triche, je cache des choses à mes meilleurs potes. Pourtant, même si j'avais envie que tout ça cesse, je n'en serais pas capable. Je n'en suis plus capable. Il y a des choses qui te tombent dessus au moment où tu t'y attends le moins. Moi, elle est blonde.

Et c'est la petite sœur de mon meilleur pote.

J'empoigne ses cheveux plus fermement, enfonçant ma langue

dans sa bouche pour jouer avec la sienne. J'avale son gémissement, étouffant le mien qui s'échappe dès qu'elle colle un peu plus son corps au mien. J'ai l'impression d'être pressé par le temps, l'urgence, l'envie et l'insatisfaction perpétuelle. Je ne suis jamais rassasié d'elle. Même après les quelques minutes volées au coin du couloir, dans la cuisine quand personne n'est dans les parages, dans la voiture le matin lorsque je l'amène à l'université et même le soir, sur le canapé. Ce n'est *jamais* suffisant. Je ne sais pas ce qu'elle a fait, ce qu'elle *m'*a fait, mais un truc me tient.

Incapable de ralentir la cadence, je la décolle du mur et me rue dans la chambre dont la porte est restée ouverte. Je la balance sur son lit, la regardant rebondir alors qu'elle me tire à elle avec fermeté. Je m'échoue entre ses jambes et notre baiser reprend de plus belle. Je me déshabille à la hâte, sans pouvoir m'empêcher de faire des gestes brusques, saccadés. Elle ne dit rien, répondant avec la même ferveur.

Notre temps est compté. Je veux tout d'elle. Tout de suite.

– Je te promets qu'après je prendrai mon temps, mais là je…

Je ne termine pas ma phrase, embrassant son cou tout en mordillant sa peau.

– Je ne veux pas que tu sois doux, lâche-t-elle. Ne sois pas doux, Nolan.

Mon sexe pulse et je tire sur ses sous-vêtements en vitesse, pris d'une soudaine possessivité. Ses mots me percutent, mon désir se décuple. Je me redresse, retire mon caleçon et tire Scarlett vers moi, soulevant ses jambes de sorte qu'elle soit obligée de poser ses chevilles sur mes épaules. Nous nous fixons une longue seconde, la respiration hachée, sa poitrine se soulève à la même vitesse que la mienne. Son souffle est court et j'appuie sur ses genoux pour maintenir ses jambes droites. Je ne la lâche pas des yeux et m'enfonce en elle jusqu'à la garde. Pas de préliminaires, mais elle est trempée et quand je vois sa tête basculer en arrière, mon plaisir prend le dessus. La bouche entrouverte, je la pénètre encore plus fort et observe les palpitations dans son cou, le mouvement que font ses seins au rythme de mes à-coups. Son regard plonge dans le mien. Les pupilles voilées, elle mord sa lèvre inférieure pour empêcher ses gémissements de résonner autour de nous.

– On est tout seuls, dis-je, la voix méconnaissable.

J'ai envie de l'entendre. Je veux connaître le son de sa voix quand je la fais jouir comme ça, sans que personne ne puisse nous surprendre. Sans que quiconque ne puisse nous arrêter. J'ai besoin de la voir s'abandonner pour être sûr. Sûr que je ne suis pas le seul à perdre la tête dans cette histoire. J'ai besoin de m'assurer qu'elle et moi, ce n'est pas une connerie éphémère, mais une connerie magnifique. Un truc explosif. Un truc qui te retourne le bide et te donne envie de décrocher la *putain* de lune. Je m'enfonce de nouveau au plus profond d'elle et sa voix déchire le silence de la chambre. Je grogne, me laissant emporter par le bruit de nos respirations, le plaisir de ses chairs autour de mon membre, la sensation de mes boules contre ses fesses. Je continue de la pénétrer sans ménagement, les yeux rivés dans les siens jusqu'à ce que mon orgasme m'oblige à clore les paupières.

– Non, gémit-elle. Regarde-moi.

Et c'est ce que je fais, le visage déformé par le plaisir. J'admire ses traits se crisper à leur tour tandis qu'elle tremble autour de ma bite en jouissant fort. Dans un râle libérateur, je m'effondre sur son corps moite, le torse transpirant et les cheveux qui tombent sur mon front trempé. Je reste en elle un moment, écoutant son cœur battre dans sa poitrine et respirant dans un rythme identique au sien.

Je me sens bien.

Là où je dois être.

Avec elle.

– Tu peux revenir de soirée autant de fois que tu veux, lâche-t-elle dans un souffle. Surtout si c'est pour *ça*.

Je rigole en me retirant doucement et glisse sur le matelas. Le visage rivé vers le plafond, je laisse ma respiration se calmer avant de tourner la tête vers elle. Elle s'est placée sur le côté, de sorte que tout son corps me fait face. Elle me regarde en silence et me sourit, une main sous sa joue.

– C'était bien quand même ?

– C'était…

Je m'arrête une seconde pour chercher mes mots.

– Mieux que bien. Mille fois mieux que bien.

Elle coince l'intérieur de sa joue entre ses dents.

– Je parlais de la soirée chez Milo et Gabriel.

– Moi aussi.

Je lui fais un clin d'œil complice. Elle glousse et son poing se cogne contre mon épaule. J'explose de rire devant sa mine outrée.

– C'était cool. Il y avait toute l'équipe.

Je me tais pour observer de nouveau le plafond en soupirant. Il y avait absolument tout le monde, mes meilleurs potes, les Terriers, des tonnes de gens des différentes promotions de l'université de Boston. Ça faisait un vrai boucan chez Milo et Gabi, mais je savais qu'il n'y avait pas vraiment *tout le monde*. Au départ, je ne m'en rendais pas compte, je picolais, discutais avec les étudiants présents. Je me marrais avec mes potes, je participais à des jeux, puis les heures ont défilé et j'ai pris conscience que j'avais envie de voir une seule personne. Je me surprenais à loucher sur la porte d'entrée, espérant comme un gamin qu'elle débarque par surprise. J'en suis devenu presque fou, à *checker* mon téléphone toutes les dix minutes pour voir si je n'avais pas de nouvelles.

C'était pathétique.

– J'ai revu Harriet, annoncé-je de but en blanc.

Comme pour revenir sur terre, parler de quelque chose que je maîtrise davantage que mes sentiments pour elle. Pas que j'aie besoin de me justifier sur quoi que ce soit, mais c'est justement parce que c'est Scar que je me sens le besoin de lui dire.

J'ai envie qu'elle sache tout.

Ou du moins ce sur quoi j'ai les mots.

– Comment va-t-elle?

– Ça va.

– Tu es content de l'avoir revue?

Sa question me fait tourner la tête dans sa direction, et je perçois une lueur dans ses yeux. Un truc infime qui me retourne l'estomac et me fait prendre conscience que même si j'ai eu besoin de lui dire pour Harriet, pour me confier, c'était totalement déplacé. Je suis quel genre d'enfoiré, à coucher avec elle et à parler de mon ex juste après?

– Merde, soufflé-je. Je suis con, Scar. Je ne devrais même pas parler de ça… Alors que…

– C'est bon, dit-elle. J'aime bien que tu sois sincère.

Les yeux braqués dans les siens, je percute l'intensité dans son regard et me place face à elle. Je sais que je n'ai pas choisi le timing parfait pour en parler, mais en même temps c'est aussi ma façon de lui dire les choses. De lui avouer que c'est *elle* et personne d'autre. Alors, consciemment, je continue sur ma lancée:

– Elle a essayé de me parler, de flirter. Je la connais par cœur, elle avait simplement envie que je la saute dans une chambre à coucher. Elle est comme ça en soirée, et puis c'est ce que nous faisions souvent.

Je mordille ma lèvre devant le silence de Scar et souffle de plus belle avant de rigoler.

– Putain, je dis que j'arrête d'en parler et je te dis beaucoup trop de choses inutiles. Scar, je m'en fous d'Harriet! J'aurais dû commencer par ça.

Elle sourit et je glisse une main sur sa mâchoire.

– Je crois que je ne l'ai jamais *vraiment* aimée. Disons qu'elle me plaisait bien. C'était une belle fille mais…

Je lorgne sa bouche en me rapprochant doucement. Son corps se crispe sous mes doigts et j'entends sa respiration se bloquer dans sa poitrine. J'aime l'effet que je lui procure et tous mes muscles réagissent pour faire descendre mon sang à un seul endroit de mon anatomie. Ma bite.

– Je ne croyais pas le dire un jour à une fille mais… Avec toi, c'est différent. J'ai lutté contre ce que j'ai commencé à ressentir dès le moment où ça m'est tombé dessus. Je te jure que j'ai essayé de ne pas te regarder, de ne pas penser à toi comme *ça*. Puis, sans que je m'en rende vraiment compte, j'ai craqué.

– Tu as peur?

Je pince les lèvres un moment.

– Oui.

Elle rigole.

– Tu crois qu'il va nous détester, s'il l'apprend?

– Il va nous buter.

Elle soupire et je ferme les yeux un moment.

– Ne dis pas ça.

– Crois-moi, si ça ne tenait qu'à moi, je préférerais qu'il ne le sache jamais.

– Très courageux, monsieur Jones.

Je me mets sur le dos, passe une main sur mon front et expire tout l'air de mes poumons. *Il va mal réagir.* Je le sais. Je connais Edgar assez bien pour savoir que tout ce qui touche à sa sœur le met dans des états pas possibles. Depuis que nous sommes potes il la protège, il nous a toujours habitués à ça avec Scar. La surveiller, faire attention à elle, ses fréquentations, les soirées où elle va, les cours qu'elle prend et tout un tas de trucs encore. C'est son frère. Il veut faire attention à elle. C'est comme ça. C'est notre façon de fonctionner tous les trois avec elle. Pour lui montrer que nous tenons à elle. Alors je sais que s'il apprend que je couche avec elle, il va vriller. Il va vouloir me découper en morceaux de la manière la plus lente et douloureuse possible, parce que j'aurais profité de la faiblesse de sa petite sœur. La panique me submerge et tous mes muscles se tendent d'un coup, accompagnant l'embardée de mon cœur dans ma cage thoracique.

– Pour l'instant personne n'est au courant, murmure-t-elle en posant un doigt sur mon menton pour me faire tourner la tête vers elle.

– Si.

Elle fronce les sourcils, l'air confus.

– Milo a capté quand je suis parti tout à l'heure, que c'était pour te rejoindre. Il a vu le message que tu m'as envoyé plus tôt quand j'étais en voiture. Je lui avais déjà dit qu'il y avait eu quelque chose avec toi et… C'est Milo, il comprend toujours tout.

– Il n'a rien dit?

– Non. Il s'en fout. Il ne juge pas. Avec tout ce qu'il a vécu avant de se mettre avec Gabi, il a appris à prendre du recul. Il ne dira rien, mais il sait.

– Et ça t'emmerde de le mettre dans la confidence.

– Dans *notre* mensonge, oui.

– Tu dis ça comme si tu regrettais.

– Tu crois que je regrette? dis-je en me redressant sur mes coudes. Scar, s'il y a bien une chose que je n'arrive pas à regretter, c'est bien *ça*.

Je fais un signe de main entre nous deux et elle me sourit:

– Alors pourquoi est-ce qu'on parle encore de quelque chose qui n'est pas arrivé et qu'on ne profite pas juste d'être ensemble, là tout de suite? Pourquoi tu n'es toujours pas en train de me faire l'amour *lentement*, comme tu me l'as promis tout à l'heure?

Elle insiste sur le *lentement*, glissant son corps nu contre le mien et réveillant par la même occasion ma trique. Sa bouche se colle dans mon cou et je gémis, parce qu'elle a enroulé sa main sur mon membre, et toutes mes protestations se font la malle au moment où elle commence de longues caresses.

Putain de merde.

Cette fille me tue.

32

Scarlett

– Scar.

La voix de mon frère me sort de mon sommeil en sursaut et je me cogne contre un coude en me redressant. Nolan s'est levé d'un bond. Les mains plaquées sur son entrejambe nu, il regarde tout autour de lui, l'air ahuri. Je cligne des yeux plusieurs fois, tournant la tête en vitesse vers la porte où des coups retentissent de nouveau.

– Scar !

Mon frère appuie sur la poignée et grogne en voyant que ma porte est fermée à clé. J'ai eu ce réflexe avant de m'endormir et je me félicite intérieurement. Malgré tout, ma respiration se bloque et une boule énorme se loge dans ma gorge parce que Edgar est *derrière la porte*. Je suis enchevêtrée dans les draps, le corps groggy, des fringues sont éparpillées sur le sol et Nolan reste planté là, essayant d'analyser la situation dans laquelle nous nous trouvons. Il n'a pas quitté ma chambre ce matin comme convenu, on n'a pas beaucoup dormi et le sommeil me fait bâiller. Je presse ma couette contre ma poitrine et lui fais signe de ne pas faire de bruit. Il lève les bras en l'air, en roulant des yeux, comme pour me signifier qu'il n'est pas stupide au point de répondre à mon frère à ma place. Je fronce les sourcils et il s'agace silencieusement sur le caleçon qu'il tente d'enfiler à la hâte. Edgar n'a pas bougé de derrière la porte car il toque encore.

– J'arrive !

Les yeux de Nolan sortent de leurs orbites et il me fait de grands signes de détresse, m'empêchant d'aller ouvrir. Je le pousse vers le lit, le forçant à aller se cacher en dessous. D'un coup de pied, je mets quelques fringues devant lui, essayant de cacher au maximum sa carrure. Je n'allume pas la lumière et enfile un tee-shirt en vitesse pour aller déverrouiller la porte. Je ne sais même pas depuis combien de temps Edgar attend dehors, et vu la tête qu'il tire quand je lui ouvre, ça doit être écrit sur mon visage que je cache quelque chose.

Il pince les lèvres et croise les bras contre sa poitrine.

– Ça ne va pas ?

– Tu m'as réveillée, marmonné-je. Je ne peux pas aller mieux.

Il ricane.

– T'as une sale gueule.

– Je t'emmerde, Ed. Tu veux quoi ?

– Pourquoi tu fermes ta porte à clé ?

Il plaque une main sur le chambranle et jette un coup d'œil dans mon dos.

– Vous étiez en soirée. Tu crois que j'ai que ça à faire d'attendre que l'un de vous n'entre me faire chier, bourré ? J'anticipe vos conneries.

Il rigole et se recule en regardant dans le couloir.

– T'as raison, avec Nolan on ne sait jamais ! Lui et les chambres, c'est une grande histoire d'amour.

Je rougis, parce qu'il ne croit pas si bien dire… vu que son pote est actuellement dans *ma* chambre. Sous *mon* lit. Presque nu.

– D'ailleurs, tu l'as entendu rentrer, hier ?

Je secoue la tête, la gorge obstruée par une boule de stress. Edgar fait quelques pas et alors qu'il s'apprête à poser la main sur la poignée de la chambre de Nolan, je pousse un petit cri inattendu.

D'une discrétion sans égale.

– Laisse-le dormir, couiné-je. Il commence plus tard.

Mon frère soupire et passe une main dans ses cheveux.

– T'es prêt, Ed?

Léo débarque à son tour, me faisant un clin d'œil en passant devant ma chambre.

– Déjà debout, toi?

– Mon frère m'a réveillée, grogné-je.

– Je voulais savoir si tu avais besoin que je te dépose en cours, se défend Edgar.

– Elle n'a pas cours avant dix heures, aujourd'hui.

Je lève les yeux au ciel.

– Tu ferais bien de lire le fichu planning que tu nous as forcés à accrocher au frigo. Tu sais, celui qui détaille avec minutie toutes nos heures de cours, placé *juste à côté* de tes règles de merde.

Léo explose de rire et frappe les omoplates de son pote.

– Elle est en forme ce matin.

– Je dormais, râlé-je. Il a foutu en l'air ma nuit.

Mensonge. Ma nuit a été parfaite.

Puis, dans un geste théâtral, je claque la porte en faisant trembler les murs de l'appartement. Posant le front sur le bois froid, je soupire un long moment jusqu'à ce qu'un bras glisse sur ma hanche pour venir fermer le verrou à ma place.

– C'était moins une, murmuré-je en me tournant vers Nolan.

Tout son corps est tendu et il me surplombe, les sourcils froncés dans une ligne droite et sévère. Ses cheveux sont en pagaille et j'ai envie de plonger mes doigts dedans, comme je l'ai fait toute la nuit, pour sentir son odeur. Encore. Tout le temps.

– Il faut lui dire.

Nolan se recule en vitesse, piqué au vif par ma remarque. Je tente de le retenir mais il s'active pour récupérer ses affaires sur le sol et les enfiler. La tête levée au moindre bruit, il se détend instinctivement quand on entend la porte d'entrée claquer enfin.

– Nolan, tu m'as entendue ? demandé-je plus fort. Il faut le dire aux gars. Il faut l'avouer à Edgar. On a failli se faire surprendre !

Je dramatise peut-être, car hier encore nous étions d'accord pour simplement profiter de ce que nous avions sans nous mettre la pression. Mais si nous finissons par tout dire, alors nous serons libres et ce genre de réveil brutal n'arrivera plus. Jamais.

– Je sais.

– Je peux le faire. Je connais mon frère, il faut y aller franco. Je peux lui en parler ce soir avant votre entraînement. Il doit rentrer à l'appartement après un cours et nous ne serons que tous les deux.

Nolan secoue la tête et m'attire à lui.

– C'est à moi de le faire, Scar.

– Tu n'es pas obligé.

– Si. Je trouverai un moment pour le lui dire. Mais je veux que ce soit fait selon mes règles. Tu connais ton frère, mais je pense que je suis le plus à même de savoir comment il réagit quand ça te concerne. Je ne veux pas que tu sois là.

Je le repousse pour le forcer à me lâcher et le scrute avec intensité.

Il essaye de me protéger.

Pas comme on protège sa petite copine.

Plutôt comme on protège une enfant qui ne doit pas assister à une engueulade parce qu'elle est trop petite.

– Arrête ça, sifflé-je.

– Quoi ?

– De me mettre à l'écart parce que tu crois que je ne suis pas taillée pour la confrontation.

– Scar, dit-il en essayant d'attraper mon bras.

Je recule d'un pas.

– Tu veux lui dire? Très bien, mais ne fais pas ça parce que tu crois que je ne saurais pas gérer mon frère. Tu le connais, mais moi aussi. Je suis celle qu'il a passé sa vie à couver. Que *vous* avez passé votre vie à couver comme une chose fragile.

Il ne dit rien, alors je continue, énervée:

– Je n'ai pas peur de mon frère.

Nolan ricane et je croise les bras contre ma poitrine. Sa tête tombe sur le côté et un sourire espiègle barre son visage d'ange.

Je déteste ce sourire, parce qu'il me donne envie de tout lui donner.

À commencer par moi tout entière.

– Tu n'as peur de rien, Scarlett Martin, ça, je l'ai bien compris.

Il avance d'un pas et je ne bouge pas. Il attrape le bas de mon tee-shirt et me tire à lui, encerclant mes hanches de ses bras puissants.

– Je sais que tu peux gérer ton frère. Et même si j'ai envie que tu le fasses avec moi, je sais que ce n'est pas une bonne idée. Edgar a une chance sur deux de péter un câble, et si ça arrive je n'ai pas envie que tu sois dans les parages. Je ne veux pas que tu souffres, par ses mots, ses gestes ou la situation dans laquelle nous allons nous mettre. Je ne veux pas que ça te retombe dessus, ou en tout cas, le moins possible. Alors s'il te plaît, avant de sortir les crocs, laisse-moi faire. Je m'en occupe.

Il dépose un baiser sur mon nez, puis descend le long de ma joue, ma mâchoire, mon cou, et s'arrête sur la peau nue qui dépasse du col de mon tee-shirt. L'un de ses doigts glisse sous le tissu et il l'écarte légèrement.

– Tu commences à dix heures aussi?

– Oui, lâché-je d'une voix rauque.

Son regard s'embrase et je n'ai pas le temps de me mettre sur la pointe des pieds pour plaquer ma bouche contre la sienne qu'il me hisse dans ses bras pour me jeter sur le lit en rigolant.

Le sujet est clos.

***

– Tu quoi?

– Chut!

Je fais de grands signes aux filles en rigolant, avec comme une impression de déjà-vu: elles et moi installées dans la cafétéria de l'université, à parler de l'unique sujet qui me préoccupe ces derniers jours. Celui dont j'ai évité de leur parler pendant un moment avant que la culpabilité me ronge au point d'avoir besoin de leur dire. Surtout en sachant que d'ici quelque temps mon frère aussi sera au courant et que j'aurai besoin de *tout* leur soutien.

– Pas besoin de hurler.

– Pardon, s'exclame Paige. Mais j'ai cru entendre que tu sortais avec Nolan Jones. Tu sais, le type dont tu es amoureuse depuis que tu es gamine et qui ne te calculait pas il y a encore un an.

– T'as bien entendu, rigolé-je.

– Alors je hurle si je veux! Putain. De. Merde!

Sa voix s'élève dans les airs et j'explose de rire en même temps que Carol.

– Et ça dure depuis la boîte de nuit et tu ne nous le *dis* que maintenant?

Je hausse les épaules, passant une mèche derrière mon oreille.

– Je ne savais pas comment vous l'avouer!

– J'en reviens toujours pas, ajoute Carol. Putain. Nolan, quoi!

– Et vous avez vraiment baisé dans l'arrière-cour?

Je glousse comme une gamine, me rappelant très nettement *ce* passage de la soirée. C'était explosif, et tout mon corps s'en souvient. Je pince les lèvres, sentant le rouge me monter aux joues, et alors que je m'apprête à raconter les détails, un brouhaha nous fait lever la tête vers l'entrée. Les Terriers débarquent comme une troupe de muscles alignés, et mon regard plonge dans la noirceur de celui de mon petit ami. Ses cheveux – ce matin encore désordonnés – sont dressés de manière terriblement sexy sur le haut de sa tête et je serre mes cuisses. Parce qu'il me fait un sourire taquin, et une chaleur fourmille dans mon bide, se répercutant à l'endroit qu'il arrive à faire fondre en une fraction de seconde.

Sans me toucher.

Sans me parler.

– Vous voulez une chambre?

Je sursaute en entendant la voix aiguë de ma meilleure pote, qui glousse.

– Non mais sérieux, et après ça tu vas me faire croire que ton frère ne capte rien?

Je lève un sourcil, coupant court à cet échange brûlant et silencieux avec Nolan pour reporter mon attention sur les filles.

– *Ce* regard-là, c'est le regard de la baise.

– De quoi tu parles? me marré-je.

– Le regard du mec qui veut juste te déshabiller devant tout le monde et te prendre sauvagement!

– Paige! réplique Carol, morte de rire.

– Me dis pas que tu ne l'as pas vu. Il vient de la bouffer toute crue. Si j'avais encore des doutes sur ce que tu venais de dire, j'en ai désormais la preuve formelle. Vous baisez, et si ce n'est pas encore le cas: ce n'est qu'une question de temps!

– Tu doutais? réponds-je d'un air faussement outré.

C'est la seule chose que j'ai retenue et ma meilleure amie lève les yeux au ciel en riant.

– C'était une façon de parler, Scar ! Alors, renchérit-elle en me faisant taire d'un signe de main, il est comment ? Au pieu, il est aussi doué que tout le monde le dit ?

Je regarde Carol qui hausse les épaules en secouant la tête, dépitée.

– Tu veux des détails ?

– Bien sûr que je veux des détails ! Je suis ta meilleure amie, sois sympa un peu et fais partager ton bonheur !

Impossible d'arrêter Paige et sa bonne humeur est contagieuse. J'avais une peur bleue de leur réaction, et je viens de me rendre compte que l'appréhension n'avait pas lieu d'être, parce qu'elles sont loin de penser aux problèmes que ça peut engendrer, mais plutôt au bonheur dans lequel ça me met.

Et c'est tout ce dont j'avais besoin.

Le plaisir avant les emmerdes.

– Je suis sûre qu'il sait se servir de ses dix doigts.

– Il sait, confirmé-je.

– J'en étais sûre. C'est si bien que ça ?

– Multiorgasmique.

Elle pince les lèvres en posant un doigt sur son menton.

– Ça existe, ça ?

– Ouais, tu regarderas dans le dictionnaire des synonymes.

– À quel mot ? demande-t-elle.

Je lance un coup d'œil amusé à Carol qui continue à glousser près de moi.

– À Nolan. Tu auras la définition de *mul.ti.or.gas.mique.*

J'insiste sur chaque syllabe et, tandis que Paige ouvre grand les yeux, Carol, elle, ne se retient plus et explose de rire tellement fort que de nombreuses tables se tournent dans notre direction. Mes yeux captent l'attention de Nolan, assis plus loin avec les gars, et je souris comme une idiote, levant les épaules dans sa direction pendant que Paige me pose encore mille et une questions.

Ça a au moins le mérite de me faire faire une pause dans toutes mes interrogations. Mes doutes. Ma panique.

Mais il va quand même falloir que mon frère soit mis au courant.

33

Scarlett

Je claque la porte, retire mes baskets en vitesse et largue mon sac de cours dans l'entrée.

– Il y a quelqu'un ?

– Je suis dans la cuisine !

Je me précipite vers la voix rauque de Nolan et je n'ai pas le temps de pénétrer dans la pièce que deux bras me réceptionnent. Son visage plonge dans mon cou et il embrasse ma peau, me faisant glousser.

– Je t'ai manqué, on dirait !

– Pas du tout, lâche-t-il en déposant un baiser sur ma mâchoire. J'étais bien sans toi.

Je lui donne une petite claque derrière la nuque et il rigole, faisant vibrer mon oreille. Il me libère et je me décale de son emprise, venant m'adosser contre le plan de travail où il a ouvert un paquet de gâteaux qu'il gobe par deux.

– Ça a été ta journée ?

Je hausse les épaules.

– J'ai eu D en droit des affaires. Le professeur m'a défoncée devant toute la classe.

– Au devoir que tu as bûché avec moi à la BU l'autre fois ?

J'acquiesce dans une grimace écœurée.

– Je suis sûr qu'il t'a notée comme une merde. Tu connaissais le sujet par cœur.

– J'ai dû louper un truc!

– Ou ce prof ne sait pas corriger.

– Ou je suis nulle.

Nolan ricane et croise les bras contre sa poitrine. Je bute une seconde sur la veine qui se gonfle dans son cou et il me fait un clin d'œil complice.

– C'est vrai, tu es une calamité, Miss Martin.

– Calamité? fais-je, outrée. Moi, une calamité? Je crois que vous allez dormir seul ce soir, monsieur Jones.

– Tu oserais me laisser tout seul dans le noir?

Il fait un pas vers moi.

– Dans un lit froid?

Encore un.

– Abandonné?

Puis un nouveau.

– Sans chaleur?

Je me retrouve acculée contre le plan de travail.

– Sans câlins, sans *rien*?

Je plaque deux mains sur son torse et le retiens de se pencher plus vers moi.

– Tu ne m'auras pas aussi facilement.

– Tu crois? chuchote-t-il contre mes lèvres. Moi je pense que tu ne vas pas me résister ce soir.

Il se penche vers mon oreille et son souffle me fait frissonner.

– Parce que j'ai très envie de te montrer *à quel point* tu m'as manqué. Ma langue a beaucoup de choses à te dire.

Je soupire en fermant les yeux, les jambes flageolantes et le cœur en tachycardie. Nolan se dégage, m'abandonnant à mon sort pour aller récupérer un verre d'eau en me faisant un sourire espiègle.

– Beaucoup de bla-bla, dis-je avec assurance. J'ai hâte de voir si tu tiens vraiment la cadence. Apparemment, c'est ceux qui en disent le plus qui en font le moins.

Il hausse les épaules, buvant une gorgée dans son verre tout en me fixant avec intensité.

– Je crois que nous verrons ça cette nuit, alors.

Je glousse, attrape un biscuit et avale la salive qui s'est accumulée dans ma bouche à cause de l'excitation. J'ai un mal de chien à faire redescendre la pression logée absolument partout.

Nolan est le roi des allumeurs.

Et si ce n'était déjà pas assez compliqué de vivre une histoire secrète dans un appartement à plusieurs, être discret la *nuit*, ça devient le parcours du combattant.

– Prêt pour vendredi? le questionné-je pour me donner du répit.

Ils commencent officiellement le championnat de hockey, et depuis déjà quinze jours, les entraînements sur la glace se sont vraiment intensifiés. Je sais qu'ils sont prêts. Je les ai vus plus d'une fois à l'œuvre.

– On va les défoncer!

– Vous avez plutôt intérêt! Je ne suis pas revenue ici pour supporter une équipe de losers!

Il se marre dans son verre et je le défie du regard.

– Et tu vas venir nous supporter avec quel maillot?

Mon estomac fait un salto, et sous le poids de son attention, je me liquéfie un peu plus.

– Edgar va vouloir que je mette le sien.

Nolan fronce les sourcils.

– Et si j'ai envie que tu mettes le *mien*?

– Tu me fileras ta gourmette.

Il contemple son poignet une seconde et soupire.

– J'imagine que je n'ai pas le choix.

– Tu me la donnes toujours, ça change quoi que ce soit maintenant et pas en déplacement?

– Ce n'est pas pareil que si tu venais avec *mon* numéro.

– Vous et votre possessivité! C'est un truc de dingue!

– Je n'ai pas le droit d'avoir envie que ma copine me soutienne?

– Je serai ta copine quand tu auras annoncé à ton pote que tu sors avec moi!

Mon accusation claque dans l'air comme une gifle et Nolan s'arrête net. Il me sonde un long moment en silence, la mâchoire serrée. Sa respiration se durcit. Ça fait plus de quinze jours qu'il m'a promis qu'il allait en parler avec Edgar, et quinze jours que nous continuons de nous cacher au vu et au su de tous. Milo, Gabriel et mes deux meilleures amies sont les seuls à savoir. Pourtant nous sommes en colocation avec deux personnes à qui nous mentons depuis bientôt trois semaines.

– Tu avais juré que tu allais essayer!

– Pas maintenant, Scarlett, soupire-t-il.

– Ce n'est jamais le moment avec toi, m'emporté-je. Tu as eu dix mille occasions et tu n'arrêtes pas de repousser, encore et encore! Et après tu veux que je porte ton *putain* de maillot de hockey? Tu peux pas tout avoir, Nolan, à un moment donné il va falloir choisir!

– Choisir quoi au juste? hurle-t-il en levant les deux bras.

Je recule de manière imperceptible, surprise par son timbre franc et dur.

– De perdre mon meilleur pote ou de perdre la fille de mes rêves, Scarlett? C'est ça que tu veux que je décide? Tu ne comprends pas que si je repousse ce moment, c'est parce que je ne veux justement pas avoir à *choisir*?

Il plaque ses mains sur sa tête et tout l'air de mes poumons se bloque. Nolan lève les yeux vers moi et je lis dans son regard toute la peine qu'il cache depuis des semaines. Mon cœur se brise. J'avance vers lui d'un pas décidé, plongeant mes doigts sur ses joues pour lui faire baisser les yeux sur moi.

– J'ai peur, Scar. Peur que tout ce que toi et moi avons maintenant disparaisse quand je l'aurai dit à ton frère. J'ai peur de le blesser, de te faire souffrir et surtout que tu me quittes parce que ça sera trop difficile pour toi d'attendre que j'assume.

Je soupire un long moment, avalant un sanglot tandis que mes yeux s'embuent de larmes. Il passe un bras autour de mon cou et m'attire contre son torse. Sa bouche se pose sur mon front et il m'embrasse avec tendresse.

– Je t'aime, Scarlett.

Mon ventre se tord et une nuée de papillons se met à tourner en boucle dans mon estomac.

– Tu quoi? dis-je, la voix enrouée.

– Je t'aime, répète-t-il.

Mon cœur dégringole alors que mon cerveau percute l'importance de ses mots. Il resserre sa prise et je me hisse sur la pointe des pieds pour poser mes lèvres sur les siennes. J'attends qu'il me le dise depuis des années et la sensation que cet aveu provoque dans mon corps est encore plus folle que ce à quoi je m'attendais. C'est douloureux, chargé de mensonges, de sentiments de trahison, mais c'est beau. Tellement beau et fort que je l'embrasse avec ardeur, mordant sa langue au moment où elle tente de rejoindre la mienne. Il gémit, me colle davantage contre lui tout en nous faisant reculer vers le premier meuble qui bute dans mon dos. Il m'installe dessus, écartant mes jambes pour se placer à l'intérieur. Ses doigts s'enfouissent dans mes cheveux et il se décale légèrement, posant son front sur le mien pour reprendre sa respiration. Je caresse sa joue, passant mon pouce sur sa lèvre encore humide.

– Est-ce que le moment est bien choisi pour t'avouer que je t'ai aimé en premier?

Il sourit.

– Je l'ai dit d'abord, techniquement je gagne.

Je secoue la tête. Ma respiration s'accélère.

– Je suis amoureuse de toi depuis la *middle school.*

Il se recule pour me sonder avec attention, un bras toujours enroulé autour de mes hanches. Il a l'air confus et j'inspire un grand coup avant d'ajouter:

– Je ne saurais pas te dire quand exactement je m'en suis rendu compte. Mais je sais que pendant des années, ta présence suffisait à me mettre dans tous mes états. Ta voix, ton sourire, tes blagues potaches.

– Mes blagues ne sont pas potaches.

Je tape son épaule et il rigole en me serrant davantage contre lui. Si je ne le connaissais pas aussi bien, je dirais que mon aveu n'a aucun effet sur lui. Sauf que je sais qu'il est troublé. L'humour est son arme de défense, sa parade pour reprendre le contrôle d'une situation qui lui échappe, alors j'insiste:

– Je suis sincère, Nolan. Tu m'as toujours plu.

Il m'embrasse le front en soupirant longuement. Il relève finalement mon menton à l'aide de son index pour que nos yeux s'accrochent.

– Putain, je ne sais pas comment j'ai pu passer à côté de toi tant d'années.

Sa remarque libère une chaleur dans ma poitrine et je déglutis péniblement.

– Je ne pensais pas qu'un jour ce serait réciproque.

Il approche son visage encore plus près et me chuchote d'une voix calme:

– C’est réciproque. N’en doute plus jamais.

Puis il m’embrasse avec douceur. Il prend le temps de goûter mes lèvres, de savourer ma langue, de plonger les mains sous mon tee-shirt. Les sentiments qu’il y a entre nous explosent dès que nos langues s’ajoutent à l’équation. Elles se cherchent, se chamaillent et nous électrisent tous les deux. Mes talons s’enfoncent dans ses reins et je l’oblige à rester contre moi, sentant son érection pointer sur mon clitoris. Son souffle est lourd et son cœur s’emballe sous mes doigts. Il n’y a plus de place pour la tendresse, j’ai envie qu’il me prenne ici et je sais que lui aussi, parce que ses gestes sont plus hâtifs et empressés. Mais au moment où j’ouvre la bouche pour le lui dire, c’est une autre voix qui résonne dans la pièce.

Et ce n’est pas celle de Nolan.

34

Nolan

– C'est quoi, ce bordel ?

Je me recule dans un bond, abandonnant le corps chaud de Scarlett pour tomber sur le regard bleu acier de mon meilleur pote. Les traits déformés par la rage, Edgar passe de moi à sa petite sœur à plusieurs reprises et reprend devant notre silence abasourdi :

– C'est. Quoi. Ce. *Putain*. De. Bordel ?

Il se précipite dans la cuisine et attrape Scarlett par le bras, la faisant descendre du plan de travail dans un geste brusque. Je m'interpose par réflexe, enroulant ma main sur son biceps contracté. Il fulmine et me fusille du regard.

– Lâche-la, ordonné-je.

– Tu me fais mal, Ed.

– Vous faisiez quoi là ? reprend Léo dans mon dos.

Je ne me tourne pas vers lui, gardant les yeux rivés dans ceux de mon pote qui ne décolère pas. Léo a très bien vu ce que nous étions en train de faire. Et lui et Edgar n'auraient jamais dû se trouver ici. D'après le *putain* d'emploi du temps placardé sur le Frigidaire, ils devaient rentrer dans une heure.

Pas maintenant.

Pas alors que j'étais à deux doigts de prendre Scarlett dans cette cuisine.

Edgar libère le bras de sa sœur et je la surprends à masser sa peau malmenée, avant de me jeter un regard paniqué. Je me sens démuni, complètement désabusé, déstabilisé, incapable de réfléchir à la façon d'avouer ce qu'il se passe vraiment à Edgar. Alors, submergé par la peur, la panique et tout un tas d'émotions inqualifiables, je dis la seule chose qui me passe par la tête – et que je regrette à la seconde où ça glisse d'entre mes lèvres :

– Ce n'est pas ce que tu crois.

Edgar ricane avec dédain, se reculant légèrement tout en passant une main agacée dans ses cheveux.

– T'avais juste *ta* langue dans *sa* bouche, mais ce n'est pas ce que je crois ? Tu te fous de ma gueule en prime ?

Je n'ose pas plonger mon regard dans celui de Scarlett, de peur d'y lire de la déception, et continue à défier mon pote. Je lisse mon tee-shirt, bombant le torse pour me donner une prestance. Au fond, je ne suis qu'une merde.

– C'est arrivé comme ça.

Je m'enfonce un peu plus dans mon mensonge, ne trouvant pas la force de revenir en arrière. D'assumer. La haine que je lis dans les yeux d'Edgar me bousille de l'intérieur et à cet instant je comprends pourquoi j'ai tant lutté. Pourquoi j'ai essayé de ne pas craquer, pourquoi durant toutes ces semaines où mon désir a grimpé je me suis voilé la face. Parce que ça fout en l'air mon pote, et ça va dégommer vingt ans d'amitié. En moins d'une seconde.

– Je ne sais pas ce qui m'a pris, on discutait et j'ai dérapé. Mais ça ne veut rien dire, je te jure, mec !

Edgar fronce les sourcils et croise les bras contre sa poitrine. Il se tourne vers sa sœur dont le silence m'inquiète. Lorsque mon attention se pose sur elle, c'est mon cœur qui en prend un coup. Sa lèvre inférieure tremble et je sais qu'elle se retient de pleurer. Les larmes au bord des yeux, elle a la mâchoire crispée au possible et les poings pressés le long de son corps.

– Et tu l'as laissé faire, toi? lui crache-t-il à la figure.

Elle met un moment avant de répondre, ravalant son sanglot tout en me fusillant du regard. Elle hausse les épaules, mordant sa joue, et reporte son attention sur son frère avec dégoût.

– Tu l'as pas entendu? dit-elle d'une voix morne. C'est arrivé comme ça. On a dérapé.

Ma poitrine se serre et j'inspire une bouffée d'air pour tenter de faire circuler le sang dans mes veines. J'ai la tête qui va exploser, les membres contractés de partout et une douleur dans mon estomac qui me compresse tellement fort que je me retiens de vomir sur mes baskets blanches.

Pourtant, même si je regrette chacune de mes paroles, je sais que c'était ce qu'il fallait faire. Que c'est pour le mieux. Et ça ne me fait pas plus de bien de savoir ça.

Loin de là.

– J'allais le repousser quand tu es entré.

Puis, sans crier gare, Scarlett m'assène une claque magistrale devant les gars et je ne bronche pas, accueillant la douleur comme une punition salvatrice. Je ferme les yeux et lorsque je les rouvre, la haine que je découvre dans les siens achève un peu plus de détruire mes résistances.

– Tu n'es qu'un connard, Nolan, crache-t-elle. Et toi, Edgar, occupe-toi de ton cul!

– Reste là, Scar, hurle-t-il tandis que sa sœur se précipite hors de la cuisine. J'en ai pas fini avec vous deux. Tu crois vraiment que je vais gober vos salades! Un dérapage, sérieusement?

Il l'a attrapée par le bras et nous les avons tous les deux suivis dans le salon. Le frère et la sœur se jaugent et, loin de se laisser démonter par le mètre quatre-vingt-cinq qui lui fait face, Scarlett lorgne avec suffisance son frangin.

– Je m'en fiche de ce que tu crois ou pas, je me casse de cette colocation !

– Scar, ne puis-je m'empêcher de dire.

Edgar se tourne vers moi en fronçant les sourcils. Je secoue la tête et tente de rejoindre Scarlett qui s'est réfugiée dans sa chambre.

– Scarlett, s'il te plaît !

Je la regarde, complètement perdu, en train de sortir un sac à dos de sous son lit. Elle ouvre son placard en vitesse et jette des fringues sur le matelas. Elle ne m'écoute pas, ne me lance pas un seul coup d'œil et continue à s'activer avec rage.

– Tu vas me faire croire qu'il ne se passe rien, Jones ?

Edgar m'attrape par le col du tee-shirt et je lève les bras en l'air en signe de reddition. Je me sens impuissant et, à cet instant précis, je sais que je suis en train de tout perdre.

– Mec, lâche-le, tu vois bien qu'il ne fait rien de mal, réplique Léo d'une voix calme.

Resté en retrait au niveau de la porte, il nous observe en silence, visiblement incapable de savoir comment gérer la situation dans laquelle nous nous trouvons par ma faute. Je me défais de la prise de mon pote sans mal, il se recule d'un pas en reniflant.

– Lui, rien de mal ? Non, il a juste voulu se taper ma sœur après avoir sauté la moitié de Boston.

– Ferme ta gueule, Ed, tu ne sais pas de quoi tu parles !

Je grogne, concentré sur lui alors que dans mon dos j'entends la fermeture Éclair d'un sac que l'on ferme avec hargne.

– Scarlett, reste là ! m'exclamé-je en me tournant. Tu ne peux pas partir !

– Et t'es qui pour me retenir, au juste ?

Elle s'arrête net en me fixant avec intensité, je sais qu'elle est en train de me tendre une perche. Elle me fait un signe, malgré la façon dont je l'ai blessée plus tôt. Elle est en train de me dire que j'ai une chance de me rattraper, une infime, de dire la vérité. Je l'examine avec hésitation avant de reporter mon attention sur Edgar qui ne décolère pas. Sa bouche reste une ligne droite et ses sourcils se touchent. Tous ses traits sont déformés et je vacille. Ce sont vingt ans d'amitié qui me font face, contre trois semaines de relation qui – malgré les émotions par lesquelles je passe – n'ont aucune chance de rivaliser. Ça a toujours été comme ça après tout, les potes et rien d'autre. Alors, le connard que je suis ne saisit pas l'occasion de me racheter et garde le silence. Elle soupire et enfile son sac sur son épaule.

– À quoi tu joues, mec, sérieusement? marmonne Edgar.

– Arrête ça, Ed, m'agacé-je. Je ne joue à rien, j'essaye simplement de retenir ta sœur de se casser d'ici énervée!

– Elle fait ce qu'elle veut, non? Après tout, si c'est pour ne plus être entre tes sales griffes d'obsédé, je préfère encore qu'elle dorme dans la rue!

– Franchement, vous me dégoûtez tous, siffle Scarlett en se ruant vers le couloir.

Elle bouscule Léo qui tente de la retenir, et je reste dans la chambre avec Edgar. Le duel dans lequel nous nous lançons en dit long sur ce qu'il se passe entre nous. Il me déteste et je me sens minable.

– Tu vas faire quoi maintenant, te taper ma mère, histoire d'avoir la liste complète des Martin?

– Tu veux en faire partie, de cette liste? balancé-je avec sarcasme.

La douleur lancinante dans ma poitrine me fait dire n'importe quoi et j'utilise ma seule arme de défense, l'humour déplacé. Parce qu'à cet instant précis je suis en train de perdre le contrôle sur tout. Mon amitié avec Edgar, ma relation avec Scarlett, l'équilibre qu'on avait trouvé. J'en veux à mon pote de réagir comme ça, de laisser partir Scarlett sans la retenir et de ne pas ouvrir les yeux pour voir ce qu'il y a vraiment entre nous. Et je m'en veux encore plus à moi, de laisser les choses dégénérer plutôt que de m'excuser, plutôt que de hurler que je suis amoureux d'elle et de personne d'autre, que tout ça c'est pour de vrai. Au lieu de choisir le bon sens, je me contente de défier Edgar, le souffle court.

– Tu n'es qu'un enfoiré !

Je secoue la tête, écœuré par tout ce qui se passe, par tout ce que j'ai essayé d'empêcher depuis plusieurs semaines et qui me saute à la gueule fois mille.

– Je te jure que s'il arrive quelque chose à ta sœur parce que tu l'as laissée partir d'ici, je te tue de mes propres mains ! m'exclamé-je en rejoignant le couloir.

– Tu n'as pas le droit de dire ça, entends-je Edgar cracher dans mon dos. D'agir comme ça.

J'ignore sa remarque et me précipite vers la porte d'entrée de l'appartement grande ouverte d'où je vois encore le dos de Léo qui gesticule. Je trottine vers lui et me positionne juste à côté, regardant Scarlett avec toute la peine, la détresse et le désarroi que je ressens au fond de moi.

– Scar, ne pars pas, chuchoté-je.

Elle me fusille du regard.

– T'as perdu le droit de me parler, Nolan. Je ne veux plus te voir.

– Scarlett, s'il te plaît. Je...

– Nolan, dégage, ordonne Léo. Elle ne veut plus te voir !

– Il va faire nuit ! C'est de la folie de la laisser quitter cet appartement alors qu'elle est dans cet état. Putain !

– Je m'en occupe, OK ?

Puis, pour seule réponse, il attrape la poignée et me claque la porte au nez. Je me retrouve seul sur le seuil de l'entrée et passe mes deux mains dans mes cheveux, tirant sur mes mèches avec force. J'ai envie de hurler, de tout péter, de chialer, de défoncer chaque centimètre carré de ce foutu appartement de merde. Mais je ne fais rien, me rappelant que quelques semaines plus tôt je m'étais éclaté les phalanges contre le mur d'un bar miteux et que j'en avais eu pour des jours à m'en remettre.

– Je n'en reviens pas que tu aies embrassé ma sœur.

Je sursaute en entendant le timbre froid de mon pote. Mes épaules se crispent et je me tourne vers sa voix. Il est debout au milieu du salon, les mains plongées dans les poches avant de son jean, il n'a plus l'air énervé. Non, l'émotion qui traverse ses traits est bien pire. C'est de l'affliction pure et dure. Une désolation tellement grande que mon cœur éclate en mille morceaux.

– Je crois que j'ai besoin de souffler aussi, murmure-t-il, la voix tremblante.

Puis, comme pour confirmer ses dires, il me contourne sans me toucher et quitte à son tour l'appartement. Le silence pesant s'installe en une fraction de seconde et je me retrouve accablé par ma solitude, ma lâcheté et une perte énorme.

Mon meilleur pote m'a quitté.

Et j'ai quitté ma petite copine.

35

Scarlett

– Scar, attends !

Je me tourne vers Léo, la main agrippée à mon sac à dos qui ferme à peine. Les larmes au bord des yeux, je le regarde trottiner vers moi sans rien dire.

– Ne pars pas, ton frère ne pense pas ce qu'il dit.

À ce moment, ce n'est pas vraiment la réaction d'Edgar qui me fait fuir. Des embrouilles avec lui, j'en ai eu des tonnes. Non, c'est Nolan. Son rejet. Son déni. Son silence. C'est de lui que je veux m'éloigner là tout de suite, parce que je ne veux pas qu'il voie à quel point il m'a blessée.

– Je ne peux pas rester, dis-je en lorgnant la porte d'entrée que Léo a claquée derrière lui. Tu as bien vu ce qu'il s'est passé.

Je revois encore le regard de Nolan qui a tenté de me faire rester, c'était lâche de sa part. Tout réfuter devant mon frère et croire qu'il peut me retenir ici en me suppliant ? Après ce qu'il a dit ? Je soupire et me dirige vers les escaliers les plus proches.

– Scar, ne fais pas ça. Il va faire nuit, tu vas aller où comme ça ? Remonte, les gars vont se calmer, je te promets.

J'arrive dans le hall, ne me tournant pas une seule seconde vers Léo que j'entends me suivre.

– Je ne rentrerai pas, Léo !

Il soupire, passe une main dans ses cheveux blonds puis observe autour de lui.

– Tu veux que je te dépose quelque part, dans ce cas ?

Je hausse les épaules, je n'ai même pas réfléchi à un endroit où aller. Chez les filles, mais c'est peut-être le premier endroit où irait mon frère pour me prendre la tête. Chez les parents ? Ce n'est qu'à une trentaine de minutes à l'extérieur de Boston, c'est faisable pour les cours, mais ils vont me poser des tonnes de questions…

– Je ne sais pas où aller, déclaré-je avec sincérité. Je ne sais même plus quoi faire.

– Viens là.

Il tire le sweat que j'ai enfilé en vitesse tout à l'heure et me presse contre lui. L'odeur familière et réconfortante de sa peau me fait fermer les yeux. J'inspire un long moment, les larmes roulant sur mes joues et venant mouiller son pull. Je renifle, me décale et essuie les traces de mes pleurs d'un revers de main.

– Je te ramène chez tes parents.

Il m'invite à le suivre et nous nous dirigeons vers le parking plus loin où il laisse son vieux pick-up garé toute la semaine. En règle générale, il n'utilise que la Jeep de mon frère ou le 4x4 de Nolan, ça lui évite d'être tributaire d'un vieux tas de ferraille qui menace tous les jours de rendre l'âme. Je monte du côté passager et expire fortement. Un nouveau sanglot menace de s'échapper de ma gorge et j'avale difficilement ma salive.

– Alors, tu m'expliques ce qu'il s'est passé ? demande-t-il.

– Tu l'as entendu, il n'y a rien eu.

Il ricane et claque sa langue contre son palais.

– Je ne sais pas à quoi il joue et pourquoi il a dit tout ça, mais son regard quand tu es partie…

Il m'étudie.

– C'est pas le regard du mec qui a dérapé. Non, c'est celui du gars qui vient de perdre quelqu'un à qui il tient. Alors je te demande une nouvelle fois. Il s'est passé quoi?

Je laisse ma tête tomber contre la vitre froide de sa voiture et ferme les yeux une seconde, essayant de calmer les battements dans ma poitrine. Il sort de Boston et s'insère sur la route qui mène vers notre quartier natal en périphérie de la ville.

– Vous sortiez ensemble?

– Oui.

– Putain! Depuis longtemps?

Je hausse les épaules, désabusée. Repenser à tout ça provoque un trou dans ma poitrine et la douleur irradie dans tout mon corps. C'est ça, un chagrin d'amour? Je pensais connaître, à force de voir Nolan ne pas faire attention à moi durant toutes ces années, mais je me suis trompée. Goûter à lui pour qu'il me soit retiré ensuite, c'est pire.

Mille fois pire.

– Quelques semaines.

– Semaines? répète Léo. C'était le cas au bar? Quand tu as avoué qu'il te plaisait et que je t'ai dit qu'il s'en foutait?

– Plus ou moins.

– Merde, soupire-t-il. Ça fait de moi un connard.

– Tu ne pouvais pas savoir.

Ses doigts se crispent sur le volant et il passe machinalement la main dans ses cheveux courts.

– Je suis désolée de vous l'avoir caché.

– Ton frère va avoir du mal à vous le pardonner.

– Je sais.

Mon cœur se serre un peu plus alors que je comprends à quel point tout va changer maintenant. Plus rien ne sera comme avant. La colocation, ma relation avec mon frère, Nolan.

– Et toi, tu vas me pardonner ?

Léo rigole, pose une main sur mon genou et me lance un coup d'œil sincère.

– Je ne t'en veux pas. Ni à toi, ni à Nolan. Je suis juste surpris, un peu vexé aussi d'avoir été mis au courant si tard, mais je comprends.

– Tu comprends ?

– Edgar est ultra protecteur avec toi. On l'a tous été, et je sais à quel point il faisait attention pour que ses potes ne te tournent pas autour. Il doit juste se sentir trahi. Moi, je pense que tu as le droit de sortir avec qui tu veux.

– Même Nolan ?

Il mord l'intérieur de sa joue.

– Nolan est mon meilleur ami. Je sais qu'il peut agir comme un connard avec les filles, mais je sais aussi qu'il t'adore et que, s'il savait qu'il allait te faire souffrir d'une quelconque façon, il ne se serait pas lancé dans cette histoire.

– Nier ce qu'il s'est passé, ça fait mal.

– Il a merdé.

Je reste silencieuse, revivant en long, en large et en travers le moment où ça a dérapé. La cuisine, l'arrivée de mon frère et de Léo, les mots blessants qu'ils se sont lancés.

On a merdé tous les deux.

– Je lui en veux, admets-je. De ne pas m'avoir soutenue. De ne pas avoir assumé.

– Je sais, souffle Léo. Et crois-moi, je pense qu'il s'en veut aussi. Mais il doit juste prendre le temps de comprendre.

– Comprendre quoi ?

– Que quand on aime quelqu'un, ça ne sert à rien de lutter.

Je ne réponds rien, la gorge obstruée par une boule énorme à la simple remarque de Léo. Que Nolan avoue m'aimer, quelques instants plus tôt, m'a complètement chamboulée. Que Léo le dise dans cette voiture, ça ravive trop de choses. Ça me blesse encore plus. Parce qu'*il* n'a pas tout fait pour me retenir. Pour nous donner une vraie chance. Il a dit qu'il m'aimait, mais là encore est-ce qu'il le pensait vraiment? Quand on aime, on n'agit pas par lâcheté.

La voiture se gare devant la maison de mes parents et une bouffée de stress me prend aux tripes.

– Tu veux que je vienne?

Je secoue la tête, me penche pour le prendre dans mes bras et chuchote à son oreille:

– Merci d'être là, Léo.

– Quand tu veux, Scar.

Il m'embrasse dans le cou, dans un baiser chaste, puis je quitte sa voiture. Il attend que je passe la porte pour faire démarrer de nouveau son pick-up.

– Chérie? Qu'est-ce que tu fais là?

Ma mère arrive dans l'entrée en fronçant les sourcils. Elle regarde derrière moi les phares de la voiture qui tourne au bout de la rue.

– Qui t'a amenée ici?

– Léo.

Je dépose mon sac à dos en bas de l'escalier, ma poitrine se comprime et je sens les larmes remonter dans mon nez et jusqu'à mes yeux.

– Ça ne va pas? demande mon père en arrivant. C'est quoi ce sac?

– J'ai quitté la coloc, fais-je, la voix enrouée.

– Edgar est au courant? Pourquoi tu ne nous as pas appelés?

Je soupire, ravalant mon sanglot avec peine.

– Je me suis engueulée avec Ed. Je… Je ne voulais pas rester là-bas.

Incapable de me retenir plus longtemps, je fonds en larmes.

Ma mère se précipite vers moi pour me prendre dans ses bras.

– Qu'est-ce qu'il s'est passé, chérie ? Tu me racontes ?

Je marmonne dans son cou, ruinant le magnifique pull en cachemire qu'elle porte, en le trempant de mes pleurs.

– Je vais appeler ton frère, lâche mon père, préoccupé. Pourquoi est-ce qu'il t'a laissée partir dans cet état ?

– Ne fais pas ça, réussis-je à dire. Ne l'appelle pas ! Je suis partie avec Léo, je n'étais pas toute seule.

– C'est n'importe quoi ! D'abord il insiste pour que tu emménages avec lui et là il te met dehors ? Je te jure qu'il va passer un sale quart d'heure s'il n'a pas une excellente raison !

Je renifle ma peine et baisse les yeux au sol.

– C'est moi qui suis partie, avoué-je d'une voix morne. Je n'avais plus envie de rester là-bas après notre embrouille et je ne savais pas où aller.

– Ça va passer, souffle ma mère d'une voix douce. Vos engueulades ne durent jamais bien longtemps. Ça ira. Va te coucher, ma chérie, demain ça ira mieux. Tu veux que je te fasse un chocolat ?

Je secoue la tête de gauche à droite et récupère mon sac sur le sol, la remerciant intérieurement de ne plus poser de questions. Je crois que je n'aurais pas été capable de nier davantage. Je les abandonne dans l'entrée, montant l'escalier tandis que j'entends mon père soupirer, échanger quelques mots avec ma mère, puis plus rien.

Tout est fini.

36

Nolan

Je bois ma bière, fixant d'un œil morne l'exercice sur lequel je suis en train de bûcher depuis plus d'une heure. Je soupire, tire une poignée de cheveux et reprends une gorgée dans ma bouteille. Le liquide pique mon nez et je me racle la gorge pour faire passer la sensation désagréable.

– Tu ne veux toujours pas en parler?

Je lève la tête vers Milo. Les bras croisés contre sa poitrine, il me jauge de biais, lançant un coup d'œil vers ma jambe qui tape contre le sol avec frénésie. Je m'arrête net.

– Je ne pense pas qu'il y ait grand-chose à dire.

Il ricane.

– Non, t'as juste la tête du mec qui ne sait pas ce qu'il veut!

– Là, tout de suite, j'aimerais surtout terminer ce truc de merde.

Je passe une main sur ma nuque, essayant de détendre les muscles endoloris en haut de mon dos. Mon corps me fait un mal de chien à cause du match de vendredi soir. Le premier du championnat où je me suis défoncé sur la glace. Je ne crois pas avoir déjà joué aussi bien. La frustration peut-être, la rancœur, l'agacement, et une semaine entière *sans* nouvelles. La place vide dans les gradins a achevé de me provoquer.

Et en même temps, à quoi je m'attendais, au juste? À ce qu'elle se pointe alors que je l'ai jetée comme une merde? Que son frère la déteste pour ce que nous avons fait? Que je lui ai fait croire que j'allais en parler avec lui, assumer, alors qu'à la première occasion, j'ai fui? Franchement, je me détesterais aussi à sa place.

Pas qu'à sa place d'ailleurs, à la mienne aussi. Parce que même si j'ai choisi délibérément mon pote plutôt qu'elle, ça n'en est pas moins douloureux et, ce soir, il y a un muscle qui me fait encore plus mal que les autres. Et celui-ci, j'aimerais vraiment l'oublier. Pouvoir le mettre sur pause, le faire arrêter de battre aussi fort, de taper contre ma cage thoracique à chaque fois que je croise une blonde qui ressemble de près ou de loin à la fille qui *l*'a brisé.

À cause de moi.

– Nolan.

– Quoi?

Je fronce les sourcils vers Milo qui triture sa lèvre du bout des dents pour se retenir de dire quelque chose. Il se lève en silence, quitte le salon pour revenir quelques minutes plus tard avec une bouteille de tequila. Je le regarde avec incompréhension. Il me pose un shooter sous le nez, se rassoit et dit:

– Tu veux pas parler? Très bien, mais dans ce cas on va boire. Tu sais pourquoi?

Je secoue la tête.

– Parce qu'une gueule de bois n'a jamais tué personne.

– Et un chagrin d'amour?

Ma question meurt sur mes lèvres comme un aveu pathétique. Il me scrute un instant sans rien dire, puis remplit le premier verre à ras bord. Je fixe le liquide transparent et repense à tout ce qui m'a amené ici. Edgar ne me parle plus. Il fait comme s'il n'y avait rien eu, laissant la distance s'intensifier entre nous. L'ambiance dans l'équipe est à chier, parce que notre capitaine fait la gueule et nous en met plein la tronche au moindre faux pas. Surtout moi. Mais je me la ferme, parce que je l'ai mérité et que j'ai juste besoin que mon pote me fasse confiance de nouveau. Si pour ça je dois endurer son silence, sa haine et sa déception durant des années, alors je le ferai. Tant pis pour ma souffrance à moi.

Je veux que tout redevienne comme avant.

J'attrape le shooter et le bois cul sec.

– Elle me manque, articulé-je pour moi-même.

Milo me regarde, soupire puis boit à son tour. Il nous ressert sans même me poser de questions et j'avale de nouveau. L'alcool me brûle la gorge, l'œsophage, mais la sensation que ça produit dans mes veines me fait un bien fou. Je déglutis, refoulant au plus profond de mes entrailles mes souvenirs, ce jour où tout a basculé. Où elle est partie avec Léo pour ne plus revenir. Une semaine, c'est long, surtout quand le silence pèse à ce point. Personne n'a de nouvelles, en tout cas certainement pas moi. Et même si j'ai eu envie plus d'un million de fois de demander comment elle allait, où est-ce qu'il l'avait déposée, je me suis abstenu. Parce que je n'ai pas le droit.

– Je ne pouvais pas faire autrement, annoncé-je d'une voix pâteuse. Je connais Edgar depuis vingt ans, putain. C'est mon meilleur pote.

– Je sais.

– Et Scar…

Je ne termine pas ma phrase. Scarlett, c'est Scarlett. Ma meilleure pote, la première fille que j'aie jamais vraiment aimée. Celle qui me rend dingue. Me fait rire, même quand j'ai passé une journée de merde. Qui me casse les couilles les trois quarts du temps et me fait des blagues pourries. Qui répond toujours à mes remarques par des piques et ne m'en veut jamais, même quand je lui dis qu'elle ressemble à un sac. Celle qui adore me faire chier, me faire des doigts d'honneur sans raison, me pousser dans les couloirs juste parce qu'elle trouve que je prends trop de place. Celle en qui j'ai confiance. Tout le temps.

C'est Scarlett.

Ma Scarlett.

Je ferme les yeux, sentant la bile me monter à la gorge. Milo ne dit rien et me tend un troisième shooter. Il ne lésine pas sur la quantité et je sens déjà mes joues chauffer.

Est-ce que je vais regretter demain? Ouais.

Est-ce que ça m'est égal? Absolument.

Là tout de suite, je veux juste me mettre sur *off*. Tout oublier. L'espace d'une soirée.

***

Je me redresse sur mon lit, posant mes coudes sur mes genoux tout en fixant un point invisible dans ma chambre. J'entends les gars dans le salon qui s'activent depuis une dizaine de minutes. Je suis rentré avant eux et n'ai pas bougé d'ici, même lorsque je les ai entendus rentrer. La raison est évidente: je fuis Edgar comme la peste. Et j'ai l'impression d'avoir 12 ans et de ne pas assumer mes conneries. J'ai choisi après tout, mon pote est passé avant la fille dont je suis tombé amoureux. Je ne devrais pas être enfermé ici comme un bouffon, à attendre je ne sais quoi, alors que notre relation est tendue. Quand il est rentré le soir même de sa *découverte*, je me suis excusé. J'ai continué à nier, parce que quitte à perdre Scarlett, autant que ce ne soit pas inutilement. Il m'a écouté attentivement lui balancer le même mytho que la première fois: « C'était une erreur, ça ne s'est jamais produit et ça ne se reproduira jamais. » J'avais l'impression d'avoir des cailloux dans la bouche à mesure que je débitais mes conneries.

C'était ridicule mais je ne pouvais pas revenir en arrière. Mon mensonge avait pour seul objectif de récupérer mon pote pour de bon. Résultat des courses? J'ai toujours cette impression d'avoir perdu les deux, parce que Edgar ne m'a toujours pas pardonné. Et je n'ai aucune nouvelle de Scar.

Je soupire et décide que, même si dans la colocation il y en a un qui me déteste, je dois continuer à vivre. Faire comme si tout ça n'avait pas existé, comme si la distance n'était pas là et que tout allait bien. Peut-être qu'à force de faire semblant, j'y croirai moi aussi. *Que tout va bien.* Je me lève d'un pas lent, me débarrasse de mon jean et enfile le premier jogging que je trouve sur le sol, puis rejoins les mecs dans le salon. Leur conversation s'arrête au moment où j'arrive et je me contente d'ignorer la gêne que je lis sur leurs visages pour m'affaler sur le canapé avec eux.

– Pizza ce soir? propose Léo.

Je hoche simplement la tête.

– Je vais commander un tr…

Il ne termine pas sa phrase, parce que la porte de l'appartement s'ouvre dans un courant d'air et la silhouette qui se matérialise sous mes yeux achève de réduire à néant toutes mes bonnes résolutions. Scarlett nous observe, assis tous les trois sur le canapé comme si de rien n'était, et la lueur de tristesse que je perçois dans ses yeux broie un peu plus mon cœur. J'imagine d'ici les rouages de son cerveau s'activer, croire qu'il n'y avait qu'elle qui posait problème dans cette colocation, qu'il n'y avait que son départ que nous attendions pour nous retrouver. Entre potes. Mais elle a tout faux. Si elle savait à quel point tout a foutu le camp dès l'instant où elle a franchi cette porte la première fois. Elle comprendrait que *rien* ne va.

– Ne vous dérangez pas pour moi, je passe prendre quelques affaires!

Je me force à rester assis, la gorge obstruée par une boule énorme.

Elle m'a manqué chaque putain de jour.

Et la voir devant moi ravive un sentiment tellement fort dans ma poitrine que je sais que, quoi qu'il arrive, je n'aurais jamais pu éviter *ça*. Elle et moi. Je détourne le regard et fixe l'écran noir de la télévision, ignorant Edgar qui se lève du canapé pour la rejoindre dans la chambre. Nous n'entendons pas ce qu'ils se disent, mais quand ils reviennent dans le salon, ils continuent à se parler vivement et je mords l'intérieur de ma joue pour m'empêcher de me lever et de la prendre dans mes bras.

Sa voix m'avait manqué.

– Tu diras à maman que ça ne sert à rien de m'appeler, lâche Edgar. Surtout si c'est pour me prendre la tête !

– Je ne lui ai pas demandé de le faire !

J'inspire un long moment en fermant les yeux et Léo à mes côtés tape son pied contre le sol, visiblement prêt à intervenir si quelque chose dégénère.

– Peut-être, mais elle l'a fait dès l'instant où tu as décidé de retourner dormir à la maison sans même lui dire pourquoi ! Tu pouvais pas aller crécher chez ton mec ou tes potes ? Non, il a fallu que tu foutes les parents dans cette histoire !

– Au cas où tu l'aurais oublié, je ne suis plus avec Corey et ce depuis un sacré bout de temps ! Mais non, ça, tu t'en tapes, parce qu'il y a que ton petit monde qui compte. Ta petite vie et c'est tout. Ce que ressentent les autres, tu t'en fous.

Edgar ricane et je lève les yeux dans leur direction, ne me rendant compte qu'à ce moment que je me suis redressé avec Léo pour m'approcher d'eux.

– Me voilà rassuré, pendant un moment je pensais que vous vous étiez foutu de la gueule de tout le monde, tous les deux.

Il se tourne vers moi pour me juger avec suffisance.

– Mais apparemment c'est juste *moi* ! Heureusement pour Corey qu'il n'a pas eu à subir tout ça, lui.

– Tu ne sais pas de quoi tu parles, et je ne suis pas venue ici pour me prendre la tête. C'est de l'histoire ancienne.

Elle dépose une valise devant la porte d'entrée, lève les yeux au ciel et retourne dans sa chambre d'un pas précipité. Je laisse en plan tout le monde et me rue à sa suite. Quand j'entre dans la pièce à mon tour, je me prends en pleine face le vide que son absence avait laissé en moi. La voir déambuler ici, comme avant, ça me fout un coup auquel je n'étais vraiment pas préparé.

– Scar, dis-je d'une voix basse.

Elle se retourne en se crispant, et je n'ai pas le temps d'ouvrir la bouche pour lui parler. M'excuser. La retenir. Lui dire à quel point je regrette tout ce qu'il nous arrive que je me fais bousculer. Un corps percute le mien et deux mains agrippent le col de mon tee-shirt pour me plaquer contre le premier mur avec force.

– Qu'est-ce que tu crois que tu es en train de foutre, Jones ?

– Mec, lâche-le ! Il ne faisait rien du tout !

Léo pose une main sur son épaule, mais ni Edgar ni moi ne le regardons, continuant à nous jauger comme deux bêtes sauvages. Cette fois c'est clair, le sujet n'est pas clos. L'histoire est loin d'être finie, et entre lui et moi la semaine de silence, de mensonges et de non-dits n'a fait qu'augmenter cette tension palpable. Je ne sais pas si c'est la présence de Scarlett ou simplement le sentiment d'impuissance que je ressentais avant qui vient de disparaître en voyant Edgar perdre ses moyens, mais je n'arrive plus à me retenir. Je le fusille du regard sans ciller et m'exclame :

– Qu'est-ce que tu crois que je fais, à ton avis ?

– Touche pas à ma sœur, c'est bien compris ?

– J'ai pas besoin de ton accord, Ed, c'est trop tard pour ça.

Le coup part tout seul, je l'ai senti avant même de le voir arriver et la douleur sur ma pommette me fait tourner de l'œil. Mon crâne se fracasse contre le mur et j'ai tout juste le temps de me retenir de tomber, qu'un second poing entre en collision avec mon abdomen. J'étouffe un hoquet de douleur, puis plus rien. Lorsque je lève les yeux dans la direction de mon pote, il est retenu par Léo qui le fait reculer non sans mal. Ses yeux me lancent des éclairs et je passe une main sur ma joue avant de me rendre compte que des doigts se sont posés là, eux aussi. Scarlett s'est accroupie devant moi et me regarde avec panique, examinant la marque sur mon visage jusqu'à ce que ses yeux plongent dans les miens. Je ne retiens pas mon sourire, parce que sentir la chaleur de son corps, l'odeur de sa peau et être aussi proche d'elle après des jours d'absence gonflent mon cœur. Je sais qu'elle m'aime encore. Je le sens à sa façon de s'inquiéter. À la lueur qui brille dans ses yeux, et même si elle lutte pour ne rien laisser paraître, à cet instant elle a baissé sa garde suffisamment pour que je sache qu'elle souffre. À cause de moi. Elle se recule aussitôt et se remet debout. Je soupire, plaquant une main autour de mon ventre tout en me levant avec peine.

– Tu te sens mieux ? craché-je.

– T'es un enculé ! Tu le sais, ça ? Vous couchez ensemble, ça se voit comme le nez au milieu de la figure. Putain, mais vous vous foutez de ma gueule depuis combien de temps ?

– Il n'y a rien du tout, Edgar, arrête ça.

Son aveu brise quelque chose en moi. Une douleur qui ravage tout sur son passage. Ça me blesse d'entendre de sa bouche qu'elle et moi, ça n'a aucune importance. Et à ce moment je me prends en pleine face ce que je lui ai fait subir en reniant ce qu'il y avait entre nous. Ce choix que j'ai fait pour protéger mon amitié, je ne pensais pas qu'il aurait pu se retourner contre moi à ce point et ça fait mal. Vraiment mal.

– Ferme-la, toi, dit-il à sa sœur. Ça se voit à ta tête que tu mens !

– Calme-toi, lâche Léo en se mettant devant lui. Tu baisses d'un ton ! Être énervé ne te donne pas le droit d'agir comme un connard.

– Ça te fait rien, toi ? De savoir qu'ils nous ont caché ça ? Putain, mais vous étiez censés la considérer comme votre sœur ! On baise pas sa *sœur*, Jones.

Je passe ma main libre dans mes cheveux, fixant le visage d'Edgar qui se décompose au fur et à mesure qu'il revit les événements de ces derniers jours. Je le vois à son regard, qu'il passe de moi à elle à toute vitesse.

– Parce qu'il aurait fallu t'envoyer une lettre recommandée pour avoir ton accord ? demandé-je avec sarcasme.

Je sais que je ne devrais pas le provoquer, mais la situation m'étouffe. J'étouffe de la voir ici sans pouvoir la toucher, de savoir que mon pote m'en veut encore à mort sans pouvoir me justifier. Alors je fais ce que je sais faire le mieux, jouer les abrutis. Provoquer pour faire réagir.

– Alors ça y est, tu avoues enfin ?

Edgar bouscule la main que Léo a gardée sur son épaule et secoue la tête, l'intimant silencieusement de ne pas le retenir. Je reste le dos droit, prêt à me prendre une raclée malgré mes muscles endoloris et mon souffle court.

– Ça durait depuis combien de temps ?

– Edgar, soupire Scarlett. Ne fais pas ça, s'il te plaît.

Il lève la main pour faire taire sa sœur sans me lâcher des yeux.

– Combien de temps ? Nolan.

– Trois semaines.

Il ferme les yeux et ses sourcils se froncent, pas d'agacement mais de douleur. Celle de n'avoir rien vu venir.

– Putain.

– J'allais te le dire.

– Dégage de là.

Il ouvre les paupières et me fusille du regard avec dédain.

– Dégage de là, hurle-t-il. Ou je te jure que je te défonce la gueule.

– Ed, tu vas trop loin. Tu ne veux pas le laisser s'expliquer, au moins ? intervient Léo.

– Je ne veux plus rien entendre de sa bouche. Il y a encore quelques jours il me jurait qu'il n'y avait rien entre eux. Ce mec ment comme il respire !

– Il a forcément une raison, me défend Léo.

– Tu étais au courant ? l'interroge Edgar d'un œil inquisiteur.

Léo se tait un moment, jette un coup d'œil à Scarlett en vitesse avant de dire :

– J'avais des doutes.

– Je vous déteste. Tous.

Sans rien ajouter, Edgar quitte la chambre de Scarlett et disparaît. J'étais prêt à me prendre une raclée, mais la sensation de rejet est pire quand ça ne fait pas mal *physiquement*. Je me tourne vers Scar qui enfouit une main dans sa poche et pose une paire de clés sur son bureau dans un tintement.

– Scar, soufflé-je. Reste, s'il te plaît.

Je fais un pas vers elle pour la retenir, mais elle recule. Je m'arrête et la supplie du regard. Elle se contente de secouer la tête puis part à son tour, faisant rouler une valise contre le parquet de l'appartement, puis claque la porte d'entrée derrière elle. Mon cœur s'arrête de battre en même temps.

– Laisse-les partir, Nolan. Ils ont juste besoin de prendre du recul.

La voix de Léo n'est pas accusatrice, et quand je plonge mes yeux dans les siens, j'y lis de la compassion que je ne m'attendais pas à voir.

– Ils ne me pardonneront jamais.

– Quand on aime, on pardonne. Et les Martin t'aiment. Tous les deux à leur façon.

Il s'approche et pose une main sur mon épaule avant de sortir de la chambre. Debout au milieu de la pièce vide, embaumée par une odeur familière qui retourne mes tripes, je fixe les clés posées sur le meuble et comprends que si je reste ici, je ne *les* récupérerai jamais. Alors, je me traîne jusqu'à ma chambre, ouvre mon placard et fourre des affaires dans un sac de sport. Le téléphone coincé contre l'oreille, je laisse les tonalités résonner jusqu'à ce qu'une voix familière me réponde :

– Allô.

– Je peux dormir chez vous ?

– Ça a empiré à ce point ?

Je soupire, coinçant la lanière en cuir sur mon épaule.

– Je ne peux pas rester ici.

– Ramène-toi, mec. C'est chez toi autant de temps qu'il te faudra.

Mon cœur se serre.

– Merci Milo.

37

Scarlett

– Eh, Scar !

Je me retourne vers la voix familière et tombe nez à nez avec Léo. Par réflexe, je regarde derrière lui s'il n'est pas accompagné par les deux seules personnes que je fuis le plus dans cette université.

– Ils ne sont pas là.

Léo me sourit en penchant la tête sur le côté, l'air gêné, et je souffle de soulagement. Ma main reste accrochée à mon sac à dos et je déglutis difficilement. Ça me fait tout drôle de le voir. D'habitude il n'est jamais seul comme ça, et savoir qu'aujourd'hui c'est le cas, ça ne me dit rien qui vaille sur l'état dans lequel est *leur* amitié.

– Je suis désolée, ne puis-je m'empêcher de dire. Pour tout.

Il secoue la tête et se mord l'intérieur de la joue.

– Tu n'as pas à t'excuser, tu sais, je ne suis dans aucun camp. Et tu as tout mon soutien.

– Tu as perdu tes potes par ma faute.

Il hausse les épaules.

– Ce sont toujours mes potes. Edgar fait juste la gueule et Nolan s'est réfugié chez Milo.

Mon cœur se comprime en entendant le prénom de mon frère, mais ce n'est rien comparé à la réaction qu'il a à la simple mention de celui de Nolan. Je ferme les yeux et soupire.

Quinze jours.

– Tu te souviens de la fois où Edgar a eu un accident avec la voiture de Nolan ? Ils se sont fait la gueule pendant un mois.

Je fronce les sourcils et Léo rigole.

– OK, c'était une voiture, mais tout ça pour te dire qu'ils sont incapables d'être séparés longtemps. Même si cette fois c'est différent, je sais qu'ils vont se retrouver.

– Comment va Edgar ?

– Il ne te donne pas de nouvelles du tout ?

Je secoue la tête négativement et il lève les yeux au ciel.

– T'as cours ?

– Dans vingt minutes.

– Attends-moi ici, je reviens.

Il se dirige vers la caisse de la cafétéria et commande deux cafés. Il récupère les gobelets rapidement et m'invite à m'asseoir à une table libre.

– Ta mère l'a appelé avant-hier. Ils sont restés au téléphone un sacré bout de temps.

– Elle ne m'a rien dit.

– Elle n'a sûrement pas voulu te faire plus de peine en ravivant toute cette histoire.

Il boit une gorgée de son café chaud.

– En tout cas, ça a bien remué Ed. Il est revenu dans le salon et il est resté assis en silence. J'ai réussi à lui décrocher quelques mots. Apparemment ta mère a essayé de prêcher en *votre* faveur.

– Je lui ai tout dit, avoué-je.

Je n'en avais pas forcément envie, mais après avoir passé quinze jours à me morfondre, elle a fini par comprendre que quelque chose de grave s'était vraiment passé. Elle m'a fait cracher le morceau, mon père n'a rien dit, se contentant d'écouter, et quand j'ai mentionné ce qu'il s'était passé avec Nolan, mes sentiments, notre secret et la découverte d'Edgar, ils n'ont même pas réagi. Comme si l'idée même que je sois amoureuse de Nolan depuis toutes ces années n'était pas une surprise. À croire que tout le monde le savait sauf lui et mon frère. Ça m'a fait du bien d'en parler, et ma mère a promis d'essayer de raisonner son fils. Pour l'instant ça n'a rien donné. Je ne le croise même plus à la fac, et quand je l'aperçois, il agit comme si je n'existais pas.

– Ouais, c'est ce qu'Edgar a cru comprendre. Ça ne lui a pas trop plu. Il croit que tout le monde se ligue contre lui.

– C'est ridicule.

– Je sais. Mais ça a eu le mérite de le faire réfléchir. Je pense que toute cette histoire va vite se finir.

Léo lance un regard circulaire dans la pièce.

– J'ai parlé à Nolan il y a deux jours.

Mon ventre se tord. Il plonge ses yeux dans les miens, passe une main nerveuse dans ses cheveux et termine son café. Je n'ai pas touché au mien. Ma gorge me brûle et parler de tout ça ravive des souvenirs douloureux.

– J'ai pas réussi à obtenir grand-chose, il se referme de plus en plus. C'est une loque la plupart du temps, et durant les matchs c'est un bulldozer.

– J'ai vu, admets-je.

Je n'en loupe aucun depuis qu'ils sont entrés dans le championnat. Je ne me place plus devant comme à mon habitude, mais me réfugie dans les gradins les plus hauts. Je ne pouvais pas louper ça, pas alors qu'ils sont en train de jouer le meilleur championnat de leur vie.

Même si ça fait mal.

– C'est une bombe à retardement. Il joue bien, fait quelques dégâts dans l'équipe adverse et rend le coach fou. Mais après, c'est une tombe. Dans les vestiaires on ne le voit jamais. Il n'est plus avec l'équipe et Edgar n'agit plus comme un capitaine. Le coach en a marre, et personne ne sait quoi faire.

Je soupire et triture ma queue-de-cheval.

– Tu as des nouvelles de lui?

– Nolan?

Ma voix croasse, et son prénom râpe ma langue. Mon souffle se coupe.

– Aucune. Pas depuis que je suis venue récupérer des affaires.

– Je crois que je vais provoquer une rencontre, annonce-t-il. J'ai parlé avec Milo, il pense que c'est le moment de les faire parler.

– Tu crois qu'ils vont accepter?

– La situation leur pèse, mais aucun d'eux ne sait comment revenir. Edgar ne le dit pas, mais je sais qu'au fond il a réfléchi à tout ça.

Je hausse un sourcil.

– Et s'ils s'entre-tuent à la place?

Léo rigole. Il triture son gobelet en carton du bout des doigts puis ajoute:

– Milo et moi serons là pour les séparer. Ce ne serait pas la première fois. Peut-être qu'ils ont besoin de ça, se foutre sur la gueule!

Je secoue la tête et lève les yeux au ciel en souriant. Edgar ne me pardonnera peut-être jamais, mais s'il a l'occasion de parler avec Nolan, de mettre les choses au clair et de retrouver ce qu'ils ont toujours eu, une amitié solide, alors c'est tout ce que je leur souhaite. Nolan avait peur de perdre son meilleur pote à cause de nous, et je n'ose pas imaginer l'état dans lequel il est en ce moment en sachant qu'il l'a perdu. Ça m'a fait mal quand il a nié ce qu'il y avait entre nous, je me suis sentie blessée. Humiliée. Mais j'ai fini par comprendre pourquoi il l'avait fait, et même si ça n'a pas rendu la chose plus acceptable, ça l'a rendue un peu moins difficile. J'avais espoir qu'avec ça il allait retrouver son pote. Au final, ça nous a tous éloignés pour de bon et je lui en veux, parce que s'il m'avait écoutée, peut-être que ça se serait passé différemment.

– Et peut-être que toi aussi tu as besoin de lui parler.

– Mon frère a besoin de temps, il reviendra vers moi quand il aura assimilé le truc. Ça a toujours été comme ça. Pour l'instant je sais qu'il n'est pas prêt, sinon il serait déjà revenu.

– Je pensais à Nolan.

Léo me sourit gentiment.

– Il avait quinze jours pour le faire, dis-je. S'il avait eu envie de s'excuser, il l'aurait déjà fait.

– Parfois il faut un petit coup de pouce.

– Et parfois il faut savoir accepter que les choses ne marchent pas. S'il avait vraiment tenu à moi comme *ça*, il serait revenu. Tu ne penses pas?

– Je sais surtout qu'il n'est pas dans cet état *simplement* pour Edgar. Scar, c'est juste un mec qui a le cœur brisé. Et crois-moi, ce n'est pas par amitié.

– Edgar ne nous le pardonnera pas, cette fois.

– On parie?

38

Nolan

Je retire mes protections et balance le tout dans mon casier, ignorant les conversations autour de moi. Les mecs sont quasiment tous déjà habillés, parce que je me suis proposé pour ranger les équipements utilisés sur la glace pour l'entraînement de ce soir. Ça s'appelle de la fuite anticipée. Je me porte toujours volontaire ces derniers temps, ça me permet de ne pas être dans les vestiaires en même temps que tout le monde. Dont Edgar. Surtout Edgar. Parce que le voir m'ignorer, m'éviter et croiser son regard lorsqu'il pense que je ne le vois pas, ça me bousille. Ça fait plus de trois semaines et rien n'a changé. Je soupire en rangeant mes patins sous les bancs en bois et récupère une serviette dans mon sac. Je me dirige vers les douches, seul, et profite du calme ambiant pour me caler sous l'eau chaude assez longtemps pour retirer toute trace de mon effort physique. Quand je retourne dans les vestiaires quelques minutes plus tard, il n'y a presque plus personne. Et *eux*. Je m'arrête net en les voyant tous les trois discuter, leur sac posé sur le sol, et coince un peu plus ma serviette autour de ma taille. Une bouffée de panique me pique la gorge, mais je *sais* que c'est le moment. Ça fait tilt d'un coup et je prends conscience que cette merde a assez duré. Son rejet a assez duré, alors que j'ai choisi son amitié au lieu de sa sœur, pour ne pas le blesser, pour ne pas le perdre. Des occasions, j'en ai eu mille à l'appartement, pour le confronter. Mais ce soir, j'ai l'impression que je n'en aurai pas d'aussi belles. Dans un terrain neutre.

– Cooper, tire-toi, dis-je au blond qui met un temps monstre à enfiler son blouson.

Ils se tournent tous vers moi, dont le principal intéressé, et je réitère mon ordre d'un signe du menton. Il soupire, grogne et sort sans un mot. Il ne reste plus qu'eux. Milo, Léo et Edgar. Ils me sondent tous les trois, l'air confus.

– Faut qu'on parle.

J'enfile un caleçon sur ma peau encore trempée puis sèche mes cheveux dans un geste rapide, ignorant le sourire idiot que je vois se dessiner sur la tronche de Léo et Milo. Ils se marrent d'avance de ce qu'il va se passer et je les déteste pour ça. J'ai une chance sur deux pour qu'Edgar me pète la gueule, et vu les regards qu'ils me lancent, je ne suis même plus certain qu'ils soient toujours dans mon camp là tout de suite. Ils vont le laisser me démolir, juste pour me punir d'avoir mis autant de temps à me réveiller.

Franchement, je le mérite.

Je mets mon jean en silence puis leur fais face. Je suis torse nu, mes mèches gouttent encore sur mes épaules et ma nuque. La sensation rafraîchit ma peau et me donne des frissons.

– C'est un guet-apens?

Edgar se redresse et croise les bras pour me jauger sans un mot.

– Arrête d'être sur la défensive, déclaré-je avec aplomb. On a des choses à se dire. Cette histoire a assez duré, tu ne crois pas?

– Alors, qui commence?

Je fixe Edgar qui me fusille du regard. Mon pote me manque. Son ignorance me pèse et le voir ici, alors que j'ai passé deux semaines sans nouvelles, ouvre une valve en moi.

Et puis merde. Cette fois, je lui dois la vérité.

– Je suis désolé, mec.

Il lève les yeux dans ma direction et toute la douleur que j'y lis achève de me convaincre.

– Je sais que tu me détestes. Que je mériterais que tu me casses *vraiment* la gueule et, crois-moi, je n'attends que ça. Parce que je me sens minable. J'ai été un connard de faire ça, de te mentir, de te trahir. Je sais à quel point c'était important pour toi que… Scarlett reste en dehors.

Entendre son prénom glisser entre mes lèvres broie mes entrailles et brûle ma langue. Je ferme les yeux et soupire.

– J'avais pas prévu tout ça.

– Ça a commencé quand? m'interroge-t-il dans un calme olympien.

– Tu le sais très bien. Je te l'ai dit l'autre fois.

Il secoue la tête.

– Je parle du moment où tu as décidé que ce serait ma sœur, et pas une autre.

– On a commencé à sortir ensemble quelques jours après que j'ai quitté Harriet.

– Tu l'as quittée pour *elle*?

Je hoche la tête. Même si je me suis voilé la face un sacré moment, avec le recul ça m'a paru évident que Scarlett avait orienté chacun de mes choix à ce sujet.

– Pourquoi tu as fait ça? Pourquoi Scarlett? Tu savais que je n'allais jamais accepter, que je ne voulais pas que vous la touchiez. Pourquoi tu l'as fait quand même?

Il me sonde avec intensité, les sourcils froncés et la mâchoire serrée. Les gars, eux, restent près de la porte sans bouger, même alors qu'Edgar s'approche de moi. Je reste de marbre, le laissant se placer à seulement quelques centimètres pour me défier.

– Tu m'as menti pendant des semaines. Tu as obligé ma sœur à me mentir, tu savais que ça allait me blesser et tu l'as fait quand même. Et après tu as nié en me regardant droit dans les yeux, en t'excusant ! Putain !

– Je n'ai jamais voulu en arriver là.

– Tu vas me faire croire que Scarlett t'a forcé ?

Je me recule d'un pas en le jaugeant avec dégoût.

– Ne la mêle pas à ça.

– Elle est concernée, non ? Elle est où d'ailleurs ? Tu continues à te la taper en secret ?

– Ed.

Edgar ne lance pas un coup d'œil vers la voix de Léo qui résonne derrière comme un avertissement. Je croise les bras contre ma poitrine nue. Je m'interdis mentalement de lui sauter dessus, de lui foutre mon poing dans la tronche en l'entendant parler de Scar comme ça. J'inspire un grand coup et lâche le plus calmement possible :

– Tout s'est arrêté le jour où tu nous as découverts.

Edgar ricane.

– Tout ça pour ça. Ça en valait la peine au moins ? Nous perdre tous les deux pour quoi ? Trois *pauvres* semaines.

Je mords l'intérieur de ma joue avec force, m'empêchant de lui cracher au visage. Je sais que j'ai tout foutu en l'air, mais l'entendre de sa bouche avec une telle suffisance, ça fait mal. Sauf que ces quelques semaines m'ont aussi fait réfléchir, et cette question, je me la suis posée un milliard de fois. Je suis toujours arrivé à la même conclusion.

– Oui. Ça en valait la peine.

Ça a l'air de le surprendre, parce que pendant un moment sa bouche tique.

– Je recommencerais, si c'était à refaire, continué-je. Même si ça implique de la perdre une nouvelle fois. Même si ça veut dire que tu ne me parleras plus. Je la connais depuis aussi longtemps que toi. Si tu penses que je n'ai pas cherché à lutter contre mes sentiments, c'est que tu es débile. Mec, je sais à quel point ta sœur compte pour toi. À quel point c'était important de la protéger et, crois-moi, j'ai essayé de repousser tout ce que je ressentais pour elle.

Il ne dit rien, m'observant en silence alors que je ne m'arrête plus de parler. La valve est ouverte, et tout ce que j'ai retenu pendant des jours se déverse dans un flot de paroles interminable.

– Je ne voulais pas tomber amoureux d'elle. Mais c'est arrivé, ça m'a explosé à la gueule sans prévenir. Elle voulait tout te dire, parce qu'elle savait que ça allait te faire du mal. Elle pensait que si ça venait d'elle, tu aurais accepté plus facilement. Mais c'était à moi de le faire.

– Et pourquoi tu n'as rien fait, dans ce cas?

Sa voix est rauque, signe que mes aveux ne le laissent pas indifférent.

– J'avais peur de te perdre. De voir dans tes yeux à quel point je t'avais trahi.

– Pourtant tu as continué à trahir ma confiance en t'excusant ce soir-là.

J'inspire un grand coup et passe une main nerveuse sur ma nuque.

– J'ai fait n'importe quoi, confirmé-je. J'avais l'impression que si je m'en tenais à ma première version, j'allais te récupérer. Je pensais que ça justifierait d'avoir repoussé Scarlett. C'était toi ou elle, et à ce moment-là, je voulais aller au bout de mon choix.

– C'est complètement con.

– Je sais, et si tu savais à quel point je regrette. J'aurais dû être sincère, j'aurais dû tout te dire.

Il clôt ses paupières et soupire un long moment.

– Je te déteste, mec.

– Je sais.

– C'est ma petite sœur, putain.

Je souffle et ma main dérive dans mes boucles humides.

– C'est terminé entre elle et moi.

Il se tourne pour avancer au milieu des vestiaires, dos à moi. Il coince ses mains à l'arrière de sa tête et je l'entends expirer. Les gars se sont adossés au mur du fond et nous observent en silence. J'attrape mon tee-shirt et l'enfile rapidement.

– Tu l'aimes vraiment?

Tout mon corps se crispe et je me redresse en le voyant me faire face de nouveau. J'ai deux options: mentir, enterrer pour toujours cette histoire et espérer retrouver mon pote, ou être honnête au risque de ne plus jamais le revoir.

– Oui.

Il ne dit rien.

– Plus de mensonges alors, je vais être sincère avec toi. Elle me déteste sûrement autant que toi. Elle ne veut plus me voir, me parler, parce que je t'ai rien dit. J'ai fui, j'ai été un putain de lâche en pensant que si je mentais encore, ça te ferait moins de mal. Mais ça a été tout le contraire. Je l'ai perdue, elle, et toi avec. Alors ouais, j'aime ta sœur. J'étais bien avec elle, j'étais heureux et même si ça n'a duré *que* trois semaines, pour moi c'était plus que suffisant pour savoir qu'elle est importante. Elle est spéciale. Même si elle ne veut plus faire partie de ma vie parce que je l'ai repoussée en niant ce qu'il y avait entre nous, je *sais* qu'être avec elle valait le coup.

Il me regarde dans les yeux et je continue, conscient que je n'aurai pas de deuxième chance.

– Je ne veux pas choisir entre vous deux. Que tu me reparles ou non, quand je sors de ces vestiaires, je vais voir ta sœur. J'irai m'excuser et je tenterai de la récupérer. Parce que, tu vois, j'en peux plus de cette situation. Te voir là, ça me rappelle ce que j'ai perdu et ce que je veux retrouver. Mon pote, et ma copine. Si tu acceptes mes excuses, alors je veux que tu saches que t'es l'un de mes meilleurs amis. T'es comme un frère, et quoi qu'il se passe avec ta sœur ça ne changera jamais. Une amitié, c'est pour la vie.

– Et si vous vous séparez dans quelques mois?

Je hausse les épaules.

– On ne peut pas savoir tant qu'on n'a pas essayé.

– Et si tu la fais souffrir, qui va te péter la gueule?

– Moi.

Edgar se tourne vers Léo qui sourit à l'autre bout de la pièce.

– Toi, dis-je à l'intention d'Edgar. Je te laisserai frapper le premier.

Il rigole, et à ce moment je sais qu'il est *prêt* à essayer de me pardonner. Ça se voit dans ses yeux, sa façon de se tenir debout et de lutter pour s'empêcher de sourire. Je sais que le chemin est encore long, que ce n'est que le début et que je vais devoir trimer pour prouver que je suis sincère. Mais je vais le faire.

Parce qu'on se bat pour ceux qu'on aime.

Il me regarde en biais et soupire en fixant le plafond rapidement. Sa tête tombe en arrière et il grogne.

– Mon meilleur pote qui se tape ma petite sœur. Quelle histoire de merde!

Il se redresse pour reporter son attention sur moi.

– Et si elle ne veut plus de toi?

– Tu n'en entendras plus jamais parler.

J'aurai le cœur brisé, mais personne n'est jamais mort d'un chagrin d'amour, si?

– J'imagine que je n'ai pas le choix, dans ce cas. De toute façon, si tu sors d'ici, tu vas aller la voir.

Je hoche la tête et il passe une main dans ses cheveux blonds.

– Tu me casses les couilles, Jones. Et franchement, je sais pas si je vais accepter ça un jour. Mais putain, tu me manques, mec, et je crois que je préfère encore que tu sortes avec ma sœur plutôt que tu sortes de ma vie tout court.

Je me précipite sur lui et le prends dans mes bras. Parce qu'il m'a manqué, ce con, et même si la situation n'est pas facile à digérer pour lui, je sais qu'il va nous pardonner.

– Au moins ce n'est pas Evan Teryl, lâche Léo derrière.

– Tu parles d'un meilleur choix, râle Edgar. Les hockeyeurs sont des enculés.

– Ça tombe bien, t'en es le capitaine !

Je lui claque le dos et il m'envoie un coup de poing dans l'estomac. Je m'étouffe.

– Ramène ton cul, il y a un dernier endroit où il faut qu'on aille !

Je fronce les sourcils, massant l'endroit qu'il vient de malmener.

– T'étais obligé de me frapper ? Connard.

– Ouais, tu te tapes ma sœur. Tu crois franchement que ça allait rester impuni ? Enfoiré.

Puis il quitte les vestiaires en sortant les clés de sa Jeep.

– Je t'attends sur le parking, Jones, t'as intérêt à te bouger le cul.

J'attrape mes affaires et sors en même temps que Milo et Léo. Je sais où il veut que nous allions et ma poitrine explose à l'idée que le dénouement approche.

Edgar me donne une chance.

Il ne manque qu'une seule personne pour que l'équation soit parfaite.

Et je crois que nous sommes deux à lui devoir des excuses.

39

Scarlett

Il est plus de huit heures du soir quand ma mère frappe à la porte de ma chambre. Affalée sur mon lit, je pose le livre que je suis en train de lire pour l'inviter à entrer. Elle hésite, puis ouvre lentement. La tête qui passe le battant n'est pourtant pas la sienne et mon cœur manque de passer à travers ma poitrine. Je me redresse aussitôt, fixant Edgar qui fait quelques pas dans ma chambre. Il reste au milieu, les mains plongées dans son blouson tout en examinant les quelques photos accrochées au-dessus de mon bureau.

– Qu'est-ce que tu fais là? demandé-je, la voix éraillée.

– J'avais besoin de te voir.

– Tu es venu m'engueuler?

Je me lève du lit, tournant en rond devant la fenêtre pour tenter de faire descendre la panique qui m'a prise de court en le voyant ici. Ça fait plus de trois semaines que je n'ai pas de nouvelles, et savoir qu'il est venu jusqu'ici me stresse.

– M'excuser.

Son regard plonge dans le mien et je hoquette de surprise.

– Je n'aurais jamais dû te parler comme je l'ai fait. Je n'aurais jamais dû te laisser partir.

– OK.

Mon timbre tremble et je croise les bras contre ma poitrine par réflexe.

– J'étais blessé.

– Je suis désolée, dis-je.

– Je sais, Scar.

Il triture ses doigts, gardant les yeux rivés sur ses pieds avant de plonger son regard peiné dans le mien.

– J'avais besoin de prendre du recul. De réfléchir à tout ce qui s'était passé. Je suis venu ici pour te dire que je ne t'en veux pas.

Je renifle, incapable de savoir si je suis censée me réjouir ou pas. Si *moi* il me pardonne parce que je suis sa petite sœur et qu'on ne peut pas éternellement ignorer sa petite sœur, qu'en est-il de son meilleur ami ? Celui qui est impliqué dans cette histoire jusqu'au cou ?

– Te dire que ça ne me casse pas les couilles de savoir que Nolan et toi vous êtes ensemble, c'est mentir. Franchement, ça me fout la rage ! J'ai pas envie que ça foire tout, tu vois ? Mais je suis qui pour vous en empêcher ?

– On ne sort pas ensemble.

Il pince les lèvres.

– T'as des sentiments pour lui ?

Je soupire. La douleur dans ma poitrine se ravive et je tente d'ignorer les picotements que ça provoque dans mes yeux. Je ravale un sanglot. Pleurer devient une seconde nature ces derniers temps, mais Edgar n'a pas besoin de voir l'état dans lequel son pote me met.

– Tu veux la vérité ou tu préfères que je te mente ?

– Mens-moi.

Je souris et coince une mèche derrière mon oreille.

– Je ne l'ai *jamais* aimé.

Il ricane et la sensation de ce son familier m'apaise.

– Définis le *jamais*.

– Depuis la *middle school*, environ.

Il grogne.

– Et je n'ai jamais vu ça? Bordel, mais je suis aveugle!

– Personne ne savait.

– Pas même lui?

Je secoue la tête.

– Il te manque?

– La réponse ne risque pas de te plaire.

– Rien ne me plaît dans cette histoire. Surtout pas de te voir dans cet état à cause de lui. Il mérite simplement que je lui refasse le portrait pour tout ce qu'il a fait.

– Ne le mêle pas à ça! m'exclamé-je.

Il se marre et passe ses deux mains sur le dessus de sa tête, relevant légèrement le bas du tee-shirt qu'il porte sous son blouson.

– Vous me saoulez tous les deux!

Je hausse les épaules avec nonchalance et il s'avance vers moi pour me tirer à lui. Ses doigts se placent sur ma nuque et il me force à me coller contre son torse.

– Je te demande pardon, Scar. Pour tout.

Je renifle, sentant les larmes me piquer les yeux.

– Je t'aime, petite sœur, quoi que tu fasses.

– Je suis désolée, sangloté-je dans ses bras.

J'attrape l'arrière de sa veste et le serre davantage.

– Je ne voulais pas te décevoir.

– Tu ne me déçois jamais.

Il m'embrasse le haut de la tête dans un baiser fraternel puis se décale.

– Je mange ici ce soir. Tu m'acceptes?

– T'es chez toi.

Il me sourit et quitte ma chambre. Tous mes muscles se détendent à la seconde où la porte se referme et les larmes continuent à couler. Ce n'est pas la tristesse cette fois qui se déverse sur mon visage, mais la joie de savoir que mon frère est revenu. De voir de nouveau la confiance sur ses traits et l'affection dans son regard. Je joins mes cheveux dans une queue-de-cheval rapide, évitant de penser à la seule personne qui n'a pas été comptée parmi ces retrouvailles et priant intérieurement pour que le temps réussisse à les réunir tous les deux. Je soupire et alors que je m'apprête à sortir de ma chambre, la porte s'ouvre de nouveau.

Mon cœur dégringole de ma poitrine pour venir s'écraser contre le sol avec fracas. Je reste plantée au milieu de la pièce, incapable de détacher mes yeux de la silhouette qui a fait son entrée. Des cernes sous les yeux, les boucles en désordre et la respiration hachée, Nolan m'observe une seconde avant de fermer derrière lui, nous enfermant dans ma chambre.

– Edgar est en bas !

– Je sais.

Sa voix grave fait exploser une bulle dans mon ventre et un millier de papillons se mettent à voler ensuite, dégommant tout sur leur passage.

Il m'a tellement manqué.

– Je suis venu avec lui.

– Vous…

– On a parlé avant de venir ici, avoue-t-il.

– Il ne t'en veut plus ?

– Si. Mais il n'a pas le choix.

Je fronce les sourcils. Le souffle court, j'essaye de réguler mes inspirations de sorte à calmer les battements frénétiques dans ma poitrine. Tout en Nolan fait battre mon cœur encore plus fort. Sa carrure moulée dans sa veste de hockey, son jean brut taillé à la perfection sur ses jambes athlétiques, ses hanches étroites, les abdominaux que je devine sous le tissu léger de son pull noir, ses boucles qui lui tombent sur le haut du front, sa bouche qui se pince d'inquiétude et son regard. Sombre. Douloureux. Perdu.

– Scarlett.

Il avance vers moi. Je ne bouge pas, il s'arrête avant même de me toucher, restant à une distance à la fois raisonnable et terriblement tentatrice. Son odeur embaume mes sens et je ferme les yeux une seconde pour m'empêcher de lui sauter au cou. J'ai attendu qu'il vienne me voir des jours entiers et le savoir ici me fait encore plus paniquer que lorsque c'était mon frère. Parce que je sais qu'il est venu pour me dire une chose.

Bonne ou mauvaise.

– Regarde-moi, dit-il.

Son doigt se pose sous mon menton et il le redresse légèrement pour m'obliger à plonger mes yeux dans les siens.

– Je te demande pardon. Pour t'avoir repoussée comme je l'ai fait. Je n'aurais jamais dû faire ça, te laisser partir, te faire pleurer.

De son pouce, il essuie la larme qui glisse sur ma joue.

– J'aurais dû tenir tête à ton frère. J'aurais dû être avec toi durant tout ce temps et pas fuir comme je l'ai fait. Je suis lâche et je m'excuse. Je ne pensais pas que ça allait prendre ces proportions.

– C'est un peu tard pour revenir, non?

Il secoue la tête.

– Je n'ai aucune excuse pour ça. Je ne pourrai jamais effacer ces trois dernières semaines et j'en ai conscience. J'ai essayé de te repousser le plus loin possible pour recoller les morceaux avec ton frère. Je croyais bêtement que je ne pouvais pas vous avoir tous les deux dans ma vie, alors j'ai choisi la facilité. J'ai essayé de t'oublier toi, parce que notre relation était récente et que j'espérais pouvoir tirer un trait dessus pour Edgar. Mais j'aurais dû me douter que c'était déjà trop tard. Je t'avais trop dans la peau pour ça.

– Tu m'as fait du mal.

Il me prend la main et la pose sur son torse. Sous mes doigts, je sens son cœur battre à tout rompre, faisant écho au mien qui continue à s'acharner dans ma poitrine.

– J'ai eu mal aussi, souffle-t-il. Parce que tu n'étais pas là. Je m'en veux tellement, Scarlett. Je m'en veux de t'avoir éloignée, d'avoir essayé de t'oublier. Ma vie sans toi, elle n'est plus la même.

J'inspire un grand coup. Sa déclaration fait vibrer tout un tas de trucs dans mon corps. Même si j'avais espéré un jour l'entendre me dire qu'il m'aime, je ne m'attendais pas à ce qu'il y ait des mots plus forts encore. Une façon plus belle pour me le faire savoir. Puis le poids invisible d'un nouveau rejet de la part de mon frère prend le dessus :

– Et Edgar ! m'exclamé-je d'une voix méconnaissable.

– Edgar peut bien dire ce qu'il veut.

– Et s'il n'accepte pas ?

Nolan rigole doucement et voir les petites rides au coin de ses yeux chatouille mon ventre. Il est magnifique quand il sourit, et j'avais presque oublié à quel point ça me faisait de l'effet.

– C'est lui qui a conduit. Il sait très bien ce que je suis venu te dire.

– Et tu es venu me dire quoi ? le défié-je.

Il sourit, parce qu'il en a déjà dit beaucoup et qu'il n'a plus besoin d'ajouter quoi que ce soit pour me convaincre. J'étais convaincue dès qu'il a ouvert la bouche. J'inspire une nouvelle fois longuement. L'odeur de sa peau est en train de me tourner la tête.

– Te demander pardon.

Il attrape ma hanche pour me ramener vers lui, le regard brillant.

– Te dire que tu me manques.

Je me liquéfie.

– Te dire que je t'aime, Scarlett.

Son torse se plaque contre ma poitrine et son souffle chaud ricoche sur mon visage.

– Te demander de me donner une seconde chance.

– Il va falloir plus que *ça*, remarqué-je avec insolence.

Son regard espiègle me fait esquisser un sourire et il s'avance vers mon oreille pour me chuchoter :

– Tu veux que je rampe ?

Je hoche la tête, incapable de dire une phrase intelligible tant je sens sa présence. Son corps contre moi, sa main sur ma taille, sa bouche sur mon oreille, son souffle dans mon cou, son odeur. *Partout.*

– Apparemment, ceux qui en disent le plus sont ceux qui en font le moins. Tu veux que je te montre, *Scar*, à quel point je t'aime ?

Son visage se recule et cette fois il s'arrête à quelques millimètres de ma bouche. Le bout de sa langue glisse sur mes lèvres.

– Je peux te le montrer pendant des heures.

– Beaucoup de bla-bla, monsieur Jones, réussis-je à lâcher d'un souffle.

– Tu as raison, je pense qu'il est temps de passer à l'action.

Il plaque sa bouche contre la mienne et tout explose. Sa langue s'enfonce pour retrouver la mienne et mes jambes vacillent. Son bras s'enroule autour de ma taille, me soutenant avec fermeté tandis qu'il m'embrasse. Son baiser est urgent. Fougueux. Passionné. Ce sont des semaines d'absence, de silence, de manque qu'il tente de faire disparaître à en perdre haleine.

Et à cet instant je *sais* pourquoi je suis tombée amoureuse de lui.

Parce que ça a toujours été *lui*.

ÉPILOGUE

Scarlett

– Laisse-moi t'aider !

Edgar pousse la porte à l'aide de son pied et récupère le carton que j'ai dans les bras. J'entre dans l'appartement et me laisse submerger par une brusque bouffée de chaleur.

C'est chez moi.

Le sourire aux lèvres, je fixe mon frère qui déambule dans le salon pour déposer ce qu'il tient entre les mains dans un coin.

– Tu emménages pour dix ans, Scar ?

Mon cœur rate un battement et je me tourne vers la voix rauque dans mon dos. Adossé contre le chambranle d'une porte, Nolan me regarde de la tête aux pieds. Avec ce regard qui me donne envie de lui décrocher la lune.

– Au moins dix ans, fais-je d'une voix enrouée.

Pas par le stress. Pas par la tristesse. Non, par une joie incommensurable. Un truc qui déferle dans mes veines alors que je le vois me détailler avec un sourire fier et doux.

– Bon, vous pouvez attendre que je parte avant de faire tout ça ?

Je sursaute et me tourne vers mon frère qui grimace, faisant un signe du bout du doigt entre Nolan et moi. J'explose de rire et il lève les yeux au ciel.

– Mon Dieu, je vais être tranquille à Montréal, loin de tout cet amour dégoûtant.

– Tu vas te faire chier sans nous, le vanne Nolan. Sans ta petite sœur casse-couilles et tes meilleurs potes !

– Tu peux ajouter casse-couilles aussi, enchaîné-je en lui faisant un doigt d'honneur.

Il se marre.

– Tu pars à quelle heure ?

– Mon avion décolle ce soir. Le temps de vous aider à vous installer, je file récupérer ma valise chez les parents d'ici une petite heure.

Ma poitrine se serre. Parce que je sais que mon frère s'en va chez les Canadiens de Montréal où il a signé un contrat avec l'équipe NHL et que je ne vais plus le voir si souvent. Fini la colocation, fini les années à se chamailler chez les parents, à nous prendre la tête parce qu'il se comporte comme si j'avais 12 ans alors que nous n'avons qu'un an d'écart. Fini les engueulades, les câlins, les moments complices. Il part au pays des Moose, où il fait froid, où il neige six mois de l'année et où je ne risque pas d'aller toutes les semaines. Je ravale un sanglot et sens une main se poser en bas de mes reins.

– On viendra te voir, dit mon petit ami à mes côtés. Je pensais prendre une semaine de vacances pour venir t'encourager cet hiver !

– Quand vous voulez !

Mon frère lève un pouce et je souris. Le *vous* traverse ma poitrine en long, en large et en travers, parce qu'il en aura fallu des mois pour qu'il s'autorise à le dire. Pour qu'il nous considère comme un couple. Pour qu'il nous accepte tout court. Le voir debout en plein milieu du salon, les mains dans les poches comme s'il était à sa place, alors que c'est chez *nous*, ça me serre la poitrine.

De joie.

De pure joie.

– Surtout, vous battez pas pour venir m'aider!

Un juron étouffé nous fait nous retourner et nous tombons sur Léo, les bras chargés de deux cartons pleins où sont stockés mes livres. Je me précipite vers lui en rigolant.

– Donne-moi ça!

– T'as mis quoi dedans, des pierres?

– *Made in France*, blague Nolan. Au cas où.

Il me fait un clin d'œil et mon ventre laisse échapper une nuée de papillons au souvenir de cette rentrée, à mon retour de France, alors que j'étais venue m'installer à la colocation et qu'il était là. Il m'attendait avec ce sourire à baffer et je l'ai menacé de l'assommer à coups de pierre. C'était le début. Notre commencement.

Et nous voilà deux ans plus tard, à Boston. Dans notre appartement.

Notre chez-nous.

– Ed, faut pas traîner si tu veux pas qu'on loupe l'avion! annonce Léo.

– Quoi, faut pas traîner? T'as l'année devant toi, mec.

– J'en reviens pas que tu fasses une année sabbatique, franchement, lâche Nolan. C'est vraiment une idée de glandeur.

– Jaloux.

– Ta gueule.

– Bande de gamins!

Léo donne un coup de poing dans l'épaule d'Edgar et je glousse en les regardant se chamailler tous les trois. Comme avant.

Ou *presque* comme avant. Les gars ont terminé leurs études, ils quittent l'université pour prendre des chemins différents tout en jurant de garder contact. Et moi… Moi, je n'ai plus ce béguin pour le meilleur pote de mon frère inaccessible. Non. Je sors avec ce meilleur pote inaccessible, mon *crush* de toujours, et il en pince pour moi aussi. Grave. Je regarde Nolan et il me lance un coup d'œil en biais, me faisant un clin d'œil en prime avant de déposer sa main sur ma hanche, coller sa bouche à mon oreille et me chuchoter :

– Bienvenue à la maison, mon amour.

Fin

REMERCIEMENTS

Tadaaaam ! C'est officiellement la fin de cette histoire, maintenant il faut laisser Nolan et Scarlett vivre leur amour au grand jour sans que l'on soit encore dans leurs pattes… Je sais, ça vous brise le cœur et moi aussi, mais toutes les belles choses ont une fin (et permettent le commencement de quelque chose de nouveau).

Mais avant de vous voir partir pour de bon, je voulais vous dire : MERCI !

À toi, lecteur, d'avoir donné une chance à cette histoire et d'être resté pour lire ce pavé (je parle des remerciements, évidemment…).

Merci à mes lecteurs Wattpad, vous êtes des amours. Vous m'avez tellement motivée, soutenue, fait rire, vibrer. J'ai aimé chaque minute passée derrière mon écran à vous lire, à vous répondre, à partager avec vous. Mes histoires, je vous les dois.

Merci à ma sœur d'être toujours là pour me soutenir dans mes idées, m'épauler et me pousser à écrire. Merci de me corriger, de râler, de me donner des conseils et surtout de me suivre dans tous mes projets (et toi seule sais à quel point j'en ai trop) ! Tu sais bien que sans toi je ne me serais jamais lancée dans l'écriture et je te dois beaucoup. C'est juste dingue d'être dans l'édition ensemble et ça n'aurait pas été pareil si tu n'avais pas été là (mielleux ? Ouaip, cœur sur toi quand même).

Merci à ma famille (qui ne lira sûrement ce livre que lorsque les poules auront des dents, parce qu'il y a encore des choses que j'aime bien leur cacher…) pour son soutien et sa confiance.

C'est aussi parce que vous vous êtes investis avec moi dans cette aventure que ça l'a rendue possible !

Merci à mon héros de roman à moi qui est toujours partant pour faire des photos, m'écouter raconter mes idées, me laisser écrire pendant une journée entière sans broncher, m'entendre me plaindre quand quelque chose ne me plaît pas et surtout être à mes côtés. Tu m'as poussée à me lancer dans l'édition et je ne te remercierai jamais assez d'y croire autant (si ce n'est plus) que moi. Maintenant il va falloir que tu acceptes de lire un de mes livres, sinon tu ne sauras jamais si ça vaut vraiment le coup !

Merci à mes femmes de l'ombre. À Juju pour être une bêta de fou. Tu me pousses toujours à donner le meilleur. Même si des fois tu me fais douter, me fais changer d'idées, me questionnes sur plein de choses, tu rends mes histoires tellement meilleures. Alors merci d'être toi et d'être là. À Vivi, pour tes conseils avisés, ta gentillesse, ton œil de lynx et ton soutien sans faille. Vous êtes un pilier de dingue !

Aux Pipelettes, cette aventure de l'édition, on en rêvait !

À Clémence et Flora (ouais, ouais, coucou les copines). Les kilomètres sont là et les années filent, mais je vous aime fort !

Aux Éditions Addictives, pour leur confiance, et à toute l'équipe derrière qui fait un travail de dingue.

Et enfin (le meilleur pour la fin ?) : un énorme merci à Juliette, mon éditrice, d'avoir cru en moi. Vous avez fait de mes histoires des petits bijoux et c'est toujours un énorme plaisir de travailler avec vous !

Extrait

FAUVE

Izia Soley

PROLOGUE

Méléri

Je suis allée trop loin. Beaucoup trop pour espérer faire demi-tour. Je le sais, l'ai su au moment même où cette folie a effleuré mon esprit. De toute façon, je refuse de revenir à la case départ. Je ne le supporterais pas. Je préfère, et sans équivoque, le laisser me briser le cœur plutôt que d'effacer les moments où ses mains ont pris possession de mon corps, où ses lèvres m'ont retenue captive, où ses yeux m'ont transpercée pour me voler une part de moi-même.

Aussi, malgré la brûlure de son regard irascible, choqué et révolté, je refuse de me rendre. Simplement parce que me tenir devant lui, le contrer ou juste retenir son attention est tout ce que je sais faire.

– Il s'agit de mon corps, mon choix, murmuré-je pour justifier mon acte.

– Tu m'as menti, Méléri… Est-ce que tu te rends compte de ce que tu as fait ? Tu…

Le reste de ses paroles s'évanouit, se perd quelque part entre son visage furieux et moi. Ses yeux chutent quelques secondes sur les larmes qui roulent en silence sur mes joues avant de s'en détourner. Puis, sans plus rien ajouter, il fait volte-face, m'abandonnant ici.

– Choisir, voilà ce que j'ai fait, lâché-je dans un souffle une fois que je suis seule.

Oui, je choisis la douleur à ne jamais l'avoir ressenti, lui, jusque sous ma peau. Et surtout, je choisis de le blesser plutôt que de ne jamais l'atteindre. Détruire pour toucher. La guerre pour la paix.

Je ne suis plus la gamine qu'il a connue. Celle qui tentait par tous les moyens de se surpasser pour lui.

Non, je ne suis définitivement plus cette personne-là. Et ça, il est temps que Shilow Reynes s'en rende compte.

1

Méléri

[Tu es la pire sœur au monde !]

Un soupir fatigué passe la barrière de mes lèvres alors que le texto de mon frère s'affiche sous mon regard blasé. Je choisis de l'ignorer et range mon portable au fond de mon sac à main. Tenter de me faire culpabiliser d'abandonner ma famille est plus du style de mon paternel, d'ordinaire. Qui a dit que tatouages sur tout le corps et grosse barbe de biker ne rimaient pas avec papa poule ? Pas moi en tout cas. J'adore ma famille, mais les hommes de mon entourage ont tendance à être étouffants. Heureusement que maman m'a toujours soutenue dans mon besoin de liberté. Originaire du Kansas où je viens tout juste d'atterrir, elle a quitté son pays natal pour suivre mon père, d'origine française, après l'avoir rencontré en plein désert au festival Burning Man. Canaan et moi sommes nés en France, à Paris, à seulement un an et demi d'intervalle. Nous avons toujours été proches, si bien qu'il a très – trop – facilement endossé le rôle du grand frère protecteur. Parce que oui, sa petite sœur a forcément besoin d'être couvée. Saleté d'ego masculin.

Finalement, l'agacement l'emporte et me pousse à récupérer mon téléphone pour lui répondre.

[Et toi, un bel hypocrite !]

À présent calmée, je me force à caler mon attention sur le tapis roulant qui s'enclenche enfin, signe que mes valises ne vont pas tarder. Mes doigts aux ongles recouverts d'un vernis bleu électrique pianotent sur ma joue en avisant la dizaine de bagages qui passent sous mon nez. Une certaine impatience me gagne en pensant à ce qui m'attend derrière le portique de la douane. J'ai choisi d'être ici et ne voudrais être nulle part ailleurs. Une nouvelle année me tend les bras. Loin de ma famille certes, mais également loin de cette peine que je me trimbale depuis trop de temps. Loin de mes erreurs aussi. Enfin, je l'espère.

Lorsque mes deux grosses valises – étiquetées d'un énorme bandeau jaune sur lequel est écrit *heavy* [1] – consentent à se montrer, je sautille presque de soulagement. Sans mes affaires, je suis perdue. Bonne pour terminer la journée en PLS dans un coin. Un homme d'une trentaine d'années prend pitié de mon pauvre poids plume et m'aide à hisser mes valises sur un chariot. Ses yeux s'attardent un instant sur la forme de ma poitrine dissimulée par mon débardeur *oversize* puis sur mes jambes serrées dans un slim, dérivent sur les tatouages visibles de mes bras avant de remonter sur mes cheveux rouges. J'attends tranquillement qu'il termine son inspection et lui adresse un clin d'œil en le remerciant.

Avant de passer le portique pour rejoindre la partie extérieure de l'aéroport, j'inspire profondément afin de me préparer au raz de marée qui s'apprête à me submerger. Les portes automatiques me recrachent et je n'ai même pas le temps de compter jusqu'à cinq qu'une petite silhouette, flanquée d'une autre plus massive, se met à sauter partout en poussant des cris dignes d'une groupie en plein concert des One Direction. Moi qui n'aime pas spécialement être le centre de l'attention,

1. Lourd.

c'est fichu. La moitié des États-Unis doit connaître mon prénom à présent ! Ma tante fend la masse des gens venus eux aussi accueillir un proche, se fichant royalement d'en éborgner quelques-uns au passage. Ou castrer, devrais-je dire, au vu de la taille du phénomène.

Un sourire fleurit instinctivement sur mes lèvres alors que j'écarte les bras pour l'enlacer.

– Ma chérie, comme je suis heureuse ! crie-t-elle, sa bouche à seulement quelques centimètres de mon oreille.

– Moi aussi, Ada. Même si j'ai bien cru que papa allait changer d'avis et me ramener à la maison en me traînant par les cheveux, histoire de réaffirmer son autorité paternelle.

– Tu le connais, il est toujours beaucoup trop protecteur avec les femmes de sa famille. Tu n'as pas idée des prises de tête qu'ils ont eues avec ta mère à ce sujet lorsqu'ils étaient jeunes.

– Oh que si, j'imagine très bien.

Elle se recule d'un pas, pose deux mains aimantes sur mes joues puis m'étudie comme elle le ferait avec l'une de ses précieuses antiquités.

– Je me mets à sa place. Tu es magnifique, Mel. Il a peur que tu tombes sur un mauvais garçon.

Je penche mon visage et chuchote avec une fausse mine conspiratrice :

– Mais, Ada, les bad boys sont les plus sexy et les plus intéressants. J'ai une tête à me contenter de peu ?

– T'es bien la fille de ta mère, ricane-t-elle. Et la nièce de ta tante, renchérit-elle en pivotant son visage vers son mari qui attend patiemment que se tarissent les élans de tendresse de sa femme.

Grand, l'allure d'un *latin lover*, Clay m'adresse un regard chaleureux avant, à son tour, d'entourer ma nuque de son bras et d'embrasser doucement mon front.

– Nous sommes heureux que tu sois là, Méléri. Enfin, *je* suis heureux. Ta tante, elle, est encore plongée dans un de ses délires euphoriques.

L'intéressée enfonce un coude dans les côtes de mon oncle en étouffant une insulte. Ce dernier arque un sourcil, défroisse exagérément sa chemise puis, sans que l'une et l'autre nous y attendions, fouette la croupe de sa femme. Quelques regards outrés, d'autres amusés convergent immédiatement sur nous. Si Clay fait mine de ne pas les voir et si je reste stoïque, feignant l'indifférence, Ada, elle, papillonne des paupières en affichant un sourire béat à l'assemblée.

Je soupire, roule des yeux et soupire une seconde fois. C'est tout eux, ça. On dirait des ados en plein boom d'hormones. Je tente de me dégager, mais Clay resserre sa prise sur ma nuque et murmure :

– Crois pas pouvoir t'esquiver, Mel. Tu as voulu passer cette année avec ton adorable oncle et ta tarée de tante, c'est aussi pour en baver.

Je ne peux m'empêcher de pouffer quand il imite un rire diabolique et clairement raté.

– On peut rentrer avant que vous ne trouviez le moyen de définitivement ruiner ma vie sociale avant même que j'aie fait ma rentrée ?

Ada emmêle ses doigts aux miens, puis, en bondissant presque, me tire derrière elle.

– Viens, mon joli papillon, allons t'installer dans ton nouveau chez-toi pour les prochains mois.

Un sourire de façade placardé sur le visage, je lui emboîte le pas. La peur au ventre. Et le cœur hurlant.

Notre destination, Lawrence, ne se situe qu'à quelques miles de l'aéroport si bien que nous nous retrouvons assez rapidement sur l'artère principale de la ville, Massachusetts Avenue. À travers la vitre arrière du SUV, je contemple la copie conforme de la typique petite ville américaine. Ses rues animées, ses maisons colorées ou encore ses boutiques arborant avec orgueil les couleurs bleu et rouge de l'université, KU, et de son équipe de basket, les Jayhawks, emblème de fierté du coin. Mes yeux dérivent au gré de ces trottoirs que je connais déjà par cœur pour les avoir arpentés tous mes étés et une grande partie des vacances de Noël. Maman est très attachée à sa ville natale et surtout à Ada. Que ses enfants grandissent sans connaître leur tante ou sans teinter leur anglais de cet accent propre au Kansas était inenvisageable pour elle. Aussi, dès que nous le pouvions, nous envahissions la propriété de sa meilleure amie de toujours et je dois avouer que malgré mon tempérament très réservé, plus jeune, j'y ai passé mes meilleurs moments. Une pancarte affichant Big Jay, le coq mascotte de l'équipe de basket, attire mon attention. *A place that will get in your blood and stay forever*[2] y est inscrit en lettres capitales. Ces mots ne peuvent être moins vrais... En tout cas, en ce qui me concerne. Chaque instant passé ici est gravé dans ma chair, imprimé dans mon ADN et hantera mon esprit jusqu'à ma mort.

Nous empruntons ensuite Michigan Street puis bifurquons sur la septième pour rejoindre le quartier historique de Old West Lawrence situé en contrebas de la ville. Les demeures victoriennes se dressent, majestueuses, les unes à la suite des autres. Lorsque la voiture franchit un immense portail en fer forgé pour remonter une petite allée, mes tripes se nouent. D'excitation. De joie. Mais aussi d'appréhension. De certitude mêlée de crainte. Pour terminer de mélancolie. Lentement, je détache ma ceinture, ouvre la portière puis descends de mon siège. Mon regard se lève vers le porche pouvant abriter une bonne dizaine de personnes. Je me sens soudain si... petite. Comme si j'avais de nouveau 8 ans, puis 10, puis 14 et enfin 16... Deux ans que je n'ai pas mis les pieds aux États-Unis. Deux ans que j'attends de combler ce vide – qui me ronge toujours plus – en retrouvant mes racines. Une partie, du moins.

– Je m'occupe de tes valises. Entre, Méléri. Tu as manqué à ces murs.

2. « Une ville qui imprégnera votre sang et y restera pour toujours. »

La voix de Clay me tire de mes pensées. Ses mots déclenchent une tempête de souvenirs dans mon esprit. Je lui adresse un regard reconnaissant puis pousse la porte d'entrée, Ada sur les talons. Cette maison respire la chaleur humaine, la sérénité. Aucun élément de décoration ne s'accorde, si bien que l'intérieur semble toujours en fouillis. Différents objets rapportés des expéditions de mon oncle et de ma tante aux quatre coins du monde trônent dans des endroits improbables : un masque symbolisant une divinité africaine carrément accroché à un rideau par exemple, ou encore des morceaux de papyrus recouvrant la moitié du plafond du salon. Le vestibule donne directement sur un escalier menant aux étages. À droite, on arrive sur une grande salle à manger flanquée d'un petit salon puis encore d'un autre d'hiver abrité par une sorte de véranda. Une vague de nostalgie m'envahit alors que je contemple presque malgré moi les photographies fixées aux cloisons. Aucun pan de la maison n'est épargné. Ma tante s'est toujours épanouie dans un désordre permanent où paradoxalement chaque chose a sa place. Mes yeux s'arrêtent sur un cliché en particulier.

– Shilow est en vacances avec ses amis. Il rentrera ce soir, m'explique Ada.

Je hoche la tête mécaniquement.

– Viens. J'ai une surprise, mon papillon.

Curieuse, j'attrape la main qu'elle me tend au moment où Clay passe le seuil avec mes valises.

– Je dois avoir peur ? chuchoté-je à mon oncle, une fois à sa hauteur.

– Toujours, avec ta tante, ricane-t-il.

Ada claque sa langue contre son palais en signe d'impatience puis m'entraîne au second étage où se trouvent la chambre dans laquelle mon frère et moi dormions, ainsi que celle de Shilow. Du moins à l'époque. Les gosses en haut pour que les parents soient tranquilles, c'était un peu le principe. Aussi, lorsque je pénètre dans la pièce gardienne d'une partie de mon enfance, mon cœur se serre. Avant de bondir d'un étrange bonheur.

– On l'a réaménagée pour que tu t'y sentes bien.

– J'y ai toujours été bien, Ada.

– Je le sais, mon petit sucre, mais disons que maintenant elle est plus adaptée à une jeune fille de 18 ans.

– Elle est parfaite, dis-je dans un souffle.

J'avance jusqu'au lit à baldaquin enveloppé de voilages rouges piqués de plumes blanches et caresse de l'index l'édredon immaculé. Une peinture fuchsia teintée de quelques éclats dorés habille les murs et me projette dans le pays des mille et une nuits. Le lustre scintille de toutes les couleurs possibles sous la lumière du plafonnier, caressant ma peau d'ombres chatoyantes.

– Ça te plaît, constate ma tante.

– Ah ouais ? Qu'est-ce qui te fait dire ça ? Le sourire débile peint sur ma bouche ?

– Cette chambre te ressemble. Aussi colorée que toi, raille-t-elle en marquant mes tatouages du regard.

– Ha, ha, ha ! Attends que la crise de fou rire passe et je te remercierai, rétorqué-je, impassible.

Toutefois, je me précipite dans ses bras pour l'enlacer en lui murmurant combien je leur suis reconnaissante, à elle et à mon oncle.

– Tais-toi, répond-elle. On est tellement heureux que tu sois avec nous. Et je n'ai pas envie d'avoir ton père sur le dos parce que la prunelle de ses yeux ne se sent pas bien.

Un rire, franc et sincère cette fois, s'extirpe de ma gorge.

– Je vais m'empresser de lui envoyer des photos pour lui montrer à quel point je suis bien traitée.

– Mes nerfs te remercient par avance.

– Les miens également, ricané-je.

Clay nous interrompt soudain en nous rejoignant.

– Les bagages de Madame, annonce-t-il avec une fausse révérence. Alors, ça te plaît ? ajoute-t-il en désignant la pièce du menton.

– Plus encore, j'adore.

Ses yeux sombres semblent pétiller de joie alors qu'il enracine fièrement son regard à celui de ma tante.

Je dépose mon sac à main sur le bureau placé sous la fenêtre puis me dirige vers l'armoire laquée de blanc pour y entreposer mon gilet qui ne me sert plus à rien sous la chaleur du Kansas en été.

– Elle ne sera pas de trop pour ta tonne de vêtements, commente Ada. Et regarde ! rajoute-t-elle, excitée.

D'un pas rapide, elle avale l'espace jusqu'au mur adjacent au bureau puis soulève une tenture turquoise. Mon estomac vrille une nouvelle fois.

– Je n'ai pas eu le cœur de les recouvrir, me dit-elle, un ton chaud modifiant son timbre.

Un autre sourire béat fleurit sur mon visage. Je la rejoins et pose une main sur l'ancienne tapisserie inondée d'écritures. La mienne ou celle de Canaan. Des paroles de chansons, des citations en tout genre, des dessins parfois sans queue ni tête ou nos délires du moment tissent une toile de souvenirs à l'encre. Indélébiles entre les parois de mon crâne. Un vent brûlant souffle soudain sous ma poitrine. L'espoir. Une certaine volonté implacable aussi. J'ai été heureuse entre ces murs. Et c'est exactement entre ces murs que je m'approprierai de nouveau mon bonheur.

– Allez les filles, on arrête avec les élans de nostalgie ! Gardez plutôt votre énergie pour vous créer de nouveaux souvenirs.

– Alléluia, il lui arrive de dire des choses sensées ! s'exclame ma tante.

***

Je me réveille en sursaut en plein milieu de la nuit. L'esprit embrumé et perdu en plein désert dû à ce qui s'apparente plus à un coma qu'à un sommeil, je me redresse sur le matelas. La pénombre a déployé ses tentacules dans ma chambre et un coup d'œil à mon portable sur la table de chevet me confirme qu'il est un peu plus d'une heure du matin. Je me souviens être montée me reposer peu après la collation préparée par ma tante. Elle devait nourrir une équipe entière de basket avant que je débarque. C'est impossible autrement. Ou bien elle a cru que je bouffais mon poids en nourriture parce que je suis certaine d'avoir perçu les cris de détresse de l'escalier sous mes pas.

Les paupières à peine décollées, je me lève, me débarrasse de mes vêtements pour enfiler un long tee-shirt et attrape mon ordinateur portable sur le bureau. J'ai beau avoir l'habitude, je hais ces moments où je me sens larguée à cause du décalage horaire. En France, le soleil a déjà chassé la nuit depuis quelques heures maintenant. Aussi, je sais parfaitement que je ne parviendrai pas à me rendormir. Autant en profiter pour faire quelques repérages des lignes de bus. Ayant fêté mes 18 ans le mois dernier, je n'ai pas encore eu le temps de passer mon permis et il est hors de question que Ada ou Clay s'amusent à m'emmener à KU tous les jours. Surtout que ces deux-là risquent de partir Dieu sait où à tout instant, leur boulot d'archéologue les obligeant à traverser la planète plusieurs fois par an.

Par habitude, je branche mes écouteurs à mon téléphone et les positionne sur mes oreilles. Les accords de guitare de « Hammer to Fall[3] » excitent aussitôt mes tympans et un sourire instinctif fend mon visage. Ce putain de frisson que seule la musique sait déclencher s'envole à la surface de ma peau et me réveille une fois pour toutes.

---

3. Chanson du groupe Queen, 1984.

Je suis assise en tailleur sur le matelas. Mon corps vibre en rythme avec le tempo qui m'engloutit.

Une sensation étrange me brûle soudain l'échine, me forçant à relever la tête à l'instant même où mes lèvres chantent en silence :

« Just surrender and it won't hurt at all. »[4]

Un soubresaut tord mon ventre. Ma main se plaque par instinct sur mon abdomen. Un jeune homme vient d'apparaître dans ma chambre, accompagné d'une silhouette que je devine être celle d'une femme… Le couple paraît s'être visiblement trompé de chambre. *Visiblement* car je ne suis pas dupe. Ce jeune homme, bien que deux ans aient creusé un gouffre entre nous, je le reconnais. Lui. Shilow. Et s'il y a une chose dont je suis certaine le concernant, c'est que chacun de ses actes est savamment calculé.

Ses prunelles aussi noires qu'une nuit sans lune s'arriment aux miennes. Immobile, il ne bouge pas alors qu'un autre corps aux cheveux bruns en cascade s'évertue à lui bouffer le cou tout en s'affairant à déboucler sa ceinture. J'ignore combien de temps lui et moi restons ainsi. À nourrir ce lien visuel aussi délicieux qu'insupportable, à se défier en silence. À tenter d'étirer cet instant malsain, mais qui pourtant bombarde mon sang d'une sensation aussi puissante que grisante. Shilow n'esquisse pas le moindre mouvement. Rien ne vient perturber les lignes harmonieuses mais dures de son visage. Je devine plus que je ne vois les cicatrices qui ornent sa joue droite et sa pommette gauche. Ces marques m'ont si souvent meurtrie, toutefois je refuse d'imaginer sa peau sans.

La jeune femme fourrage ses doigts dans ses épis noirs qui retombent en bordel total sur son front et là encore, rien ne semble le décider à remuer. Une onde glacée s'abat sur mes reins lorsque je

---

4. « Rends-toi simplement et ça ne fera pas mal. »

réalise jusqu'où il est capable d'aller alors que l'inconnue fait mine de s'agenouiller et… qu'il ne réagit toujours pas. Il persiste à me poignarder du regard. Heureusement pour moi, l'univers a l'air de me prendre en pitié. La fille se raidit tout à coup puis fait volte-face. Ses paupières s'écarquillent en me découvrant sur le lit.

La luminosité de l'écran braquée sur mon visage, difficile de me louper dans l'obscurité. Des injures s'échappent alors de sa bouche. Je retire mes écouteurs. Sa voix furieuse rugit à travers la pièce :

– Bordel, Shilow ! T'es sérieux ? Tu me ramènes chez toi alors que ta copine t'attend sagement ?

Un petit poing rageur percute les côtes de ce dernier qui… ne se défend toujours pas.

– Alors quoi ? Parce que je suis prête à juste passer la nuit avec toi, tu penses que me taper un mec déjà maqué ne me gêne pas ? Pauvre type !

La tornade brune se rapproche légèrement du matelas duquel je la dévisage, hésitant intérieurement entre rire ou exploser. Ou me barrer en courant.

– Écoute, je suis navrée, s'excuse-t-elle. Je ne savais pas que…

– Que rien du tout, lui réponds-je doucement. Je ne suis pas sa copine, ni rien en réalité. Vous vous êtes juste trompés de chambre. Ne t'en fais pas.

Sa bouche s'ouvre pour se refermer puis se pince. Son nez se plisse alors qu'un ricanement fait trémuler ses épaules.

– Euh… oups ? rit-elle.

– Ouais… Juste oups.

– Et tu ne pouvais pas intervenir, toi, au lieu de me regarder m'exciter comme une folle ? râle-t-elle en se retournant sur Shilow.

Celui-ci me lance un dernier coup d'œil aussi glacial qu'un vent de Sibérie puis disparaît de ma chambre comme un mauvais rêve. La jeune femme gémit d'agacement, plante ses deux poings sur ses hanches et soupire.

– Heureusement qu'il est sexy. Parce que c'est pas avec les trois mots qu'il m'a décrochés ce soir qu'il m'a séduite.

– C'est pas ce qu'on demande à un coup d'un soir, en même temps, remarqué-je sans avoir remué d'un pouce.

– Très juste. Pardon du dérangement. Oh, et un conseil : ferme ta porte à clé avec un tel phénomène juste à côté. Ça t'évitera ce genre de petite visite.

– J'y penserai, lui rétorqué-je simplement.

– Bon, je vais tenter de sauver le reste de ma soirée. Bonne nuit, mademoiselle-aux-cheveux-rouges.

– Bonne nuit, mademoiselle-léchage-de-glotte-nocturne.

Un éclat de rire accompagne ses pas jusqu'à ce qu'elle aussi s'évanouisse par la porte.

Et voilà, Méléri, bienvenue dans ta nouvelle vie.

addictives

Romans déjà parus

Rose Becker
Le Bébé, mon milliardaire et moi (aussi en poche)
Torride, sexy & dangereux
Forever You – saisons 1 et 2
Dangerous

Phoebe Campbell
Tes ordres sont mes désirs – poche
Lui résister… ou pas – l'intégrale
You Again
Single Daddy. Try Me if You Can

Mia Carre
Bad for You
Teach Me Everything
Charmant connard !

Mélodie Chavin
Campus Rules
Fucking Wedding

Olivia Dean
À lui, corps et âme – volumes 1 et 2 – poche

Emma Green
Toi + Moi : L'un contre l'autre (aussi en poche)
Toi + Moi : Envers et contre tout (aussi en poche)
Toi + Moi : Seuls contre tous (aussi en poche)
Call Me Baby – volumes 1 et 2
Call Me Bitch
Love Me if You Can
Kiss Me if You Can
Bliss. Le faux journal d'une vraie romantique – volumes 1 et 2
Jeux interdits
Jeux insolents
Jeux imprudents
Une toute dernière fois
Fallait pas me chercher ! – volumes 1 et 2
Corps impatients (aussi en poche)

Cœurs insoumis (aussi en poche)
Âmes indociles (aussi en poche)
Cent facettes de Mr Diamonds – l'intégrale
Bliss. Le faux journal d'une vraie romantique – l'intégrale
(Im)parfait
Love Me if You Can – l'intégrale
Kiss Me if You Can – l'intégrale
It's Raining Love!
The Boy Next Room
Call Me Baby – l'intégrale
Call Me Bitch – l'intégrale
PS: Oublie-moi!
Fallait pas me chercher! – l'intégrale
Recherche coloc: emmerdeurs, râleurs, lovers… s'abstenir!
10 bonnes raisons de te détester!
Just 17
Love & Lies on Campus
Bien plus forte que toi!
If You Wanna Be My Lover...

Kim Grey
Insolent Bastard

Megan Harold
Sublime-moi! – poche
Breaking the Rules
Initiation with My Boss

Amy Hopper
Gone Boy
Le Coloc

Julie Huleux
Alpha Player

Charlie Lazlo
Mon insupportable boss
Kiss Me I'm Famous – poche

Sienna Lloyd
Mords-moi!

Caroline Mongas
Mariage forcé. Un contrat indécent

June Moore
Étreinte – volumes 1 à 3

Zoé Murat
Stepbrother Love
Boss Me Around

Clara Oz
Arrogant

Lise Robin
Infiltrée. Sex, Drugs & Danger
Love Scandal
Forbidden Stepbrother – poche

Gaëlle Sage
Kiss, Kill & Ride

Ana Scott
Dark Ride
Last Ride
Vicious Ride
The Dominant
Evil Ride
Sensual Stepbrother
Un enfoiré mais un coup d'enfer !

Camilla Simon
Le voisin parfait est un enfoiré
Initiation with My Enemy
Le mec parfait est un inconnu… ou presque !

Ève Souliac
Sexy Mistake

Liv Stone
Love Lessons

Lisa Swann
Adore-moi ! – l'intégrale

Louise Valmont
Toi & moi, c'est compliqué !
Campus Initiation

Chloe Wilkox
Extreme Lover – l'intégrale
Immoral
Your Game, My Rules – poche
Dominant Boss. Apprends-moi
The Virgin's Price

Luv

Romans déjà parus

Ana K. Anderson
Indompté
Scottish Bastard

Sophie Auger
Be with Me

Sonia Birdy
L'Initiation
Touchdown. Campus Star

Laura Black
Dark Initiation
Games of Desire
H.A.R.D. Hot, Arrogant, Rebelle, Déterminé
Sulfurous Bad Boy

Margot D. Bortoli
Too Young

Juliette Brunel
Delicious

Anne Cantore
Promets-moi. Louise et Marco

Sarina Cassint
Avec toi… peut-être
Insolent Boss

Mary Ann Davis
Coach Me Love!

Nora Davy
Don't Resist

Gwen Delmas
Noël, toi & moi
Perfect Boss
Sex Friends. Pas de contraintes, que du plaisir!

Cléa Dorian & Ninon Vars
Dark Love

Laurie Eschard
Love Naked

Lil Evans
Savage Rider
Crash & Burn
Boss Affair

Lou Garance
Can You Keep a Secret?
Foutu coloc !

Alexandra Gonzalez
Shades of You

Erin Graham
Teach Me Love
The Boss
Secret Stepbrother
Strong Addiction
Coloc avec mon boss
Nos amours contraires – poche

Joh Harper
Crazy Love

Marie Hayle
Under Control

Emma S. James
Under the Rain

Iris Julliard
Catch & Shoot

Lucie F. June
Fight with Darkness

Sara June
Rider in the Dark
Sexy Wild Rider

Lena Jung
Mon coloc, mes désirs & moi

Emily Jurius
Love to Hate You

Allie Krown
High School Challenge

Marion Laurent
Mr Alpha

Pauline Libersart
Tiger. Entre ses griffes

Nina Loren
Breaking the Ice

Ella Lores
Mariée par accident à un connard arrogant rencontré la veille…

Jessica Lumbroso
Emma X. Secrète et insoumise

Lili Malone
Coloc avec un inconnu

Mila Marelli
Dark Man in Love
Crazy Wedding

Mag Maury
Fast Games
No Love, No Limits
My Hipster Christmas

Alix Parks
Never Kiss the Boss

Jeanne Pears
Insupportable coloc
Colocs & Sex Friends
H.O.T. Hypnotique, Obstiné, Ténébreux

Alexia Perkins
Arrogant Fake Lover

Sophie S. Pierucci
L'Inconnu de l'ascenseur & Moi (aussi en poche)
My Stepbrother. L'initiation
Deep & Dark – poche

Silvia Reed
Darkest. La dernière heure
Too Close

Anita Rigins
No Rules
My Rules

Avril Rose
Coffee, Sex & Law

Jana Rouze
Effet de vague – saisons 1, 2 et 3

Wendy Roy
Une seule fois (ou presque)

Ana Scott
À corps brisés

Léana Soal
Fight & Hope

Cara Solak
Perfect Obsession

Izia Soley
Fauve

Liv Stone
Initie-moi. Mes jours contre tes nuits

Lena K. Summers
Perfect Bad Boy
Donovan. Roi des connards

Kaly Swann
Austin. Breathe with Me

Alexane Tolley
The Boss Rules – poche

Lily Tortay
Dance for Me

Flore Valier
Ta peau contre la mienne

Anna Wendell
Arrogant Bad Boy
Apprends-moi le désir
Colosse. Le maître du jeu

Mina Zadig
Just Sex & Tattoos

Un enfoiré mais un coup d'enfer !
Ana Scott

Il va la rendre folle… de désir.
La première fois que Jodie rencontre Harry, elle le surprend en pleine partie de jambes en l'air pendant une réception. Il est canon, il a les plus belles fesses qu'elle n'ait jamais vues… et il est aussi arrogant que hautain ! Pour leur deuxième rencontre, il vient la convaincre de ne pas organiser le remariage de sa belle-mère avec son meilleur ami. Sauf que Jodie a absolument besoin de ce contrat pour maintenir sa boîte d'événementiel à flot. Et peu importe si Harry a un sourire incroyable, un corps à se damner et un regard brûlant : Jodie ne cédera pas ! Enfin… c'est ce qu'elle veut croire.